新　潮　文　庫

松本清張傑作選

戦い続けた男の素顔

宮部みゆきオリジナルセレクション

松本清張著

新　潮　社　版

9681

戦い続けた男の素顔　目次

松本清張傑作選　戦い続けた男の素顔

宮部みゆきオリジナルセレクション

月

1

伊豆亨《いずとおる》の恩師は谷岡冀山《きざん》である。谷岡冀山は、専門の上代史のほかに考古学、人類学、仏教美術、地誌学、民俗学などにも一見識を持っていた。いかにも明治の学者らしい、開拓的な視野の広さであった。

谷岡は、元勲《げんくん》といわれる権力者や財閥に結びついていた。官学の大御所《おおごしょ》であった。彼の門下からは多くの逸材が出ている。昭和初頭出版の「冀山谷岡梅二郎先生伝」には弟子たちが回想文を寄せているが、東京帝国大学総長、博物館長、宮内省御用掛《くないしょうごようがかり》、東大史料編纂所長《へんさんじょちょう》といったほかに帝大教授や、私大の学長の名がならんでいる。

これらの門下生はいずれもそれぞれの分野で一家をなしていた。かれらは史学はもとより、谷岡の精力的だが趣味的な研究の一部ずつをもらい、そのほうで権威になっていた。明治の啓蒙的《けいもうてき》な彼の学問は、これらの弟子たちによって近代的研究となり、細分化され、精緻《せいち》になり、科学的となったが、その基盤となった谷岡の大きさが分る。同時に、これらの門下生を学界の要所要所に配分した彼のボスぶりも知れるというものである。

「冀山谷岡梅二郎先生伝」の巻末にならんだ弟子たちの回想文の筆頭から三番目に伊豆亭の名前がある。だが、これはイロハ順である。もし、評価通りの序列にしたら、伊豆亭はおそらく末尾近くに活字を得たにすぎないであろう。

伊豆亭のその回想文は、不敏不才の自分を捨てず、最後まで門下生の中に入れてもらった恩師の寛大さを感謝している。これは他の門下生も揃《そろ》って書いていることで、弟子の礼をとった平凡な文章のようである。しかし、事情の分っている者には、伊豆のこの感想はまさに止直で、いささかの謙遜《けんそん》はないと考えるのであった。

伊豆亭は谷岡冀山の中期の弟子であった。彼を女子大の教師に世話したのは谷岡だった。伊豆は十年後に文学博士になった。論文は「東国条里制の研究」だったが、審査委員会で難点が出なかったのは、谷岡の威光があったからだという人が多い。だが、とにかく、そのころの伊豆亭はその論文のテーマの場所で自己を構築するかにみえた。

だが、伊豆亭はそこで停滞した。彼は注目されるような研究もせず、論文も書かなかった。冀山の息のかかった学術専門雑誌に、たしか二、三回は出したことはあるが、短いもので、真面目《まじめ》ではあるが、注意を惹《ひ》くようなものではなかった。真面目な故《ゆえ》に彼の才能の乏しさを露呈したようなものだった。冀山の門下で、伊豆の先輩や同輩が力のこもった論文を次々と発表し、学界に認められてゆくのに、彼だけはとり残された。後輩も彼を追い抜いて行った。伊豆は女子大の平凡な教師が最もふさわしいようであり、当人もそれを自覚して少しもあせってはいないように見えた。

才能ある弟子は、どれが本体だか分らない複合火山のような冀山の雑多な対象を分かち合い、それぞれを単一に専門化して研究していった。啓蒙的で粗笨《そほん》な冀山の学問は、こうした弟子たちによって精緻になり、資料の新発見も手伝って前進した。学問の対象は細分化しようと思えばどのようにでも微生物的になしうる。門下生はその傾向と分《ぶん》に応じて研究科目を冀山からもらったのだが、彼らどうしは激しい競争心を秘めてせり合った。その研究が近接していればいるほど、彼らの敵意は強かった。冀山はそれを切磋琢磨《せっさたくま》だと明治風な笑いで評していたが、彼にすれば、弟子たちに傑出した学者が多く出れば出るほど彼の存在は偉大なものになる。その計算は、彼がここぞと思う重要な地位に弟子たちを配置する政策となった。官学系の教授に来てもらいたがっている私大にも彼の息のかかった弟子が配された。冀山の学界管理方式はこうしてやすやすと出来上った。

彼の門下生たちは、論文活動や論争を通じてそれぞれ成果をあげ、師から継承した学問の大成にわき目もふらなかった。それは彼ら自身の功利心からだが、それには師恩に報じるという感動的な装飾があった。そうした人間ほど世俗に疎《うと》いことを装《よそお》い、その方面の無知に顔を赧《あか》らめた。明治や大正のころのように、世間知らずを演技的な奇行で表す古さを心得ていたのである。

晩年の冀山が名誉職だけなのに贅沢《ぜいたく》な生活を送っている秘密が、某財閥の買い入れる美術品の顧問としての報酬の高いことや、骨董屋《こっとうや》から多額のリベートをもらっていることや、時には、美術品の斡旋《あっせん》を積極的に行って骨董屋仲間が顔を見合せるほど大胆なピンハネをしていることなどにあると分っていても、門下生たちは何も知らないふりをしていた。

谷岡冀山の邸《やしき》には、三月《みつき》に一回くらい門下生たちが集まった。門下生といっても各大学の学部長クラスが数人もいた。文学博士はざらだった。ただ師と雑談するというだけでここに集まるのは、いつも三十人ばかりだったが、老いた冀山の近くに坐《すわ》るのは彼の比較的早期の、現在は出世している直弟子だった。従って晩期の弟子は、二十畳の部屋からはみ出して、滝水の落ちる泉水近い縁側に畏《かしこま》らなければならなかった。

　伊豆亭も最初はこの会合によく顔を出したが、そのうち次第に足が遠のいて行った。その会合には、冀山の直弟子の主な者が間近に席を占めていた。席順もいつとはなく、冀山の右隣は誰、左隣は誰、その次は誰というふうに自然と定まった。もし、そのうち誰かが遅れて来ても、そこだけは予約してあるように空《あ》けられてあった。当然のことに、現在羽振りのいい弟子が上位を占めた。伊豆は、その入門順からすると三番目か四番目ぐらいには座を占めなければならなかったが、そこは他の人で埋まっていた。遅れて出る伊豆は自分の坐り場にうろたえなければならなかった。

　彼がそこに顔を出すと、何となく席の座談がはずまなかった。冀山は饒舌家《じようぜつか》で、とめどもなくしゃべるほうだし、弟子たちも同席の者に自分の実力を見せようとして冀山に活潑《かつぱつ》な質問をするのだが、伊豆がそこに居ると、座が何となく白け渡った。また、途中で彼が顔を出すと、それまでは賑《にぎ》やかな談笑だったのが急に静かになってしまう。伊豆君がくるとどうもいかんね、座が陰気になってくるね、と冀山が人にいった言葉が、あとで伊豆の耳に回って来たりした。伊豆は、その席に出るのを遠慮するようになった。彼自身も、自分が居るときと居ないときの座の空気が違うことに気がついていた。それでもあまり行かないのも悪いと思い、義理をつとめることがあるが、広間に顔を出した途端、冀山の席近くの者が明らかにいやな顔をした。伊豆はお世辞がいえなかった。何かいえば、それが逆な効果を相手に与えそうなので、つい、沈黙してしまう。冀山もなるべく伊豆には話しかけないようにした。話題がほうぼうに飛ぶ冀山の得意の多弁も伊豆が同席すると、ふしぎに生彩を欠くのだった。

しかし、伊豆は、それでも年に何回かはそこに出席した。彼の顔を知らない新しい後輩が次第に多くなった。彼らは、どこの人間が入って来たかといいたげに伊豆の顔を一瞥《いちべつ》しただけで無視し、しきりと冀山に質問しては活潑に議論するのだった。それもみな冀山に認めてもらいたいからである。

伊豆が冀山との間に影のような隙間《すきま》をつくったのは、一つの原因があった。伊豆が弟子としてまだ若いころである。彼は「太宰管内志《だざいかんないし》」を読み、その中で江戸時代のある藩儒《はんじゅ》が領内から出た古代中国の印章について述べているのに突き当り、疑問を起した。印章は純金製で領内の百姓が偶然に耕作中に発見し、これを藩に届けたようになっている。その藩儒は考古に知識があったので、届出の印章について詳細な覚え書を記《しる》している。この一個の印章は、現在、ある大名華族家に伝わり、漢と倭国《わこく》との交渉を裏づける唯一《ゆいいつ》の物的証拠になっている。

そのころ学界では、この印章について密《ひそ》かに偽物《にせもの》説が行われていた。学界の多数意見は、それを真物として認めていたのだが、伊豆は、その藩儒の書き方がいかにも彼一流の好みによって記述されてあるのに注目した。伊豆は、その男、元来考古好みだった藩儒が中国文献に合わせて印章を密かにつくらせ、領内の百姓に発見させたことにして藩主に献じたのではないかと推測した。発見の場所と状態を考えると、ますます不審が起ってくる。また、印章の文字も体裁も文献と違っている。たとえば、印章の上部にある紐《ちゅう》の様式も当時の制度と合わない。

この印章以外には当時のものはほかになかった。従って現物の比較のしようがないので、肯定的な学者はもっぱら文献上を根拠にしている。しかし、ほかに比較例のないことは真物説にも偽物説にも都合のいいことである。たしかに文献には中国から倭国の王に金印を与えたとあるが、当時の金は、あるいは銅のことではないかと伊豆は考えてみたのだ。当時の金製の工芸品としては薄金《はっきん》、鍍金《ときん》技術は進んでいるし、その遺物も発掘品の中にある。しかし、この印章のように、鋳型《いがた》に熔《と》かした金を流して作った金塊は地上のどこからも発見されていない。むろん中国にも一例がない。伊豆は、この点にも疑問を持った。

伊豆は、考古学にはそれほどの興味はなかったが、その専攻とする地誌学の上から「太宰管内志」を読み、この金印の疑問に至った。そして彼は不用意にもそれを文章にしてある学術雑誌に発表したのである。

その雑誌が出て一月《ひとつき》近く経《た》ったころ、伊豆は冀山に呼ばれて叱責《しっせき》された。金印は疑うことのない真物である、あれを偽物だというのは取るに足らぬ俗説に迷わされたのだ、なぜ、君はあの文章を発表前に自分に見せなかったのか、君は馴《な》れないことをやるよりも自分の性に合ったものだけに進みたまえ、といった。冀山のその長い叱責の言葉の中では、

――君は将来、性に合った歴史地理以外には手を出さぬことだな。

という一語が伊豆の耳底《じてい》に残っている。それは先生から課せられた禁制であった。師の言葉がそれからの伊豆の性格をつくった。

あとで伊豆は他人から、冀山がそのパトロンの侯爵《こうしゃく》から伊豆の書いた金印偽説のことで不興を受けたと聞いた。侯爵は美術好きで、印章の所有主である華族との親密な関係から金印が偽《にせ》だといわれるのを喜ばなかったのである。冀山が単なる史学者にとどまらず、古美術に造詣《ぞうけい》が深かったのも、侯爵の援助により、高価な古絵画や工芸品を蒐《あつ》め得たからである。

この小さな事件は、冀山と伊豆の間だけで終らず、冀山の弟子たちが知っていて、公然の秘密となっている。伊豆が冀山の会合に弟子たちから冷たい眼で見られたのも、

そのためだった。

谷岡冀山は大正の終りに八十歳で死んだ。

2

女子大の教師になった伊豆は、学界で無視された。彼のほうでも好んでそこに頭をもたげようとはしなかった。先輩や同僚はもとより、後輩も新進学徒として続々名前をあげた。殊《こと》に冀山の死後は、伊豆の先輩――といってもほんの少ししか年齢の違いはないのだが、かれらはその師のあとをうけて主流を占めた。同僚もそれにつづき学界の主要な地位のほとんどを漸次《ぜんじ》に占有した。かれらは学界が挙げて注目するような華々しい論戦を行ったりした。

歴史地理とは地味で目立たない学問である。それでも伊豆は学術雑誌にいくつかの論文を発表している。「武蔵《むさし》国名義考」「北条氏康《ほうじょううじやす》の武蔵紀行について」「武蔵国古代地理論攷《こう》」「少彦名命《すくなびこなのみこと》と古代常陸《ひたち》国」「房総《ぼうそう》半島の歴史的考察」「秩父《ちちぶ》地方における奈良朝時代の人口」「甲斐《かい》国志雑考」などがその主なものだった。

しかし、そうした論文を書くのを伊豆亭は三年ぐらいで止《や》めてしまった。誰からも注目されず、反響もなかった。そのころの史学界は、歴史上のもっと大きな問題、基本的な問題、いいかえれば、派手な主題をめぐって華々しい論戦が展開されていたから、伊豆の書くような地方史的な仕事には誰も一顧《いっこ》もしなかった。

伊豆はその女子大でも、かつての冀山の面会日に行っていたような環境に置かれた。彼は、覇気のある他の教授たちから片隅に追いやられた。彼は自分の性格を知っていたので、かえって、その小さな幸福に満足した。もっとも、実力のある教授間には反目があって、その相剋《そうこく》を横から見ているぶんにはそれなりに愉《たの》しいものだった。それもかつて冀山の弟子たちの間に起っていた暗黙の闘争と通じるものがあった。彼は女子大では最も目立たない教授として影のように立っていた。他人が彼を冀山の弟子だと知ると、おどろいたくらいである。それほど冀山の高弟はいま学界の脚光を浴びていた。冀山の死後、その弟子と称する者がふえて二千人にも達していた。

伊豆は三十歳で妻を娶《めと》ったが、子供は出来なかった。本だけは買ったが、それもほとんど地誌関係である。かつて冀山から叱《しか》られたときの一言が、本能的な臆病《おくびょう》にまで至らせ、彼をその領域から出させなかった。地誌研究はそれほど発展のない学問である。かつて明治の学者で「大日本地名辞書」の大著を出した人はあるが、それでもその人は他の歴史の分野に有力な発言をしている。伊豆の場合は地誌だけだった。あれはせいぜい郷土史だよ、と彼を評する者は片づけた。

伊豆を「新釈武蔵地誌稿」に赴かせたのは、女子大の学生だった青山綾子である。伊豆が知ったころの綾子は二年生で、字の上手な学生だった。そのころの伊豆は、主に地誌の資料を全国的に蒐めていたが、それをいちいち筆写するのが大儀だった。一つは、恰度《ちょうど》病気をして体力がなかったせいでもある。あるとき、伊豆は学生の答案の中から見事な筆蹟《ひっせき》を見出《みいだ》した。それが青山綾子だった。

伊豆が青山綾子をよんできくと、彼女は小さいときから習字が好きで、今でも書道の先生について稽古《けいこ》をつづけているといった。伊豆は六十二歳になっていた。

伊豆は彼女に頼んで、自分の書いたものの清書や、資料の引き写しをしてもらった。綾子は九州から来ていたので寄宿舎生活だった。

伊豆は彼女に資料の写し方から教えた。たとえば、資料の文章に文意不明の箇所があってもそれは訂正しないで、横に小さくママと書くこと、誤字は横に正しいと思われる字を添えておくこと、脱字があるところは括弧《かっこ》して脱と入れることなど。また、変体仮名や、古文書《こもんじょ》の中から出てくる連字仮名にも慣れるように教えた。

綾子はそれほどの美人ではなかったが、眼の大きい、浅黒い顔で、肉づきのいい身体《からだ》をしていた。彼女は、はじめ休みのたびに伊豆のところに来ては清書をしていたが、のちには寄宿舎に持って帰り、三日おきか一週間おきに出来ただけを届けに来た。

彼女の清書した中に「月」の字がいつも斜めになっているのが伊豆には気になった。あるとき、それを訊《き》くと、それは習字の癖で、書道では月の字をこんなふうに斜めに書くのですといった。しかし、伊豆は、その月の字を見るたびに妙に不安定を感じる。それで、ペン書きの場合は普通にしてくれというと、彼女は当座は真っ直《す》ぐな月の字を書いてきたが、やがてまた少し斜めになった。伊豆は、それ以上いわなかった。が、彼女の書く斜めの月の字を見ていると、いつも心に落ち着かないものや不安を感じた。不安定な自分の位置がその字に表れているような気がするのである。彼は密《ひそ》かに古本屋に行ったとき、書道の本をのぞいた。なるほど、どの手本にもたいてい月の字は傾いていた。

青山綾子が一年ばかりすると、先生は地誌をずっとおつづけになるんですか、と訊いた。そのつもりだと伊豆がいうと、彼女は、それは全国的な体系としてまとめられるのですか、とたずねた。まだはっきりと決っていないと伊豆は曖昧《あいまい》な気持で答えた。実際、そのときは彼の前に「大日本地名辞書」が屹然《きつぜん》と聳《そび》えていたのである。

しばらくして来た青山綾子は遠慮しながら伊豆にいった。先生のお手伝いをしてだんだん分ってきましたが、全国的な体系よりも一地方に限られたほうが先生のお仕事としてユニークなものが出来そうに思えます、それには武蔵一国に限られたらいかがですか、これは私のつまらない感想ですが、と羞《はずか》しそうに微笑した。

伊豆は、当座は素人《しろうと》の知恵だと思って聞き捨てたが、あとで考えてみると、それが自分にいちばん適応しているように思えてきた。全国的に地誌体系をつくるのは初めから無理である。そんなことは彼も思っていなかった。ただ、小さなものがいくらかでもまとまれば満足だと考えていた。彼はそれほどの高望みはしていなかった。が、青山綾子がふといった言葉は彼に一つの天啓と感じられた。なるほど、武蔵一国に限定すれば、それなりに充実したものが出来そうである。また武蔵は東京の周辺だし、古代からの変遷《へんせん》をたずねれば、それなりに意義はあると思えてきた。彼は「大日本地名辞書」がなし得なかった細部をそこで完成しようと思った。そう考えると、今まで荒涼とした彼の生涯の先に初めて一群の青い色が映じてきた。

すでに彼の先輩の幾人かは大家の名をほしいままにして死んだ。彼の同輩はそのあとを継ぎ、今やそれぞれ学界の頂上に立っている。伊豆亭に野心はなかったが、せめて「新釈武蔵地誌稿」だけでも自分の名を遺《のこ》したかった。恰度、冀山の回想録に弟子としての彼の名が遺されているように。

伊豆は女子大の閑《ひま》をみては図書館に通い、また史料保存所にも通った。史料保存所には彼の少し下の後輩が所長をしていた。その後輩はすでに刊行中の「史料集成」を編纂《へんさん》している。これは国家的な事業といってもよく、伊豆の志している「新釈武蔵地誌稿」などもとより比較にもならなかった。そのせいか、その男は伊豆の申し出をこころよく容《い》れて、保存の古文書の閲覧を承諾した。その男の艶《つや》のいい顔の微笑には、そんなつまらない仕事をせめてもの拠《よ》りどころにしている先輩の伊豆に憐憫《れんびん》と軽侮をあらわしていた。

史料保存所には関係古文書が豊富に所蔵されている。伊豆は青山綾子を伴《つ》れて行き、所長にも頼み、所員にも紹介した。そのころ彼女は三年生になっていたので、かなりの時間的余裕があった。古文書に興味を覚えてきた彼女は熱心にそこに通った。殊《こと》に古文書の古い字体に接すると、書道に趣味をもつ彼女の眼が生き生きとした。

そのうち、伊豆は妙な噂《うわさ》が史料保存所の連中から立てられているのを知った。所員が青山綾子に、伊豆と特別な関係があるような口ぶりでいろいろ訊くというのである。綾子からそれを聞いて伊豆は初めて思い当るところがあった。彼は一週間に一度、古文書の選択に彼女と一緒に史料保存所に行くのだが、所員のふしぎな視線に突き当ることがしばしばだった。伊豆と青山綾子とは恰度四十歳の開きがあった。まさかと思ったが、やはり他人の好奇心は際限のないものだと思った。

しかし、やがて、それは他人だけでなく、妻にもその様子が見えてきた。伊豆は休みの日には郊外の古い寺の所蔵文書を漁《あさ》りに回るが、青山綾子を伴れて行くことが多かった。二人で出かけるのを妻は好まなかった。のみならず、妻は伊豆に皮肉をいうようになった。

3

伊豆の仕事をどこで聞いたか、歴史ものを主に出版している隆文社が彼のもとに問い合せに来た。仕事の内容や、全体の巻数などを編集長が自分で来て訊いた。伊豆は出来た分の原稿をとり出して見せた。編集長はまず文字のきれいなのをほめた。このとき茶をくんで来た妻が横でそれを聞いていやな顔をした。

一週間後、ふたたび編集長は来て、ぜひ自分のほうでこれを刊行させてほしいといった。全体の巻数が、大体、五百ページ一冊として十五、六巻くらいになる見込みだったが、大へん結構ですと出版社側はいった。それから、原稿が出来次第一巻ずつ出して行きたいから、なるべく仕事を進捗《しんちょく》させてほしいと頼んだ。伊豆は救われた。出版の運びになったのは嬉《うれ》しかったが、資料蒐めの費用に困窮していたのである。

伊豆は、それまで青山綾子には小遣い程度のものしか渡してなかった。彼はそれが気になってならなかった。彼女のほうでは伊豆に心から協力し、経済的な面では要求したことはなかった。これがまた妻の邪推を買う一因となった。今どき報酬を考えないで面倒な仕事をする女は居ないというのである。伊豆は妻と諍《いさか》いをし、不愉快な日を送るようになった。

それでも彼は青山綾子を手放すことが出来なかった。今では掛替えのない助手である。隆文社との契約が出来てから、伊豆は綾子に適当な額の支払いが出来るようになった。それは今までの倍額近くだったが、妻は彼女に与えるには多すぎるといって不機嫌になった。伊豆はその適切な理由をいうのが面倒臭くなったが、実は妻の興奮をおそれたのである。このとき妻は五十六歳だった。

青山綾子には彼の妻の思惑が分っていた。彼女の足は彼の家から遠のきはじめた。伊豆は仕方なしに、史料保存所で綾子と落ち合い、そこで打ち合せをしなければならなかった。が、彼女が家にくることが少なくなっても、彼女の清書した原稿を見れば仕事の進行は妻にも分るのである。妻はそのことで伊豆を責めた。外で逢引《あいびき》しているようないい方であった。

そのころになると、出版社でも伊豆に若い社員を助手として一人つけてくれた。しかし、この男はあまり役に立たなかった。青山綾子は、先生がお気の毒だから、出版社の男が馴《な》れるまで付いていてあげたいといった。奥さまに誤解されても仕方がありませんと低い声でいった。大きな眼を伏せた彼女の横顔は水のように寂しいものが流れていた。

伊豆は、女房も年甲斐《としがい》がなくて済まないと詫《わ》びた。年甲斐がないといったとき、伊豆の心には綾子と四十の年齢の開きが大きな音を立てた。いつの間にかそれを忘れていたのだった。彼は綾子を愛しているとは思わなかった。しかし、自分の心に彼女がどのような位置を占めているのかよく分らなかった。

そのうち、隆文社から付けてくれた男は兵隊にとられて中国に渡った。日華事変は二年目に入っていた。出版社では代りを伊豆に送ってくれなかった。

それは、社員から出征する者が多いので人手不足という理由だったが、戦争が大きくなるにつれて出版の傾向も変ってきていた。武蔵国の地名をたずね、神社や寺の由来を記し、領主の祈願状や高札の文句を写すような彼の仕事は閑文学でしかなかった。伊豆には出版社が不熱心になってゆく理由がよく分った。その後は、仕事の進行に出版社からの問い合せすら絶えた。原稿は溜《たま》っていくのに、出版の希望は失われた。

そんなとき、伊豆を支えたのは青山綾子だった。女子大を卒業してからも半年は助手として東京に残ってくれた。伊豆は陽の目を見る当てもない原稿を虚《むな》しい気持で書いていったのだが、彼女のきれいな清書の文字を見るといくらか心が引き立てられた。

「文書八通、香月浦磯辺《いそべ》にての猟、不（可脱カ）有相違、或沖中へ舟を出、或他郷へ就漕行者、如法度可為領主之罪科者也、仍如件、戊辰《ぼしん》八月十日（戊辰ハ永禄《えいろく》十一年北条氏虎印）

笠原藤左衛門奉」

無味乾燥な文句も、彼女の文字になると生命をふき返したように伊豆には見える。しかし、その鑑賞の中でも斜めにかたむいた「月」の字は相変らず伊豆の気持を不安定にした。

青山綾子が九州に帰ったのは、その年の秋だった。伊豆は最後の別れに彼女と平林《へいりん》寺《じ》に行った。これまで近郊を歩いた寺の中でここがいちばん彼の気持に叶《かな》っていた。本堂から裏に回ると松平家の墓地がある。背後は雑木林に蔽《おお》われ、その中に径《こみち》がついていた。

綾子はほかにあの仕事をする人はいないから、それを先生のライフワークにしてほしいと歩きながらいった。彼女は、資料の置場所や所在をこまごまといいおいた。伊豆は、その半日の平林寺を、落葉の下をぐって滲《にじ》み出ている湧水《わきみず》の模様までおぼえている。林の中に百舌鳥《もず》が跳ねていた。

その年の秋の終りになって、伊豆は九州の彼女から簡単な結婚通知をもらった。相手の名前も職業も何も書いてなかった。伊豆は青山綾子が自分の気持を知っていたと思った。彼は平林寺の落葉の上を歩く女の足音をその簡単な文面のなかに聴いた。綾子の浅黒い、肉づきのいい身体が知らない男に蹂躙《じゅうりん》されていると思うと寝つかれなかった。

次の手紙は半月経《た》ってからだった。結婚生活にはふれずに、伊豆の仕事が無事に進むように祈っているとあった。戦争は大きくなる一方であった。暮には太平洋戦争になった。

それからの三年間、伊豆は、ほとんど惰性的に原稿を書いていった。もうとっくに投げ出してもいいような仕事をどうしてつづけているのか自分でも分らないときがあった。

戦争が進むにつれ、生徒にも軍事教練まがいのことが課せられるようになった。校庭で防空演習とか救護演習とかが毎日行われた。学者の中にも戦時色を反映して学説を歪《ゆが》める者が出てくる。そうした風潮に伊豆は反撥《はんぱつ》を覚えないわけではなかったが、その抵抗として今の仕事をつづけているのでもなかった。いえることは、戦争には関わりのないことをやっているという僅《わず》かな気安さくらいだった。だが、それが彼の忍耐をつづけさせる大きな要素とも思えなかった。彼は師の箕山《きざん》の、君はこういう方面に進みたまえという制限的な言葉と、青山綾子のつつましい激励とが、この退屈で無意味な仕事をつづけさせていると思っていた。

翌《あく》る年の冬、妻が病死した。このとき、伊豆は六十五歳であった。

学校の若い教師が戦争に出て行き、残っているのは年寄だけになった。伊豆は単調な教壇生活を送ったが、一方、「新釈武蔵地誌稿」の仕事は緩慢ながらつづけた。そのころになると隆文社から、現在の事情では出版が不可能になったので、当分見合せてほしいという正式な通知があった。もとより覚悟していたことなので、伊豆はそれほどの衝撃も受けなかったが、やはり道を失って荒野に立ち尽したような心地にはなった。

学界の一部には、伊豆がその仕事をしていることが分っていた。しかし、どの雑誌の消息欄にも彼のことは一行も紹介されなかった。とり上げる価値が無かったのだ。たとえ、戦時下でなくとも、やはり無視されたには違いなかった。

書き溜《た》めた原稿は、それでも相当な量になった。伊豆は、前のほうをときどき出して眺めた。ふしぎなもので、気分が乗っているときは字体も息づいているが、絶望を感じたときの文字は荒れていた。最近のはほとんど荒涼とした字体だった。伊豆は、前の部分を繰って青山綾子の写した草稿を見た。美しい字には彼女の誠意と思い出がこもっていた。彼は、綾子の文字に元気づけられて、途中で投げ出したくなる原稿をまたつづけるのであった。

翌年になると敵機の空襲があった。伊豆は、やはりこれまで書き溜めてきた草稿を火から護《まも》りたかった。借り出してきた資料や、自分で買った資料も相当なものになっている。学者の中には早くから蔵書の疎開《そかい》をしている者があったが、伊豆にはそれだけの経済的な余裕がなく、また田舎《いなか》には知合いもなかった。彼は九州の田舎に居る青山綾子のことを考えたが、もとより依頼する筋合いではなかった。彼は、ときどき、彼女の夫が戦争に行きその留守を守っている彼女を想像しないでもなかったが、便りは一本もこなかった。

空襲が激しくなった。死んだ妻の生家は秩父にあったが、疎開のことでは何も頼みたくなかった。彼は、この家のものはいっさい焼けても惜しくはないと思ったが、下町が空襲で焼かれると、自分の仕事が灰になるのを防ぎたくなってきた。

そんなときに思いがけなく九州から青山綾子の手紙が来た。私の住んでいる所はひどく田舎で、近くには軍需工場も無いし、ここまで空襲が行われるとは思われない。東京は大変だと聞いているが、心配になるのは先生の資料と原稿のことである。私は二年前に夫と離婚したから、先生さえよろしかったら、私の家に疎開してこられてはどうか。僅かながら畠《はたけ》を持っているので、先生がお食べになるくらいのことは何でもない、といい忘れたが、夫と別れてからの私は書道を子供に教えています。半分百姓をし、半分そんな生活で暮してきたが、先生もお年のことだし、のんびりした田舎で長生きして下さい、と書いてあった。四年ぶりに見る綾子の筆蹟《ひっせき》であった。伊豆の妻が死んだことは知っているらしかった。

4

東京の街が焼かれはじめたころ、伊豆は九州に向けてまず資料と原稿とを発送した。家財道具は一切灰にすることにした。土地と家とは安く他人に売った。彼は混雑する列車に乗り、長いことかかって九州北部の淋《さび》しい駅に着いた。電報を打っていたので、駅には青山綾子がモンペ姿で迎えに来ていた。彼女は四年前の顔とは少しも変っていなかった。伊豆は綾子のうしろをのぞいたが、誰も居なかった。子供は出来ていなかったのである。その身体《からだ》つきにも結婚生活の痕《あと》はとどめてなかった。

その町は平野の端にあった。彼女の家は町のはずれで、小さな川の流れている傍《そば》だった。この町だけは戦争からはずされたように、昔のままの穏やかさを保っていた。

伊豆は、その日から彼女の家の離れに入った。荷物は彼女の手ですでにほどかれて、資料と原稿とが整理されていた。

綾子は結婚のことについてはふれなかった。ただ、それは数か月の生活にすぎなかったこと、もう再婚の意志の無いことだけをいった。伊豆は、それとなく別れた夫の職業を訊《き》いてみたが、彼女は笑って答えなかった。ただ、この町にはすでに居ない人だからと、伊豆を安心させるように付け加えた。伊豆の妻が死んだのをどうして知ったのかと綾子に訊くと、何となく風の便りで分ったのだといい、悔みを述べた。それはぎごちない言葉だった。妻の嫉妬《しっと》を彼女がおぼえているからで、聞く伊豆も辛《つら》かった。伊豆は、東京に居る同級生からの便りで彼女が妻の死を知ったのだろうと想像した。

綾子は伊豆を畠に案内した。それは家から二キロぐらい離れた所にあった。一望見渡す限りの田圃《たんぼ》がひろがっていた。畔道《あぜみち》には黄櫨《はぜ》の立木がならんでいた。古い堀がいたる所にあって、水の中に雷魚がいた。

彼女の田と畠は二反くらいだった。彼女はそこに毎日出て働いているが、こんな狭い耕作地でも供出米の割当てが重いといった。肥料も足りなく、女ひとりだから手が回らないともいったが、畠の青い野菜は伊豆の眼を生き返らせた。その晩は、伊豆が長いこと口にしなかった純米の飯を炊《た》いてくれた。

伊豆は、ここに移る前に女子大を辞めてきたので無収入となっていた。だが、それまでの貯金や、東京の土地を売った代金で、いくらかの金はあった。綾子は、この町に居れば、べつに金を使うこともないから安心して下さい、といった。米も野菜も自給だし、魚は僅かな米でいくらでも引き替えてもらえるともいった。先生はちっともご心配はいりません、あのお仕事をぜひつづけて下さい、戦争が終れば世の中も落ちつき、出版社のほうでもまた頼みにくるでしょう、と励ました。そのとき、原稿は一冊五百ページくらいで三巻ぶんくらいは出来ていた。彼女は、その後に伊豆が書きつづけた原稿を読んだり、自分が前に書いた草稿をなつかしそうに見たりしていた。

二人の生活がそれからはじまった。近所の眼に自分たちはどのように見られているのだろうかと伊豆は気にした。綾子は、そんなことは大丈夫です、わたしの先生ですからといってありますよ、と笑ったが、事実、誤解をとくためか、彼女の言葉は人前でよけいに丁寧になった。綾子が先生と呼ぶので、伊豆は近所の人たちからも先生の名でいわれた。四十も年齢の差があるので、綾子のいう通り、妙な眼で見られることはないと思ったが、二人で歩いているときなど彼のほうで気兼ねをしなければならなかった。事実、かつて資料保存所で受けた同じ視線にここでも出遇《であ》わなければならなかった。

この町は元来素麵《そうめん》の製造地だということが分った。しかし、麦も無く、塩も統制になっているので、素麵が干してあるのはたまにしか見られなかった。戦災の脅威こそ無かったが、若い者はほとんど見えず、年寄と子供だけの荒廃した土地であった。東京から来たときに受けたみずみずしい印象は、知らぬ土地を見た眼の錯覚だった。

伊豆の頭は真っ白になっていた。足もとも弱くなっていたが、綾子が畠に行けば自分も手伝いをした。鍬《くわ》を握ることも初めてだったが、それでも彼女と畠の土の上に立っているほうがよかった。知らない人の眼には、舅《しゅうと》と嫁とが畠を守っているように映ったかもしれぬ。

伊豆は、はじめのうちは離れに横たわっていても寝苦しかった。綾子は、ひと間おいた次の間にいつも床を敷いた。伊豆はいつまでも眼が冴《さ》えた。あたりは静かなもので、時折り空襲警報のサイレンが鳴る以外、前の通りには足音も起らなかった。伊豆は、夜中に眼が醒《さ》めると、しばらく配給の煙草《たばこ》を吸ったのち足音を忍ばして便所に行った。はじめは、この足音が綾子の耳に入って彼女の神経を尖《と》がらせはしないかと思ったものだ。それが彼の老いた胸を妙にはずませた。彼は夜中に資料をひろげたりしたが、綾子の寝息を聞いていると次第に心が静まるのだった。その寝息に伊豆の身体が男でなくなっているのを知っているようだった。伊豆は綾子が僅かでも結婚生活をしていることを考え、二十六歳という年齢を思い合せ、ひそかに彼女の様子を観察したこともあるが、まだ何の悩みもないようだった。

伊豆は、そうした夜、寝ながらこのような土地に余生を埋めようとは思わなかったことを考え、改めて古い家の造作など眺め回すのだった。彼は、かつての同輩や後輩の学者がどうしているだろうかと思ったりした。戦争のため学界も鳴りを静めていた。学術雑誌も痩《や》せ細っているか中絶になっているかしている。論争も熄《や》み、かつての華々しい論文の発表も無かった。伊豆は、この戦争がまだまだつづけばいいと思った。戦争が終らない限り、彼はこの平和な静寂にひたれるのである。もちろん、「新釈武蔵地誌稿」は永久に印刷されない。だが、ここで綾子と二人で続稿を書きつづけているだけでも満足だった。いつかは誰かがこの生原稿を発見して世に紹介してくれるかもしれない。そのとき、紹介者は、一体、自分と綾子の関係をどう考証づけるだろうか、などという空想にまで走った。

綾子は、午後から近所の子を集めて習字を教えた。戦争の初めごろは若い男女も来ていて賑《にぎ》やかだったが、今では子供だけになっていた。

伊豆は、子供たちの習っている字に月の字を見てなつかしかった。綾子の書いた通りに子供の「月」の字も傾いていた。

綾子の清書の中にも「月」はあったが、そのほうはあまり傾斜していなかった。綾子にいうと、東京に居るころ先生にいわれたことが気になっています、といった。

ある晩、けたたましいサイレンが鳴って、伊豆は綾子と表に出た。畠の彼方《かなた》にある山の向うが真っ赤に焼けていた。炎の色は低く垂れた雲の上をゆらぎながら、いつまでも映えた。ここから三十キロばかり離れている軍需工場の町が敵機で焼かれているということだったが、その壮大な紅の色は伊豆に奇妙な昂奮《こうふん》をおぼえさせた。彼はもう少しで手を傍にいる綾子の肩に当てるところであった。

この自制は日ごろの伊豆にいつも強いられているものだった。綾子が日常世話をしてくれると、視線を避けようと思っても、やはり彼女の「女」がどこかにのぞいていた。家の中ではもとよりだったが、彼女と畠に立っていると、その浅黒い手足がふしぎな野性で彼の眼に映るのである。誰も居ない、広漠とした田の面《つら》には、胸の白い朝《ちょう》鮮鴉《せんがらす》が奇体な声をあげて飛んでいるだけだった。

そうしたとき、綾子のほうでも何かを感じるのか、さりげなく彼からはなれて向うの土に鍬を入れるのだった。そのしゃがんだ背中の上に層々と積み重なった灰色の雲が載っている。

伊豆は、綾子がいつまで自分の傍に居てくれるだろうかと考えないわけにはゆかなかった。二人で町を歩くときや周囲に人が居るときはそれほどにも感じなかったが、こうして田の中にたった二人で居ると、その不安が頭をもたげてくるのだった。

綾子は彼が死ぬまで面倒をみるつもりでいるらしい。すでに自分も六十七だと伊豆は思うと、この先それほど長く生きられるとは思えない。だが、二十六歳の彼女が、これから伊豆の生涯の何年先までこのままついていてくれるのか。伊豆には、この涯《はて》の見えない野面《のづら》と同じように、寒々とした余生の中に一人で立たせられる心細さを覚えた。

昼間、それを考えると、必ず夜なかに眼が醒めて睡《ねむ》れなかった。その晩も寝床に腹《はら》匍《ば》ったまま煙草の残りを吸った。綾子が寝返りを打ったが、おそらく熟睡のなかで身体を楽にしただけであろう。あとはひっそりとなった。伊豆には重苦しい静寂であった。

伊豆は起きて足音を忍ばせ、便所に行った。月夜だった。用を達したあと、そこに立ったままはなれなかった。便所の桟を越して蒼白《あおじろ》い光が斜めに流れている。桟の縞《しま》と、向うの植込みの枝の端とがふしぎな模様をつくっていた。

伊豆は、小さなころを思い出した。夏、盥《たらい》で行水をさせられたが、傍に立てかけた板に湯をかけると、板に雫《しずく》が流れて面白い模様をつくる。偶然に出来たその模様からさまざまなかたちを空想して、何度も盥の湯を板にかけたものだった。

いま、月の光がつくった便所の窓の桟と枝との模様を見て、伊豆はそれを思い出し、年寄になると子供と同じになるというのは本当だと思った。

翌《あく》る朝、綾子にそれを話すと、そんなに面白いものですか、それならわたしも今晩みましょう、といい、先生はよほど月にセンスがありますのね、と笑った。彼女の書く「月」の傾いた字体のことだった。

5

戦争が終ると、この廃《すた》れたような田舎町にも活気が流れてきた。兵隊から戻った男がふえ、野良《のら》も活潑《かっぱつ》になった。この辺は米作地帯だったので、米を手に入れたいヤミ商人や、都会の女たちが古い着物を持って毎日のように入りこんだ。農家は裕福になり、似合わない派手な着物をきる女がふえた。しばらくすると、それまで小さかった新聞がもとのかたちに戻った。それにはぽつぽつ本の広告も出はじめた。綾子は、出版も前の状態に戻りそうですね、先生もう少し頑張りましょう、と伊豆にいった。が、出版の多くは伊豆の仕事とは縁の遠い種類のものばかりだった。

伊豆が綾子の家に来て、いつの間にか三年経《た》った。ここで彼は、自分が奇妙な存在だったのをもう一度知らなければならなかった。この辺の土地の人間ではないということが、絶えず彼を差別的な眼の中に立たせた。この土地の人間もかなり排他的だった。食うに困って、わずかな縁故をたよりに来た横着な流れ者としか彼らは見なかった。いわば伊豆は土地の余計者扱いだった。

その上、綾子の家に同居しているという奇体な位置が土地の者にはやはり目障《めざわ》りであった。彼らがどのような陰口をしているか伊豆には分っていた。彼が歩いていると、女たちがふり返って見送るのである。その顔にはたいてい薄ら笑いが浮んでいた。復員した土地の男たちが立ちどまって女たちから無遠慮に彼の素性《すじよう》を聞いている。

この時世と、この土地の空気では大学教師の肩書など何の値打もなかった。鍬ひとつ満足に握れない彼はヨソ者の異分子だった。そして、彼が教え子の若い女の家に入りこんでいることは土地の人間の理解を超えていた。彼らはそれを卑猥《ひわい》な臆測《おくそく》で埋めた。事実、村でも舅が出征中の息子の嫁と通じている噂《うわさ》が少なくなかったのだった。綾子があの若さで再婚できないのは、あの年寄を背負いこんでいるからだということになり、綾子は同情され、伊豆は悪《にく》まれた。

伊豆の耳にもその噂が入らないではなかった。近所に韓国から引き揚げてきた老人がいて、それとなく、彼に伝えるのである。伊豆は、自分のために綾子が再婚できないでいるという話がいちばんこたえた。彼は恐怖をかくして綾子の意志をきいた。綾子は再婚の気持は全くないといい切った。前の短い結婚生活のことは相変らずいいたがらなかったが、もうどこにも嫁《ゆ》きたくないという返事はまんざら伊豆に対する遠慮だけでもなさそうだった。第一、その相手が居ないじゃありませんか、と綾子は伊豆にいって眼もとを笑わせた。この土地ではその通りだったので伊豆もうなずくほかはなかった。男はいやです、と綾子はいった。短い間に持った亭主のことだろうと伊豆は想像したが、それは夫婦間の夜の生活のことをさしているようにも思えた。もうすぐ三十に手の届く女ざかりの綾子に身体《からだ》の欲望のようなものが見られないのは、そのときの男の獣性が彼女に衝撃を与えているようにも考えられた。伊豆は自分のその考えを幼稚な推測と思わないではなかったが、少なくとも短い夫婦生活が彼女の上に淡い経験を通過させただけで、その身体を依然として閉じさせるのだと考えた。そう想像すると彼女に再婚の意のないことも本当のような気がし、そのほか、いろいろ思い当ることが多かった。伊豆は安堵《あんど》した。このままいつまでも彼女といっしょに居られると思った。

伊豆は自分に男としての能力が残っていたら、綾子にその身体を開かせることもできるだろう、そういう機会は毎日のようにある、もし、そんな結果になれば綾子との遠慮な距離も除《と》れてしまう、師弟の愛情が男女の愛情に変る、いつ彼女と離れるか分らない不安も消えるだろうと、ときどき思うことがあった。だが、それは結局は詮《せん》ない空想であった。彼はこの男女のままごとのような生活の永つづきを願うほかはなかった。その永続のくさびになるのが綾子が手伝ってくれている地誌稿の仕事だと思った。もはや、地誌の編纂《へんさん》は彼の学問的な意義から消えて、綾子との同棲《どうせい》が永つづきするための目的になっていた。

単調で多少の危機を孕《はら》む生活が、それからも一年つづいた。他人の屈辱的な眼つきに囲まれた中での小さな平和な生活だった。この平和はいつバランスが破れるか分らないうすい安定の上に立っていた。土地の者から受ける差別的な待遇、土着でない旅人のはかなさ、そして綾子に凭《よ》りかかっている奇体な共同生活、どれを取っても伊豆には針の先からでも破れそうな均衡だった。彼は、それをつないでいるのが地誌の仕事だけだと思い、それに精を出すほかはなかった。

世の中がようやく落ち着きを見せたころ意外なことに東京の隆文社から「新釈武蔵

地誌稿」の問い合せがあった。戦争中、やむなく企画を中断したが、今回、ぜひ、あれを続行したいというのである。

ほら、世間が落ち着けば必ず先生のお仕事が世に出ると信じていましたけれど、私のいう通りになったでしょう、と綾子がその手紙を見て息をはずませて伊豆にいった。

伊豆は、皺《しわ》だらけの顔に笑いを浮べて綾子の言葉を心に嚙《か》みしめた。長い間の苦労がようやく実りかけたという気持よりも、これで経済的に救われて彼女との生活がもっと長くつづけられると思った。綾子は近所から小豆《あずき》を分けてもらい、赤飯を炊《た》いた。

隆文社との間に何度かの手紙の往復があり、原稿の一部を東京に送った。一か月ぐらいすると、担当者がそちらに伺うという連絡が来た。その報《し》らせの時間に綾子が駅へ出迎えに行った。伊豆は、その間そわそわして待った。

綾子に案内されて入ってきたのは、三十くらいの、色の黒い、背の高い青年だった。彼は宮川という名だったが、戦争で長い間ジャワに居て、つい最近復員したばかりだ、といった。そのため出版の事情もよく分らず困っています、と話した。先生のお原稿を到着分だけ社で拝見したが、たいへんに心を惹《ひ》かれた、そういう意義のあるお仕事の係となったのはありがたい、といった。伊豆は残りの原稿を見せたが、綾子が純米を炊き、米と交換した酒を出した。これだけでもこちらに伺った甲斐《かい》がありました、と宮川はつい本音を吐いた。

伊豆は、隆文社が歴史ものを出している老舗《しにせ》なので学界の消息を訊《き》いた。それは彼がひと時も忘れてない関心事だったが、宮川はそれほどよくは知ってなかった。それでも伊豆の同輩や後輩で有名な学者の動静を宮川は耳にした程度で話した。その話からのおぼろげな想像だけでも学界も新しい機運が起っているようだった。それは戦前とはまるきり反対の学説で、唯物史観《ゆいぶつしかん》が幅を利《き》かせて、旧《ふる》い学者のほとんどが窒息状態のようだ。伊豆の同輩や後輩のある者は追放《パージ》となり、そこまでゆかなくとも、名も聞いたことのない若手の学者によって痛烈に批判されているらしかった。

伊豆は、彼らをそれほど不幸とは思わなかったし、自分をそれほど幸運だったとも思わない。世の中がどう変ろうと、自分の仕事はやはり世間の注目を浴びることはないように思われた。

宮川は、その晩、家に泊った。綾子は東京からわざわざやって来たこの戦地帰りの編集者をもてなしたが、伊豆は自分のために編集者を大切にする綾子に感謝した。

翌日、宮川が帰るとき、ここはまるで極楽のようです、東京では満足に米の配給がなく、団子《だんご》と菜葉汁をすすっています、といった。しかし、先生のお仕事は息の長いことだし、紙の配給が順調になったころに第一巻を出したいものですといった。現在、伊豆の手もとには六巻分の草稿が出来上っていた。

　伊豆に充実した気持の生活がつづいた。もう、これで不安はないと思った。が、どこかにこれが本物でないような危惧《きぐ》はつきまとった。彼は、それを不安定でいた今までの気持の名残《なご》りと強いて思った。

　三か月経って宮川が再び東京から原稿を取りに来た。伊豆は出版社の熱心を喜んだ。綾子はもちろん宮川を歓待した。宮川の話だと、紙の統制も次第にゆるめられてきたから、まもなく上質の紙で印刷できるようになります、それで、最初の一巻分はすでに印刷所に入れて組んでいますということだった。いずれゲラが出来たらお送りしますが、部数はこの節《せつ》だからまず三千部ぐらいにし、印税はこれだけ、支払はいつと、なかなか具体的な話であった。伊豆は、まるきり捨てていたものがようやく世に出るかと思うとまだ夢の中にいるようだったが、それでも胸がふくらんできた。

　その晩、宮川を交えて三人は本の装幀《そうてい》のことを打ち合せた。宮川は、この前と同じように、伊豆の寝ている隣の部屋に大きな身体を横たえた。

　宮川が帰るとき、綾子は米を彼のトランクに詰めて土産《みやげ》にさせた。彼女はいそいそと宮川を駅に送った。

　その宮川は二か月して、また東京からやってきた。彼は始発から岡山まで立ち通しだったといったが、元気そうな顔であった。この前から二か月では伊豆の仕事もそれほど捗《はかど》ってはいなかった。

宮川は今度は原稿を頂きに来たのではなく、第一回の校正刷が出たのでお目にかけに参りました、といって鞄《かばん》の中からうすい紙綴《かみと》じをとり出したが、それはわずか十二ページぶんの組みだった。印刷屋の機能が正常に復してないので、これだけ組ませるのもたいそう難儀だったと宮川は説明した。普通なら郵便でお送りするところだが、先生に早く喜んでいただきたいと思ってお邪魔しました、それにこのごろの郵便は着くか着かないか分りませんので、と彼はいった。

伊豆は宮川の熱心に感心した。同時に、そこまで世話をしてくれる隆文社の好意をありがたく思った。伊豆は宮川の持ってきたゲラの活字を見ているうちに不覚な涙が出た。

宮川はその晩、町の宿に泊るといって配給米二合を入れた袋を見せた。綾子は、こちらにおいでになってからそんなご心配は無用ですといったが、宮川はやはり遠慮した。伊豆は、いい青年だと思い、綾子にこっちの米を持たせて宿まで送らせた。

綾子はすぐに帰ってきたが、宿の食物はひどいからうちのものを届けてあげたいといって新しい野菜や、漁村から米と引換えに売りにきた魚などの料理をつくった。こんな手間をかけるのだったら、宮川さんもいっそ家に泊っていただけばよかったといって笑った。

それらを詰めた重箱の風呂敷《ふろしき》包みを提げて出て行く綾子の姿はどこか浮き浮きとしていた。二度目に宿に行った綾子の戻りは遅かった。

それから三か月経った秋の末、綾子は親戚《しんせき》の家に二晩泊ってくると伊豆にいい置いて出て行ったまま四日経っても戻らなかった。電報が来たので綾子からの連絡かと思って伊豆が開くと、東京の隆文社からで、そちらに宮川が行っていないかという問い合せだった。

月の晩、伊豆は便所の窓の桟に綾子の腰紐《こしひも》をかけ、中腰で縊《くび》れた。

恩《おん》誼《ぎ》の紐《ひも》

《ぼくがおもうに、ここに集まっている聴衆は、もし殺人事件がないとなったら、大いに落胆して帰って行ったことでしょうよ》（ドストエフスキー「カラマーゾフの兄弟創作ノート」米川正夫《よねかわまさお》訳）

1

九歳の記憶だからあやふやである。その家は、崖《がけ》の下にあった。だから、表通りからは横に入っていた。表通りじたいが坂道になっていて、坂を上りつめたところにガス会社の大きなタンクが二つあった。あるいは三つだったかもしれない。とにかく坂道の下から上ってその真黒なタンクがのぞいてくると、ババやんのいる家にきたような気になった。子供の眼には目標で安心があるものである。

坂道の両側は品のいいしもたやがならんでいた。その間に酒屋だとか雑貨屋だとか八百屋などがはさまっていた。静かな通りで、人はあまり歩いてなかった。三十年も前のことである。まして中国地方の海岸沿いの町では車もほとんど走っていなかった。

角二軒が板塀の家で、問のせまい路地を入ってゆくと石段が五つほどあって、その家の玄関になる。玄関は格子戸《こうしど》だったか、硝子戸《ガラス》だったかは忘れた。とにかく庭のあるほうの縁は全部硝子戸になっていた。全部といっても六枚くらいだろう。それでその家の広さが分るが、辰太《しんた》にはずいぶん大きな家に思われた。自分の家はこんなに大きくはない。小さくて暗い。古くて、屋根が低い。両隣りとはくっつき合って空地は少しもない。

その家の庭には池があった。鯉《こい》がいた。うしろの崖に繁《しげ》った樹木がそのまま庭に下りてきたような感じで、池の縁に暗い茂みの多かったことをぼんやりとおぼえている。おぼろな記憶といえば家の中もそうで、何畳だか分らないが広い座敷とひどく狭い部屋と二つしか頭にない。しかも両方の部屋はかけ離れていた。だから、間にほかの部屋が二つくらいはあったのだろう。

辰太がその家に行くのは祖母のヨシを訪ねるのである。中国地方の言葉で、祖母のことを、ババやんと呼ぶ。辰太の声でババやんが顔をのぞかせ、遠慮そうに孫を内に入れる。狭いほうの陰気な部屋だった。祖母はその家で住込みの傭《やと》い婆をしていた。

六十ぐらいだったろう。

　辰太が行くと、祖母は菓子をくれる。隅の行李《こうり》の蓋《ふた》を開けて、チリ紙に包んだのを出す。駄菓子屋で売っているようなものとは違う。ババやんがこの家に置いてあるのをそっと取ってしまっているのだった。珍しい洋菓子で、ビスケットでも噛《か》むと口の中に牛乳の匂《にお》いが満ちた。ここにくるのは、それが食べたいためもあった。ババやんは奥さんの足音を気にして、孫が口を動かし終るのを待っている。家に持って帰るのは別の紙包みで用意していた。これは見送りに出たとき、懐《ふところ》から出して、小遣い銭といっしょに路上で渡すようになっている。べつの紙包みの金は、おかんに渡せ、という。落すなよと何度も念を押した。

　この家には奥さんとババやんしかいなかった。奥さんは、色の白い、ふっくらとした、きれいなひとである。いつも美しく化粧をしていた。あのころ、二十七、八であったろうか。派手な着物をきていた。奥さんはババやんを、おばさんと呼んでいた。子供がいなかった。旦那《だんな》さんは遠洋航海の船乗りで、三月に一度しか戻ってこない。旦那さんが帰ったときは、ここに来てはいけないとババやんは辰太にいった。たいてい一カ月ぐらい、ババやんとの面会が禁止になった。だが、そのほかにはババやんといっしょに寝る晩もある。今から思うと、奥さんも傭い婆さんが孫を泊まらせるのは本意ではなかったろうが、婆さんを使いやすいようにするため黙認していたのだろう。

辰太がその家に行くと、ババやんは、

「お父っつぁんは、どうしとるなら?」

と、訊《き》いた。

「戻っとらん」

と、辰太は答えた。答えながらも気がひけた。父の平吉が家に帰らないのは一カ月もつづくことがある。二、三日居るかと思うとまた居なくなった。父には外に女がいた。それは八歳になれば何となく母親の様子で分る。父は請負師《つけおいし》だったが、出入りの大工が母に父の女のことを告げているのを聞いたことがある。その大工も左官も、家によりつかなくなっていた。

「おかんは、どうしとるなら?」

と、ババやんは訊いた。この地方では、母親のことを、おかんと呼んでいた。

「おかんは、よその縫物をしちょる」

ババやんは溜息《ためいき》をつく。

六十にもなってヨシがよその住込み女中をしているのは息子の放埒《ほうらつ》のためだった。家に居られなくなったのは、裁縫の賃仕事をしている嫁にかかるわけにはいかなかったからだ。住込み女中なら自分のぶんだけでも口減らしになる。それに給金からは少しでも嫁に手伝いができた。

平吉はヨシの本当の息子ではない。ヨシのつれあいが生きていたころ、事情ある幼児として貰《もら》い受けて育てた。平吉もそれを知っている。辰太は孫でも血が通《かよ》ってなかった。が、ヨシは孫を可愛《かわい》がった。額がひろく禿《は》げ上がったババやんの顔を辰太はよくおぼえている。そのころから腰がまがっていた。

ババやんは奥さんの使いで外に出て行く。遊びにきている辰太は、ババやんが雨の日、曲った腰で傘をさし、買物の風呂敷《ふろしき》包みを下げてくるのを見る。ババやんは買物を濡《ぬ》らさぬよう風呂敷包みを胸にかかえこんで袖《そで》も腰から下もびしょびしょにして戻る。禿げ上がった額からは雨と汗が滴《しずく》になって流れている。ババやんは可哀想《かわいそう》だと辰太は思った。こんな年寄りを使って遊んでいる奥さんが好きでなかった。実際、ババやんは少しも身体《からだ》を休めなかった。奥さんが呼ぶか、自分で立ってきて障子の外から用事をいいつけないときでも、ここそこと用事をしていた。それが、遊びにきた孫のための奥さんへの遠慮だとは辰太は知らなかった。ババやんは用事のないとき坐《すわ》って雑巾《ぞうきん》を縫った。そういうときのババやんは落ちついていて辰太は好きだった。雑巾の縫い方はていねいで、糸の縫目の模様など学校の手芸品のようである。ババやんはそれを何枚もつくっていた。

自分の家から、崖下の家まで子供の足で一時間近くかかった。はじめは途中が心細かったが次第に馴《な》れた。道中の真ん中あたりのところに市場がある。人で混雑している。大きな醤油屋《しょうゆや》があって店の中から醤油の匂いがしていた。この市場の中には意地の悪そうな子がひとりいた。そこを過ぎると、急に静かな坂道にかかる。

辰太は小学校から帰ると、

「おかん、ババやんのところへ遊びに行ってもええかん?」

と訊く。一週間に一度ぐらいだった。縫物をしている母は、すぐには返事をしなかった。ようやくのことで、

「すぐに帰らんといけんどな。それから、もう小遣いは要らんけん、ババやんの好きな物を食べなさい、というておくれ」

と、細い声でいった。針を動かしながらうつむいているので、声も低かったかもしれないが肩も淋《さび》しそうだった。首筋に後毛《おくれげ》が乱れていた。

帰ると、その母が訊いた。

「ババやんは、どうしとるなら?」

「うん。働いちょる」

母は黙っていた。

が、母にはいってない内緒ごとが辰太にはあった。父の平吉がババやんに小遣いをせびりにくることである。辰太は一度、ババやんのとこに遊びに行っていて、その父の来訪にでっくわしたことがあった。

「あ、おとっつぁん」

と、辰太が歓声をあげると、父はびっくりして手を横に振った。父親は、ぞろりとした安銘仙《めいせん》の着物を着ていたが、子供の眼にもその絹物はくたびれていた。父はその姿で、ババやんが居るなら、ここにちょっと呼んでくれとあいまいな笑顔で辰太に低くたのんだ。奥さんに知れんようにな、と父は子に注意を忘れなかった。

奥さんは奥の座敷で三味線《しゃみせん》を弾いていた。ババやんは、辰太の報《し》らせで黙って行李のほうに行き、蓋を開けて何かを出した。菓子包みではない。おとなに菓子をやるわけはなかった。ババやんは玄関の外に立っている父に何か叱言《こごと》をいっていた。父は疲れ切った顔でニヤニヤと笑い、ババやんの手から取るものを取ると、辰太に、おかんにはいうなよ、学校に行っとるか、と序《つい》でのように訊いて立去った。ババやんも、辰太に、おとっつぁんの来たことは、おかんにいうなよ、といった。子供心にも父親の後ろ姿に落ちぶれようが分った。

辰太は、この家の旦那さんに一度だけ会ったことがある。ババやんにつれられて奥の座敷の敷居ぎわになっている廊下に正座させられた。旦那さんは食卓の前で飯を食べていた。そばに奥さんがいて、こっちをむき、旦那さんに何か辰太のことをいった。旦那さんは白っぽい着物をきていたから浴衣《ゆかた》ではなかったろうか。そういえば奥さんは団扇《うちわ》で旦那さんに風を送っていたようである。開けた硝子戸の向うには夕日の当った庭があったかもしれない。頭の禿げた、大きな体格の旦那さんは赭《あか》ら顔をちょいと辰太にむけただけで、すぐ面倒臭そうに視線を逸《そ》らせた。あの表情は今でもはっきりと眼前にある。長じてから、違う人に同じような視線を何度もうけてきた。奥さんは、辰太の横に縮んだようにかしこまっているババやんに、もう退《さが》っていいわよ、といった。たしかにそういう意味の言葉を奥さんはいったように思う。ババやんは辰太におじぎをさせ、廊下を中腰になってさがった。もうよい、退りおろう、という台詞《せりふ》の出る芝居を観《み》るたびに、辰太は奥さんと旦那さんが二人で上座にならんでいる光景を想《おも》い出す。そうして、タスキがけで着物を縫っている母の背中がその裏に泛《うか》んでくる。

奥さんだけにおじぎをしに行くことがある。それは辰太がババやんの部屋に泊まる晩だった。おやすみなさい、と挨拶《あいさつ》に行く。奥さんは本を読んでいて、ああ、という。黙っているときもあった。

母は、今から思うと、よくできた女だった。できすぎていたくらいである。夫が女のもとに走っても、ついぞ夫と大きな声でいさかいをしたことがなかった。少なくとも子供のころの辰太にはその記憶がなかった。母は農家の生れだが、読み書きがよくできた。父の手紙の代筆は、ほとんど母がした。料理も上手だった。清潔好きで、いつも狭い家の中は几帳面《きちょうめん》にかたづいていた。あまり几帳面にすぎた。それに、父によく尽した。世話を焼きすぎたともいえる。そのためか、父が外でつくった女は、だらしない性格だった。

辰太の記憶では、父がたまに家に戻ってくると、母はいそいそと酒屋や魚屋に走った。父が家に入ってきて戸口を閉めようとしても、母は制止し、土間にとび降りて自分で閉めに行った。家にいて、ヨコのものをタテにもしない父の横着な性質は母が育てたのだ。父が戻ると、その母は衿垢《えりあか》だらけの銘仙の着物を、洗いざらしでも用意した絹物の着物に替えさせた。父がぷいと家を出て行ったあとは、その脱いだものをほどいて自分で洗い張りをし、きちんと仕立て直した。

請負師という誇りからか、それとも商売上の必要からか、父は決して木綿ものを着ようとはしなかった。たとえそれが安銘仙でも絹物だと思って着ていた。それがくたびれてくると形が崩れ、潮垂《しおた》れてくる。衿や裾《すそ》のほうに垢光りがする。辰太には着物がまるで父と同じに見えるのだ。

2

父の平吉が家に戻ってくるのは、あとで辰太が思い当ったことだが、二つの場合があったようである。

一つは、女房から金を取り上げるためだ。養い親とはいえ、他家の仕込み女中をしている老母のもとに小遣い銭をせびりに行くくらいだから、裁縫の賃仕事で何とか母子で食いつないでいる女房から金を取り上げるのは当然のようだった。父が家に戻ってくるたびに、母はきまってあとで米屋に借りをつくっていた。

もう一つ、父が帰宅するのは女と喧嘩《けんか》したときのようだった。女との喧嘩の原因は金銭の不自由から起っていたらしい。平吉は、請負師仲間では古顔のほうだったが、そのころは得意先の信用も無くしてしまい、仲間からも相手にされず、使っていた大工や左官や建具屋からも見放されていた。わずかに古い縁故の得意先を回って仕事をもらい、それを他の業者に斡旋《あっせん》して口銭《こうせん》をとるといった周旋屋になりさがっていた。もとより諸方に信用を失った立場だから、それでもうまくいくはずはない。父はあせって、蔭《かげ》では博奕《ばくち》もしていたようだった。

女との喧嘩で、父の首筋や二の腕には爪《つめ》で引掻《ひっか》かれた傷がほうぼうにあった。これだけは、父も母に隠そうとしていた。もちろん母の眼にはふれていたのだが、母は何もいわなかった。かえって辰太が黒いカサブタがついて周囲が膿《うみ》をもったように赤く腫《は》れ上がった傷を不審がって父に訊くと、母のほうがあわてて、人にはいうな、と口どめした。女はヒステリーで、金が窮屈になると、父を苛《いじ》めていたようである。父が、母のもとに戻ってくるのも、老母の奉公先に行くのも、その女の虐待《ぎゃくたい》から脱《のが》れたいためらしかった。女はこの町に来た流れ者だというのを辰太はあとで知った。

あるとき、父は母の髪をつかんで畳に引き据え、握り拳《こぶし》で何度もつづけさまに殴っていた。母は畳にうつ伏せになって無抵抗のまま嗚咽《おえつ》を耐《こら》えていた。たしか、片手は手枕《てまくら》をするように頬の下に曲げていたように思う。さすがに父は辰太が入ってきたので、知らぬ顔で母を放したが、母は顔をあげて辰太に、なんでもないけん、おとっぁんのことを人にいうちゃいけんぞな、といった。乱れた髪の中で真赧《まっか》な、くしゃくしゃした顔が辰太には印象に残る。

父が母を殴りつけるのは一再《いっさい》ではない。それは女との間がうまくいかないときとか、零落の境涯に自分で腹を立てているときとかだった。落ちぶれたのは、女のためだから、その女との仲が思うようにいかないと、癇癪《かんしゃく》が自分に破裂してくる。その鋒先《ほこさき》が脆弱《ぜいじゃく》な皮になっている母に向かうのだった。

ここに皮という言葉を使ったけれど、母のはそんなに薄い皮だったのだろうかと辰太はいまは疑っている。その性質は破れる皮ではなく、また、叩《たた》けばすぐに弾《はじ》き返ってくるピンと張った皮革でもなく、いわばゆるやかに貼《は》った革であった。叩いても手《て》応《ごた》えがない。が、へこんだのがじんわりと底の弾力をもってもと通りに戻る。そういうこっちに苛立《いらだ》ちを感じさせるような抵抗が母にあった。今になってその想像がつく。

うす暗い部屋の、一方だけに窓があってそこから外光が入る下で、母はタスキがけで縫物をした。裁縫には腕の立つひとだった。いつも近所から山のように仕立ものを持ちこまれていた。このごろは田舎でも女がみんな洋服になっているが、辰太が九つのころはまだよそゆきには和服が残っていた。夜になると、裸電球に赤味を帯びた灯がつく。その下で母は夜中の一時でも二時でも仕事をした。物さしが軽く音を立て、小鈴が反物の上を微《かす》かに鳴る。小鈴は、もう古くなって黄ばんだ牛の骨か何かのヘラの柄の頭に付いていた。ヘラは宮島土産《みやげ》で、鳥居と鹿《しか》と紅葉の絵があるのだが、半分は剝《は》げていた。布で坊主頭《ぼうずあたま》にした針山には待ち針が無数につきささって、赤や青や黄の小さな珠《たま》を群がらせていた。これが、他人の美しい着物を始終預かっている母に持たされた自己の色どりだった。同時に、辰太の共有でもあった。小さな色の粒は窓の下でも裸電球の下でも宝石のように五彩に輝いた。夜、寝ていると辰太の耳にヘラの鈴が鳴る。寒行《かんぎよう》には女たちが門口に回ってくるが、その御詠歌を聞くようだった。四番札所は大日寺、五番札所は地蔵寺、賽《さい》の河原に積む石は、一つ積んでは父のため、二つ積んでは母のため。かぼそく曳《ひ》く声に針山の五彩の小珠が虹《にじ》になって飛んだ。

　辰太は、黒いガスタンクの見える坂道を一週間に一回は行った。旦那《だんな》さんが遠洋航海から戻ってくるとき、ババやんは、もう来ちゃいけんどな、といって孫のくるのをとめる。それがひと月ぐらいはつづく。辰太が旦那さんを見たのは、もう退ってよい、と奥さんがこっちを見ていったときの一度きりだった。ババやんとの面会禁止が解けた日は、外国の銅貨が三枚もらえた。旦那さんが置いて行った土産で、旦那さんは船長ということだった。

　寒い風が吹く日、ときどき霰《あられ》が走って落ちた。ババやんは曲った腰で市場に使いに行く。奥さんは三味線をひく。奥さんは、ババやんがいようといまいと、辰太にはあまり口をきかなかった。近づきもしなかった。

　とくに辰太がババやんの部屋に泊まった晩は冷たいようだった。そのためババやんはよけい奥さんに気を使う。が、子供の辰太にはババやんのところに寝に行くのが生活の変化だった。孫の可愛《かわい》いババやんは、奥さんに気をかねながらも孫を泊める。泊まった朝は、辰太はババやんに手伝って雑巾《ぞうきん》で廊下や縁を拭《ふ》いて回る。雑巾はババやんの手づくりで、分厚く、水に濡《ぬ》らすと重くなる。糸日が飾り模様のように縦横きれいにつけられている。そういうのをババやんはいくつも持っていた。

奥さんに遠慮しているババやんは、孫の雑巾がけを奥さんの眼に入れようとする。それでわざと奥さんのいる部屋の近いほうを拭かせた。奥さんは見て知らぬふりをしている。ご苦労だともいわぬ。それでもババやんには、とにかく泊まった孫が雑巾がけするところが奥さんの目にとまれば、いくらかでも気が済むのだった。

ある日、冷たい風が地面を舞うなかに、父が立っていた。潮垂れた着物の前裾を翻《ひるがえ》している。いつもよりは蒼《あお》い顔をしていた。ババやんはいま居《お》らん、と辰太がいうと、いつ戻るのか、と父は笑いもしないで訊《き》いた。母に向かうときのように怕《こわ》い眼をしていた。いつ戻るか分らん、と辰太は半ば怯《おび》え、半ば反抗して答えた。

父は、家の中から聞えてくる三味線に耳を傾け、いま奥さんはひとりか、と訊いた。ついぞ父がそんな質問をしたことがないので、辰太は妙な気がしたが、黙ってうなずいた。三味線のひとり稽古《げいこ》をする奥さんは不眠症だった。

「旦那さんが、この前戻ってきたのはいつか、おまえは知らんかの？」

父はそう訊いた。

「知らん」

「そうそう、お前は旦那さんからいつも土産の外国の銅貨をもらうじゃろ？　この前は、いつ、もらったんなら？」

帰った旦那さんが船に戻ったのは一週間前だった。というのは、ババやんにはひと月ほど会えなかったが、今日が久しぶりで、早速に銅貨をもらっているからだった。銅貨には王冠をつけた西洋女の横顔だとか葉のついた木が輪になって浮き出ていた。

「一週間くらいか。うむ」

父は思案するように首をかしげていたが、あたりを見まわすと、玄関ではなく、横手のほうに下駄《げた》の音を忍ばせるようにして入って行った。そのへんをうろうろしているので、辰太は父がババやんの帰りをそんな時間消しで待っているのかと思った。父がそこを歩き回っていても、奥さんの三味線は絶えなかった。父はそうして家の格好を眺めるようにし、また、ときどき、外のほうをのぞき見るようにした。辰太は路地から戻ってくるババやんの姿を父が待っているのかと思った。屋根の上には灰色と黒の斑《まだら》な雲がひろがり、そこから冷たい風が落ちていた。

父は、ババやんが戻らんからおれはもう帰るけんな、ババやんにはおとっつぁんが来たことをいわんでもええぜ、と辰太にいった。そうして思いついたように、だらりとさがった袂《たもと》から小銭をとり出して、さあ、これをお前にやるけん何か買え、といった。こういうことはいままでなかったので、辰太はあわてた。

「おとっつぁん、いつ、家に帰るかん？」

辰太はちびた下駄で低い石段を降りてゆく父の背中に問いかけた。父は、わざわざあと戻りしてきて、

「大けな声を出すな。お父っつぁんは仕事で忙しいけに、もう少し戻れんのじゃ。おかんにも、おれがここに来たことはいうなよ」

と、睨《にら》みつけるようにしていった。

三十分ばかりの違いで、ババやんが凍った手に買物を入れた風呂敷《ふろしき》包みをかかえて路地から姿を現わした。ここから市場までは相当な距離がある。腰の曲っているババやんは休み休み歩いているのだった。鼻の頭を真赧にし、子供のように洟水《はなみず》を垂らしていた。ババやんが近所で買物をせずに市場まで行くのは、薬屋に寄って奥さんの薬を買ってくるからだった。

辰太は、ババやんに父の来たことを黙っていた。それで、自分の気持をごまかすように、小さいほうの部屋でババやんが風呂敷包みを開くのをいつもよりは面白そうに

のぞいていた。

　買物の中には、赤い色の小函《こばこ》があった。奥さんは、夜眠れないのでこの薬を飲むのだと辰太はババやんから聞いていた。いまから思うと、それはアドルムだったのだろう。当時の睡眠薬だったら、そう沢山は種類がない。

　奥さんは、なるべく薬を飲まないで眠る習慣をつけようとしている。そのため、夜、奥さんの部屋の障子が暗かったら、薬を飲んでない。電灯を消して自発的な睡眠に努めているからだ。うす明りがついていたら、枕元の電灯《スタンド》が豆電球になっていて、薬を飲んでいるときである。奥さんは眠り薬を飲んで眠るときは、部屋の中を闇《やみ》にしておくのが怕いそうである。辰太は、ババやんからそう聞いていた。泊まった晩に、辰太もその障子にうす明りのある無しは見ている。

3

　二週間過ぎたとき、辰太はババやんのところに泊まった。朝、いつも早く起きるはずの奥さんはまだ出てこなかった。昨夜は、奥の部屋の障子がうす明りだった。奥さんは薬を飲んでいる。薬を飲んで眠ったときの朝は、奥さんの起きるのが少し遅い。

ババやんは、朝ご飯のおかずを買いに近所に行かねばならない。奥さんの好物は、おから（豆腐の滓《かす》）と、もずく（海草）である。これは毎朝買わねばならない。ババやんは屈《かが》んだ背で出て行くとき、孫に、奥さんはまだ寝てなさるから、あんまり大けな音を立てるなよ、といって白い息を吐きながら寒い外に出て行った。路地には霜が降りていた。

ババやんが出て行ったあと、辰太は奥さんの部屋に入った。奥さんは、昨夜見たときのまま仰向《あおむ》きに横たわっていた。その開いた口の中から、詰まっている雑巾を辰太は引張り出した。ちょっと力が要った。厚い雑巾の下半分は奥さんの吐瀉物《としゃぶつ》で白くよごれていた。

もう一枚の雑巾は鼻にかけてある。昨夜は濡れていたので、水気を含んだゴムみたいに奥さんの形のいい鼻の孔《あな》に吸いつき、しっとりと蓋《ふた》をしていた。睡眠薬を飲んでいる奥さんは、口の中に雑巾を押しこんだとき、苦しそうにもがいたが、手足には力がなかった。鼻に、水で重い雑巾をかけ、上から手で押えていると、奥さんの頭は枕からはずれて落ちただけで、間もなく動かなくなった。口に雑巾を詰めて押しこむときは、裁縫に使うヘラをつかった。ただ、母が使っているような古い宮島土産でもなく、小鈴もついてなかった。ヘラは自分の小遣いで市場にある小間物屋で買った。が、そのヘラを棒のようにして雑巾を奥さんの口に押しこむとき、母のものを使っているような気がした。奥さんが、まだ見たこともない父の女にも思えた。奥さんが三味線をひいているせいかもしれなかった。

奥さんをそんなふうにする気持は何だったのだろうか。これでやっとババやんがひどい目に遇《あ》っている家から、自分の家に戻れるということもあった。タスキがけで近所の縫物をしている母と、奥さんとの比較がどうもあったようである。その比較の中に濡れ雑巾を押しこんだといえなくもない。もう一つ、はっきりした理由があった。これは、あとで、その通りになった。日ごろから、あまり口をきかなかった奥さんだから、蒲団《ふとん》からずり出た身体《からだ》をぐったりとさせ、モノをいわなくなっても、辰太はそれほど違ったひとには見えなかった。

奥さんから雑巾をとり出しても、その口はあんぐりと開いたままだった。柿《かき》の種を割ったような恰好《かっこう》のよい両の鼻孔も自由に空気を吸いこむように見えた。その鼻から頬のへんは昨夜よりだいぶん乾いていた。

辰太は雑巾二枚をさげて台所に行き、雑巾バケツの水で洗った。水は白く濁ったが、それは裏の溝に捨てた。斜面に掘られている溝は勢いよく水を下に流した。最後にきれいな水を入れて、雑巾を浸し、二枚重ねて縁側を拭きはじめた。

ババやんが腰を曲げて戻ってきた。おお、よう働いてくれるのう、とババやんは辰太の奮闘をほめた。そうして、買ってきたおからともずくとを台所に置くと、奥のほうを見やって、奥さんは今朝起きなさるのがいつもより遅いのう、と呟《つぶや》いた。

父の平吉が警察に捕まったのは、その二日あとだった。奥さんが殺された晩、その家のまわりをうろついていたのを見た者がある。その人相から知れた。そんな寒い夜中でも、ぞろりとした絹物でうろつく男は、そうざらにはいない。

平吉は一年ほど留置場や未決で暮らしたあと、裁判で無罪になった。被告は罪状を終始否認し、物的証拠もなかった。金に困ってその家に入るため、その晩徘徊《はいかい》していたことは被告も認めたが、裏口からは侵入したが奥に入る決心がつかずに引返したといった。これこそ、辰太が奥さんをああいうことにした考えの一つだった。父は、必ずこの家に忍んでくる。旦那さんが戻ったときは奥さんに金がある。旦那さんが船に乗って行っても、しばらくは金がこの家にあると思っているだろう。寒い日に来た父の言葉や様子からすると、いつかはここに侵入すると思った。奥さんが生きていては、父が刑務所に行くようなことになる。あれは、親父《おやじ》の先手を打って親父を防禦《ぼうぎょ》したのだ、と辰太は長じてから子供心の動機を分析している。

九つの子供の犯行とはだれも思わなかった。当夜、住込みの傭《やと》い婆さんと、泊まりにきていた小学校三年生の孫に何か物音を聞かなかったかと警察が訊いた。傭い婆さんも九つの子もよく眠っていて何も分っていなかった。

外部からの侵入跡と逃走跡とがある。だから内部の者ではない。六十歳の腰の曲った婆さんに、たとえ睡眠薬を飲んでいたところで、体力のある三十女が殺せるとは思えなかった。第一に、窒息死とは分っているが、どんな方法で死にいたらしめたか警察には判断ができなかった。その凶器に見当もつかなかった。凶器らしい遺留品は、いくら現場を捜索しても見当らない。

侵入跡と逃走跡は、被告の平吉がつけたものである。が、彼は裏口から侵入したものの、奥の座敷には入らずに、途中で逃げ帰ったと申し立てている。自白もなく、物証もないのに、検事が起訴したのは、その侵入の事実のためだった。だから、平吉の無罪は証拠不充分による理由であった。

父の平吉は、それから二年後に死んだ。一年の未決生活の間に女は逃げ去っていた。父の死水は、母がとった。できすぎた妻だった。父は母に最後まで窮屈な思いをさせられ息をひきとった。

母は父より九年よけいに生きて死んだ。辰太が二十一のときだった。そのころは小学校だけで町工場の見習工になり、十八のときに一人前の鋳物《いもの》工になった辰太の稼ぎで、暮しもかなり楽になっていた。

母が死んだとき、今は使わなくなった針山とヘラがきちんとしまわれていたのが出てきた。針山にはまだ色とりどりの頭のついた待ち針がそのまま刺してあった。ヘラは、ところどころが刃こぼれしたように欠けていた。うす黒くなったそのヘラの柄からは、宮島の赤鳥居も鹿《しか》も紅葉もことごとく剝《は》げ落ちていた。黒くはなっているが小鈴はそのままに可愛《かわい》い音を立てた。母は几帳面《きちょうめん》にこういうものまでちゃんと取っておく女だった。あまりに几帳面に過ぎた。

だが、母も最後まで知らぬことがある。もう一つ、新しいヘラを辰太がババやんから貰《もら》った小遣い銭で買い、だれも知らないうちに海岸から沖にむかって抛《ほう》り投げたのを。――小鈴のついたヘラと五彩の待ち針の群れた針山は母の棺の中に入れた。霊柩《れいきゅう》車《しゃ》に運ぶとき、その動揺からか棺の中で鈴の音がかすかに聞えた。一つ積んでは父のため、二つ積んでは母のため、と辰太は胸の中でうたった。

祖母は七十六で死んだ。辰太が二十五のときだった。老衰で死の前の三年間は眼が見えなくなっていた。辰太が工場に出ている間は、近所のおかみさんに金を出して世話をたのんでいたが、工場から戻ると、彼が祖母の食うことから下《しも》の世話を全部みた。銭湯には、しまい風呂に背負って通った。弱って銭湯にも入れなくなると、湯でその身体を拭《ふ》いてやった。

祖母はよく眼を閉じて座敷の隅に背を曲げたまま坐《すわ》っていた。両手はいつも膝《ひざ》の上で組んでいた。こんな行儀のええ婆さんの世話は初めてだと近所のおかみさんはいった。それでも工場から戻った辰太の声を聞くと、両手で畳の上を掻《か》き、彼を慕うように匍《は》い寄ってきた。晩年は、色の白い老婆になっていた。

祖母は、奥さんのことは一口もいわなかった。三年間もそこに働いていたのだから、何か昔の思い出話に洩《も》らしそうなものだったが、ほかのことはいっても奥さんのことは何も言葉にしなかった。辰太は、ババやんがあのことをうすうす気づいているためではないかと何度か思ったことがある。しかし、殺された女主人のことだからいいたくないのだろうとも解釈していた。

だが、ババやんが寝こんで昏睡《こんすい》状態になる五、六日前、工場を休んでみとっている辰太のほうをむいてかすれた声を出した。

「ババやん、何かな。おれはここにおるぜ」

辰太はその手をにぎった。

「辰太や。わしが死んでも、あの世からお前を守ってやるけんのう。ええか、守ってやるけんのう。……」

耳もとに入ってくるババやんの低い声はいっていた。

「ババやん。ババやんはまだ死にやせん。あした、気分がよかったら、久しぶりに身体を湯で拭いてやろうな」

辰太は大きな声を出したが、ババやんには聞えぬようだった。

「辰太。ええかや。お前を守ってやるけんのう」

と、ババやんは咽喉《のど》をごくりと鳴らしていった。

「辰太や。お前を守ってやるけに……もう、悪いことはするなや」

辰太は死相の浮んでいる盲目の老婆を見つめた。――ババやんは、知っていた。

4

人殺しの経験が幼時にあったというのは、長じてから同じ経験をくりかえすような要素になるのだろうか。それとも精神的にそのように形成されているのだろうか。未経験では容易に踏みこめないことでも、遠い過去に経験をもっていることが実行の滑車の役目になるのか。精神分析の専門家だと医学的な解釈を下せるかもしれない。

もっとも、その要素はあっても動機に出遇わさないと表面に出ることはない。病気でいえば、陰性のまま発病しないで終るようなものであろう。動機に接触する運命になったのは不仕合せである。

妻をふり捨てたい気持は、辰太が結婚してからわりと早い時期に起った。だが、これは簡単ではなかった。離婚は妻のほうが承知しないだろう。まだ、一度も口に出したことはないが、別れる女ではなかった。口に出せないのは、それほど妻に欠点がなかったからだ。

二十七のとき、辰太は東京にきて小さな町工場で働いた。下請けのまた下請け工場で、工員は四十人足らずだった。富子はその工場主宅の女中をしていた。彼より一つ上で、新潟県の海岸地方からきていた。大柄な女で、眉《まゆ》のうすい、頬骨の張った顔だった。

いっしょになってから三年後に別な町工場に移った。そのころから辰太は富子と別れたくなった。べつに好きな女ができたからではなかった。とにかく富子と暮らしているのが気詰りになったのだ。非の打ちどころのない女房というのは万事が面白くない。よく尽してくれる。年上だから尽しすぎる。

三十を越すと、一つ年上でも女と男の差は急速に開いてゆく。女は老《ふ》け、男は若くなってゆくようにみえる。辰太は富子といっしょになったのを後悔しはじめた。ほかに好きな女ができたわけではないが、富子と別れたら、好きな女が得られそうな気がした。いっしょになっている限りは、その機会に恵まれそうになかった。女も相手にしない。

富子に、小料理屋の女中になるようにすすめたのは、特別な計画があってのことではなかった。池袋の裏通りを歩いているときに、その小料理屋の前にお座敷女中入用の札が下がっているのを見て思いついたのである。富子と離れる時間のある生活をしていたら、少しはこのやり切れない思いが救われるかと考えた。

富子は一も二もなく承諾した。そういう女だった。辰太のいうことには少しも逆らわなかった。それだけでなく、いつも彼が望んでいることを先回りして必要以上に世話する女だった。男に余裕を与えなかった。もちろんそれは親切から出ているのだが、男からするといつのまにか自分がひきずられてゆく立場になっていた。

富子は小料理屋に行き話をきめてきたといった。固定給は月に一万円だが、客からのチップが少なくないから、新規でも五、六万円にはなるだろう、十年もつとめている女中は月平均十万円ぐらいにはなっている。五、六万円だとずいぶん助かるわ、わたしも遊んでいて心苦しかったの、わたしの収入はあんたの洋服や身支度を揃《そろ》えるために使い、それで剰《あま》ったら休みの日にはおいしいものを食べに行きましょう、とはずんだ声でいった。家計の足《た》しだけが彼女の頭にあって、辰太の実際の希望までは察していなかった。いつも亭主を引張ってゆく妻にありがちな過信だった。

　その小料理屋は表通りからみると小さいが、奥があって二階と階下とで座敷が六つある。女中は十人ほどいる。勤めには早番と遅番とがあって、早番は午前十時までに行って炊事場で板前の仕込みの手伝いをする。遅番は午後三時までに出ればよい。隔日交代である。カンバンは夜の十時半だが、飲み客相手なので十一時をすぎる。富子はそういう条件を全部聞いていた。

　富子がつとめだして二カ月をすぎたが、少しずつ変化はあった。彼女は化粧し、派手な着物をきた。辰太は工場からさきに帰って、富子が用意している晩飯を食べて寝る。十二時近くに戻る富子に起されて、折詰にした料理を食べさせられる。料理は店であまったものや、客が箸《はし》をつけなかったものである。富子は酒の臭いをさせて戻る。知らなかったが、新潟育ちのせいか、富子は酒が強かった。その臭《にお》いを消すために富子は何度も含嗽《うがい》をした。近所が寝静まる夜更《よふ》けに、台所で咽喉に水を鳴らす音を聞いていると、辰太は富子が違う女にみえてきた。

　月に五、六万円にはなるはずだったが、富子がもらって帰る金はそんなにはならなかった。三万円がやっとだった。まだ経験が浅いせいもあったが、十万円以上の収入になるには、お馴染《なじみ》さんという特定の客をつかんでおかなければならないという富子の話だった。お馴染さんにするにはかなりな冒険を必要とするようだった。男客はほとんど女に野心を持っている。富子は、先輩女中の話を辰太にいってきかせる。何人もの上客を特殊な関係でつないでいる女、ひとりの男に惚《ほ》れていてほかの客にも媚《こび》を売る女、朋輩《ほうばい》の客を身体《からだ》を張って取っている女。だが、そこまでは行けない女中もいる。客のいうことを適当にはぐらかして泳ぐのである。最後には執拗《しつよう》な客は棄《す》てることにするのだが、その瀬戸際《せとぎわ》までは調子を合せる。

そんなのを見ていると浅間しいわ、と富子はいった。浅間しいというのは彼女がその仲間にいないということである。富子に誘惑があろうとは思えない。そんな魅力のある女ではない。いくら化粧しても醜い顔はどうしようもない。せいぜいが、座敷でほかの女中のひき立て役になっているだけであろう。そういう存在に客からのチップが入るわけはなかった。

が、三万円の収入でもたすかった。富子はそれで辰太の衣服を整えた。自分のものはほとんど買わなかった。店に着てゆくのも、若いときの洗い晒《ざら》しである。流行遅れの柄だから朋輩に莫迦《ばか》にされているにちがいなかった。富子はそれで平気だった。自分よりも亭主を大事にする。忍従して亭主を大事にするところは、辰太の死んだ母親に似ていた。亭主に世話を焼きすぎる。辰太は、父親が外に女をつくった気持がいまになって分る気がした。

女と別れたいなら、べつに殺すことはない。女房が親切すぎて別れ話が切り出せないなら、彼女を虐待《ぎやくたい》して別れさせるようにしむけることもできる。が、女房の過剰な親切と世話に抑えられた男は反抗ができなかった。もう一つの方法は、彼が女房から黙って逃げることである。が、それでは自分が食う道を失う。中年になって、他にどんな職があるだろうか。鋳物工場はほかにもある。が、どこに逃げようと、日本国じゅうの鋳物工場をさがして富子が追ってきそうだった。鋳物の熟練工だと職種が限定される。家出人の捜索願をうけた警察は、全国の鋳物工場に問合せて忽《たちま》ち所在を知るにちがいなかった。逃亡もできなかった。

別れるなら、長い時間と面倒な手間をかけても普通の方法ですべきであった。だが、辰太の場合はそれを択《えら》ばなかった。そこに幼時の経験が人道的にも法律的にも違背する方法に踏み出す滑車になったと解釈することもできよう。《未経験では容易に踏みこめないことでも、遠い過去の経験が実行を安易にするのだろうか》。その精神的な要素の問題は、精神医学者の分析によって、医学的用語に満ちた報告から聞けるかもしれない。ここでは警察用語の多い訊問《じんもん》調書でその行動を窺《うかが》うしかない。

5

調書によると、辰太が富子を殺そうとして他の場所に連れ出したのは三度あった。最初は房州の海岸、二度目は青梅《おうめ》の奥であった。その前に、彼は予備工作をした。近所の者に、富子が働き先の小料理屋で好きな男ができたといっておいたことである。それは愚痴のかたちで宣伝された。こういうことは、当人にむかっては確認しにくい。だれも富子に対して辰太のいうことを伝えて、確かめるものはなかった。興味のある悪い噂《うわさ》は、いつも本人を真空の位置において周辺に波及してゆく。それでなくとも、化粧をして派手な着物で出て行き、夜中の零時や一時ごろに家に戻ってくる富子に近所の主婦の反感があった。働いているところが男客相手の商売である。浮気の噂は本当だろう。これは、あとで警察ですらそう信じたから無理はなかった。

二度目のとき、青梅の奥のある崖《がけ》の上から富子を突き落すつもりだった。そのつもりで、富子とはいっしょに家を出ずに新宿で待ち合せた。近所の人には自分といっしょにどこかに行くとは絶対にいうな、と富子に口どめした。こうすれば、富子がほかの男と逢引《あいび》きに出かけたようにみえる。

崖の上からは富子を突き落せなかった。

「突キ落ス心算《つもり》デシタガ、崖上ノ道ヲ歩イテイルトキニ、人ニ出遇《であ》ッタノデス」

と、辰太は訊問に答えている。

「先方モ男ト女連レデシタ。私達ヨリ若クテ、男ハ二十七、八、女モソレ位デシタ。向ウハ草ノ上ニ坐ッテ居マシタ。富子ハソレヲ見テ、脚ガクタビレタカラ、ワタシタチモ此処《ここ》デヒト休ミシヨウト云《い》イ出シマシタ。私ハ困ッタナアト思イマシタガ、仕方ナクソノ男女ノ近クニ坐《すわ》リマシタ」

男女は夫婦ではなく、恋人のようだった。富子がその女のほうに話しかけたので、女も応じて、しばらく女どうしの話になり、先方の男もそれに加わった。辰太は、困ったことになったと思ったが、仕方がなかった。

「先方ノ女ハ『バー』ノ『ホステス』ヲシテイルト云ッタノデ、富子ハ『私ハ池袋デ小料理屋ノ女中ヲシテイル。バーハ収入ガ多クテイイデショウ』ナドト云ッテイルノデ、コレハ困ッタコトニナッタト思イマシタ」

それで、その日は計画を中止したのだった。最後に決行したのは、一カ月経《た》ってからだった。同じ方法によって新宿で富子と落合い、青梅の奥にもう一度行った。

「隙《すき》ヲ見テ十メートル位ノ崖カラ富子ヲ突キ落シマシタ。下ニ降リテ行ッテ見ルト富子ハ顔カラ血ヲ出シテ倒レテ居マシタ。私ハ富子ガ生キ返ルカモ知レナイト思イ、大キナ石ヲ持ッテ来テ、富子ノ頭ヲ殴リ、完全ニ殺シマシタ。付近ハ山林デシタ。私ハソコニ穴ヲ掘ッテ、富子ノ死体ヲ埋メテ帰リマシタ。

翌日、私ハ富子ノ勤メテイル池袋ノ店ニ行キ、ソコノ女主人ニ会イ、昨日カラ富子ガ家ニ戻ラナイガ、コチラデ事情ガ分ラナイダロウカ、ト訊《き》キマシタ。女主人ハ知ラナイト答エマシタガ、ヒドク心配ソウナ顔ヲシテイマシタ。私ガ、コチラニ来ル客ト富子トガ仲ヨクナッテ家出シタノデハナイカト思ウト云イマスト、女主人ハソノヨウナコトハ富子サンニ限ッテナイト答エマシタガ、カナリ狼狽《ろうばい》シテイル様子デシタ。ソノ顔付カラスルト、富子モ客商売ニヨホド馴《な》レテキテ、オカミサンニハ富子ノ相手ラシイ男客ニ心当リガアル風ニミエマシタ」

辰太は一週間くらい、富子が帰ってくるのを待つふうをした。その間に、彼女が目星《めぼし》いものを持ち出して家出したように近所にいいふらした。

日ごろから愚痴にかこつけて、富子に愛人ができたように近所の人にいってあったので、近所では富子が好きな男と逃げたように思いこんだ。この場合、彼女が小料理屋のお座敷女中をしていたことが何よりその推定の助けとなった。堅気な勤めをしていない女に、主婦たちは常から偏見を抱いているものである。たとえ、富子が日ごろ辰太に親切な女房と分っていても、外見と心とは違うということになる。水商売の女に対する素人女《しろうとおんな》の偏見は、とくに亭主持ちの女にとっては、悪意に近いものになる。近所では、富子が辰太の留守に愛人のもとに走ったという推察を牢固《ろうこ》なものにした。

近所の主婦たちが辰太にすすめて、警察署に捜索願を出すようにさせた。

辰太は所轄署《しよかつしよ》に行った。家出人捜索願は防犯係というのが窓口だった。係官は、家出の事情をひと通り辰太に訊いた。

「料理屋のお座敷女中をしていたんだね？」

係は富子の職業を聞いたとたんに熱意がさめたような顔をした。

「働き先で、好きな男ができたのじゃないかね？　そういう素振りはなかったかね？」

向うのほうから訊いてきた。水商売の女には、警察も近所のおかみさんと同質の偏見を持っているようだった。

辰太は、そういえばこの三カ月というものはどうも富子の素振りが違っていました、万事が急に冷たくなりました、と夫婦でなければ分らない機微についての変化を述べた。

「相手の男がどういうのか心当りはないかね？」

「心当りはありません。私も、富子にいろいろ訊いたのですが頑固にいいませんでした。しまいには、私が男のくせに焼モチがひどいとか、甲斐性《かいしょう》がないのに一人前の口をきくとかいって私を罵《ののし》っていました」

「そんなふうでは、大婦喧嘩《げんか》が絶えなかったろうね？」

「富子が店から戻ってくるのがいつも夜中の一時ごろですから、私も気を回します。それで嚇《かっ》となることが多いのです。店をやめろ、と何度もいったのですが、富子は店をやめたくないといって私に反抗しました。店をやめると、客できている好きな男に会えなくなるので、やめたくないのだと私は富子の気持を考えてみたりしました」

「奥さんが居なくなる前に、激しい夫婦喧嘩でもしたかね？」

「前の日ではありませんが、三日前に富子を畳の上に引きずって殴りつけました」

——それは子供のころに見た父と母との記憶であった。母は父に髪を握られて畳に引きすえられ、うつ伏せになって嗚咽《おえつ》を耐えていた。片手を手枕《てまくら》するように頬の下に曲げていた。乱れた髪の中で、真赧《まっか》な、くしゃくしゃした母の顔をまだはっきりと憶《おぼ》えている。

係官はうなずき、辰太に住所氏名を書かせ、富子の写真はないか、といった。写真はあまり撮ったことがない。いっしょになったときの記念写真を提出した。六年前のものである。現在とは顔だちがかなり違っている。写真屋の修整もひどい。それに富子の特徴を記入し、家出当時の服装とか所持品とかを書き添えて提出した。彼女の勤め先も明記した。係官はそうした書類をざっと眺め、家出人捜索願を受理した。しかし、あまり熱心にそれにとりかかるふうにはみえなかった。

「できるだけ捜してみるが、防犯係もいろいろな事件を抱えて忙しいのでね。すぐに奥さんを見つけてあげられるかどうか分らない。家出人捜索願が出ているのは、全国で何万何十万という件数に上っている。近ごろは人妻の蒸発も多くなったからね。まあ、あんたのほうも自力で探してみなさい。それに、夫婦喧嘩のはてだから、そのうち奥さんが戻ってくるかもしれないしね」

警察では、夫婦喧嘩には介入しないことを原則としている。妻の家出もその延長とみていた。とくに、水商売に働いている女だったら、男関係が多いのは普通だった。係官は、女房に捨てられた哀れな男が帰って行くその背中に眼をむけなかった。

警察の熱意のなさは、富子の勤め先の小料理屋に警察官が一度として富子の家出について参考的な事情を訊きに行ってないことでも分った。もし熱意があれば、富子の家出はその店で知合った男と恋愛に陥《お》ちて、そのもとに奔《はし》ったと推測されるので、店の経営者なり、女中たちなりから話を聞いてしかるべきだった。警察は犯罪事件に追われて、市井《しせい》の浮気沙汰《ざた》による人妻の出奔《しゆっぽん》などを顧みる余裕はなかったのであろう。

近所の主婦たちは辰太に同情した。が、この同情の裏にはもちろん覗《のぞ》き見趣味的な好奇心が横溢《おういつ》していた。他人の不幸がつづくのを願うような――。

主婦のなかにすすめるものがあって、辰太は富子の写真（六年前の）を写真屋で引伸ばさせ、それをプラカードに貼《は》りつけて、夜の池袋や新宿の日抜きの場所を歩いた。プラカードには《家出した私の妻を知りませんか。捜しているのです》という文句を書いた。だが、こういうことは最近そう珍しい行動ではない。通行人は、プラカードの文句と彼とをちらりと見くらべて通りすぎるだけだった。辰太は、五日間でそれをやめた。

もはや、だれも富子が殺害されたなどと疑う者はいなかった。辰太はあまりにも親切すぎる気詰りな女が去って、解放と自由感とを味わった。自分もまだ三十五歳である。男ざかりの独身だから、今度は、もっと年の若い、気に入った女を択ぼうと思った。

――しかし、事件はまったく辰太とは別なところで発生して捜査が行なわれていた。半年前に起った殺人事件の犯人の嫌疑を受けた男が、自分のその日その時刻のアリバイを主張した。だれか証人はいないかと警察は訊いた。その男は青梅の奥を女と歩いたのだが、その女は彼と特別な関係にあるので、証言の価値を警察では認めなかった。利害関係のまったくない第三者の証言を警察では被疑者に要求した。

青梅の山中で会った夫婦連れがいると被疑者はやっと思い出して警察に述べた。住所も名前も分らない。ただ、女のほうが池袋の小料理屋でお座敷女中をしていると話していたと被疑者は申し立てた。

捜査本部は所轄署に連絡して、該当者を探し出すのに協力を求めた。

そういえば、と防犯係は五カ月前に受付けた人妻の家出人捜索願の届けを思い出した。たしか、その人妻は管内の小料理屋につとめていたと届出人の夫はいっていた。もしかすると、その夫婦ではないか。防犯係は机の抽出《ひきだ》しの奥からその捜査願書を取り出した。ここで初めて警察では、証言の参考人として本気に富子の出奔先を捜索する意欲を起したのだった。

辰太のもとに所轄署員が捜査本部員を連れてきて、富子の家出の事情を真剣に聴取しはじめた。証言者は一人でも多いほうがよい。夫婦揃《そろ》った証言を聞きたいのだ。

「ババヤン。守ッテオクレ。ドウカ、オレヲ守ッテオクレ。ババヤン、タノム。……」

訊問調書の中に、辰太の独言《ひとりごと》としてそう叫んだ箇所がある。意味はだれにも分らなかった。

入江の記憶

1

秋の陽が入江の上に筋になって光っている。入江といっても深く入りこんでいるので、こちら側から対岸を見ると広い川のようだった。狭い海峡のようにも見える。対岸に特徴のない山が同じ高さで横にのびていた。森もあれば、段々畠《ばたけ》もあった。段々畠はこちら側の丘のほうが多い。瀬戸内海の風景として格別珍しいことではなかった。

だが、段々畠も近ごろは観光の対象となる。対岸の右手、入江の奥には不似合いなくらい大きなホテルも建っている。旅館が七軒、まだ建築中のが二軒も見える。こちら側にも小さい旅館が三軒あった。

もともと古い湊《みなと》であった。潮待ちの湊として奈良朝のころから知られた。室町時代には遊女の湊であり、羇旅《きりょ》の歌にも詠《よ》みこまれている。早くから港としての機能を失い、町も廃《すた》れたのも同然になったが、五、六年前からは観光ブームの余波をうけるようになった。歴史のある湊、古歌に詠まれた湊というので瀬戸内海めぐりの立寄り先となった。山陽本線から支線で少し入りこむのが難だが、遊びの旅なら苦にもならない。沖に大小の島々を浮かべ、風光にはすぐれている。二十キロはなれた県庁のある街からは巡航船も出ている。町には、江戸時代の面影を残す遊女屋の建物も残っていた。

入江のこちら側、私がいま佇《たたず》んでいるほうの汀《なぎさ》は松林であった。その先端は少し小高くなり、石地蔵があった。昔、船で帰る一夜の客を忘れかねた遊女がここまできて袖《そで》を振り見送ったという。そのようなことまで観光の題目になっている。

私は、明子《あきこ》と此処《ここ》に三十分も前から立っている。入江の対岸、海峡を隔てたような正面には家が一軒もない。山の下に白い道が糸を張ったように一筋見えるだけである。道の上にはときどき車やトラックが走っている。

左手にひとむれの家がかたまっているが、そこは阿弥陀《あみだ》寺という集落である。その寺の屋根も見える。右手、つまり入江の奥の古い湊町の方向にも十二、三軒の小さな家がある。麻田《あさだ》という部落である。その麻田から三キロ行ったところが湊町であった。ここからは町の端しか分からない。

阿弥陀寺と麻田の間は家が切れている。それが私と明子とならんで立っている正面だった。家がない代り、山の段々畠と林とがよく見える。

そこは田野浦《たのうら》というところである。地名があるのは、以前そこに小さな部落があったからだ。

私は地図を見て云《い》っているのではない。詳しい地図にもそんな小さな部落の名前などは付いていない。私の地図は四十三、四年も前の、頭の中にひろげている記憶だ。――すなわち、この正面に見える家の無い場所、田野浦部落が私の生まれたところである。

此処にくるのは十年ぶりであった。そのときは旅の途中にちょっと立ち寄ったにすぎず、二時間も居たであろうか。今度は明子といっしょに一晩、この土地に泊まろうとしている。

私の生まれたあとを見たいというのが明子の希望であった。私には故郷がない。生家はおろか近所の家全部が消滅している。あるのは廃墟《はいきょ》だけである。廃墟も、その後拡張された道路の下に埋まっている。

妻の春子《はるこ》は一度も此処に連れてきてくれとはいわなかった。そこに行っても何もないのだという私の説明に興味を失っていた。結婚して二十年経《た》つが、まるきり此処には関心がない。しかし、妻の妹の明了はそうではなかった。私との関係が生じてからは、ぜひ、私の廃墟の故郷を一目見たいと熱心に云い出した。姉妹でも性格がまるきり違っていた。春子はまるきり情緒がない。明子はロマンチックな性質だった。

「お義兄《にい》さまは、こんなところでお生まれになったのね」

と、明子は私の傍で対岸を飽かずに眺めながら云っていた。

「ずいぶん、つまらない所だと思うだろう？」

と、私は云った。

「いいえ。素敵だわ。連れてきていただいてよかったわ」

明子は前方を見詰めたままでいる。山の影がそのまま入江に映り、護岸の白い石垣の筋が真ん中を区切っていた。赤い車が一台、ゆっくりと走っている。

「お義兄さまがここでお生まれになって、六つのときまでいらしたと思うと、この景色をずっと眼に灼《や》きつけておきますわ」

「ぼくはあんまりここが恋しくはない。こんなところで生まれたかと思うと、いやになる」

「でも、わたしにはどんな所よりも印象的ですわ」

「春子には全然興味がないらしい」

「お義兄さまがつまらない所だとおっしゃるからですわ……姉にはそういうところがあるんです」

　春子のことをいうと明子は小さな声になった。姉と自分とは違うと云いたそうだった。姉は現実的な性質である。子供のときから姉妹は異なった性格で育ち、人からもそう云われてきた。姉はその夫の生地に興味がなくても、自分は恋人の生まれた土地だからどんなところでも魅力があると明子の口は云っている。が、姉に背いた自分のいまの立場を考えてその眼を伏せていた。

　眼は春子に似ていた。ただ、目蓋《まぶた》のあたりが春子よりも若かった。春子も八年前はこのように艶《つや》があったのかと思う。あとは姉の容貌《ようぼう》とは離れていた。

「あら、あすこに小さな祠《ほこら》みたいなものがあるわ」

　と、明子は気持を変えるように勢いよく正面の右のほうに指をつき出した。山の中腹よりは少し下、林の中に小さな屋根と鳥居がのぞいていた。石段も見えた。

「あれは、お稲荷《いなり》さんだ。あの石段が高くてね。五十段ぐらいはあったよ。母に手をひいてもらい、よちよち上った記憶がある」

そのころと少しも変わってはいなかった。狭い石段の両側からせまっている木や藪《やぶ》の様子もあの通りであった。古い石段には苔《こけ》が生え、ところどころ石が割れ、角度がずり下がっているので降りるとき危険であった。母が一段ずつをかばって降ろしてくれた。母だけではなく、叔母もそうであった。

「お母さまにお会いしたかったわ」

明子は溜息《ためいき》をつくように云った。その唇に陽が当たっている。三十六にしては若い皮膚を持っていた。

母は、私が二十二のときに死んだ。父は母より五年生きのびて死んだ。田野浦を立ち退《の》いてからほうぼうを歩き、最後は東京であった。それで、春子も明子も私の両親を知っていなかった。

私の母に会いたかった——明子が切実そうにそう云うのも、私とこうなってからであった。明子は、私に関することなら、何もかも全部知りたいと云い出していた。

「あすこに松が三本立ってますわね。ほら、お稲荷さまの少しこっちのはうの道ばたに。あれもお義兄さまが子供のときからありましたの?」

明子はまた指をあげた。入江の陽が輝き、眼を眩《まぶ》しそうに細めていた。

「うん、あったね。おぼえがある。たしか母が三本松といっていたように思う」

「道理で古い松だと思いましたわ」

「そのころから古い松だったよ。松も大きくなっていると、四十年くらいではあんまり見た眼には変わらないものだね」

その三本の松にはおぼろな記憶があった。光線の無い、夢の中のようにうす暗い記憶である。父の帰りを迎えに、母には無断でその三本松の近くまで歩いて行った。だから、それは父が湊町に行ったときであろう。そして夕方だったに違いない。

三本の松は根もとから分かれたようにひとつところにかたまって、枝が道のほうにさし出ていたが、ちょうどその下に父と叔母とがいっしょにこっちに歩いてくるところを見た。父は五歳の私を見てびっくりし、おまえ、何しにこんなところまで来たんなら、と叱《しか》るようにいった。叔母は、母の妹だったが、すぐに小走りにきて私を抱くようにした。一人息子の私は母からも大事にされたが、叔母はもっと可愛《かわい》がってくれた。しかし、この叔母は、わずかな間しか私の家には居なかった。

「お義兄さまの生まれた家だけでなく、ほかのお家まであと建たなかったのはどういうわけでしょう？」

と、明子はきいた。

「わずか、七、八戸しかなかったからね。それに小さな家ばかりで。今から考えるのだが、そのころ、あすこに新しい道路ができる計画があったんじゃないかな。そこで火事で焼けたのをちょうど幸いに立退きということになったのだろう」

私は前を見て答えた。正面の山の中腹にちょっと禿《は》げて赤い崖《がけ》が出たところがある。それが田野浦の目印で、ちょうど私の家の前であった。

「その火はお隣から出たんですって?」

「うん、片山《かたやま》という家でね。小さな家がくっついていたからすぐにみんな焼けてしまった。風のある晩だったと母が云ってたが」

「まあ、怕《こわ》かったでしょうね。お義兄さま、おぼえていて?」

「うん、母の背に負われて逃げて行く記憶はある。うしろのほうが真赤でね」

「こわいわ」

明子は実際に恐ろしそうに対岸のその一点を見つめていた。小さく人が歩いていた。

2

四十二、三年前のその火事は秋の終りごろであった。

火元の片山というのは前の道を通る人を相手の小さな飲食店というよりもウドン屋

である。原因は火の不始末だろうといわれた。真夜中の火事であった。

焼け出された両親は私を連れて湊町の知合いの家に移った。そのとき叔母は居なかった。

叔母はどうしたのかと、私は母に訊《き》いたように思っている。叔母は朝鮮に行ったということだったが、それが火事のずっと前だったか直前だったかはよく分かっていない。五つか六つごろの私の記憶は甚《はなは》だ漠然としていて断片的である。

断片的といえば、叔母は田野浦の私の家にはしばらくの間居たようである。あとで聞いたことだが、叔母の夫というのは巡査で、そのころ朝鮮に転勤になっていた。当分単身赴任のため妻を姉である私の母のもとに預けていたのだった。その叔母は夫のあとを追って朝鮮に渡り、間もなく死んだということである。これは母の話であった。

叔母がどのような顔つきだったかは全くおぼえていない。だが、私の母よりは姿がきれいで、少し背が高かったということだった。そういえば、やはりぼんやりとそんな姿の叔母が眼に残っているようでもある。あるいは、その話を聞いたあとに出来上がった私の影像かもしれない。

叔母は私を大切にしてくれた。それは姉の家にしばらく厄介になっているという義理からでもあろうが、その叔母がよく私の遊び相手になってくれたことをおぼえている。背中に負われて入江のほうを眺めた記憶もあるし、手を引いて近所を歩かせてもらったこともあったようである。ふしぎなことに、母にそうしてもらった記憶と、叔母のそれとは、今でもはっきりと区別できる。

叔母の夫という人にも微《かす》かだが記憶がある。何でも、その人は大きな体格で、口髭《くちひげ》を生やしていた。あとで聞いたところによると朝鮮で署長にまでなったというが、私が見たのは彼が妻を預かってもらうために私の家に現われたときのように思う。父はどちらかというと動作の緩慢な男だったが、叔母の夫というのはきびきびと活発な、いかにも警察官らしい様子の人のようにおぼえている。これもあとで両親から聞いた話が大ぶんその影像づくりを手伝ってはいるが、まったく記憶がないわけではなかった。

だが、父や母からの話には全く拠《よ》らないで、私だけの記憶で叔母の印象が鮮明なのがある。それは叔母についての印象というよりも或《あ》る場面と云ったほうが当たっている。

入江に面した裏の部屋、それは六畳ぐらいの広さだったが、そこに父と叔母とが坐《すわ》っていた。私から見て父は向うむきで、叔母は父のほうに横向きになって坐っていた。そんな恰好《かっこう》で二人は話をしていた。私はその辺にひとりで遊んでいたように思う。だから母はその場には居なかったのである。

まったく突然のことだが、父がいきなり叔母を殴りはじめた。最初はそれが殴っているというふうには思えなかった。その動作の意味が、まだ分からないときだった。が、とにかく父はうしろ向きのまま片膝《かたひざ》を起《た》てて叔母を引き据えていた。叔母は畳に俯伏《うつぶ》せ、髪をふり乱していた。その長い髪だけが私の眼に鮮やかに残っている。――

そのころの女たちはみんな髪を結っていた。結わないまでも櫛巻《くしまき》ぐらいにはしていた。私の母もそうだが、叔母は丸髷《まるまげ》だったと思う。顔は分からなくても髪と姿とは一つの記憶になっている。

今から思うと、叔母が父に打擲《ちょうちゃく》されてすぐに長い髪を振り乱したのは、どうやら丸髷でなかったときだったと考える。私のうすぼんやりとした記憶にあるのは、父の拳《こぶし》を受けて俯伏せになっている叔母の豊かな髪が肩から畳に流れていたことだけである。そうすると、あるいは叔母は髪を結いかけているときだったかも知れない。その辺がぼんやりしている。その前に二人は話をしていたようでもあったし、叔母がうしろ向きで父と話をしながら鏡台に向かっていたようでもある。

そのとき叔母が何を云ったのか、むろん私の記憶にはない。父がすっくと起ち上がって畳に伏せている叔母を上から見下ろしたようでもある。あるいは、あわてて介抱したようでもある。介抱というのは叔母の頭から血が出たからである。

血の印象があるのは、子供の私が前の山に登ってすべり落ち、足に怪我《けが》をしたとき血を出したので、その恐怖が忘れられなかったからだと思う。現在、私が明子といっしょに立って見ている正面の中腹に見える禿げた所、その下が私の怪我をした場所だ。今でも私の膝にはそのときの傷痕《きずあと》が残っている。その部分だけはすべすべした皮膚なのだ。

そんなことから私は髪を振り乱した叔母が血を出したのをはっきりとおぼえていたのだ。それからのちどういういきさつになったのかは分からない。ただ、母が居なかったことだけはたしかである。妙に森閑とした静かな中の出来事だった。

それからしばらくしてのことだろう。叔母は二階に寝ていた。

叔母は、ただ寝ているだけではなく、母が狭い梯子段《はしごだん》を上ったり降りたりしている様子が記憶にあるので、通常の状態ではなかったと思う。その叔母の枕《まくら》もとには真鍮《しんちゅう》の金盥《かなだらい》が置いてあった。この金盥がピカピカに光っているので子供心に珍しく思っていたものだ。それが二階の叔母の枕もとの新聞の上に置かれ、水の中には手拭《てぬぐい》が重く沈んでいた。

私は叔母が病気になったと思っていた。きっと、そのことを母にたずねたと思う。

母の答がどうだったかは分からない。しかし、こんなことを云《い》ったようにおぼえている。

——叔母さんが病気になったのを誰にも云うんじゃないぞな。もし云うと、巡査さんがおとっつぁんを縛りにくるけんの。

私は二階の窓から往来を眺めていた。それは前を通っている人間に巡査が居るかどうかを見るためだったと思う。はっきりしたことは分からない。すべては光線も色彩もない、うすぼんやりとした夕靄《ゆうもや》の中の記憶である。

叔母についての断片的な記憶はほかにもある。

田野浦から一里ばかり離れた湊町には桜の名所があった。神社の境内である。早くから開けたこの湊町の古い社《やしろ》だが、春の桜どきにお祭りがある。

私は父親に連れられてその祭りに行った。鉄道馬車に乗せられたから、やはり五つか六つのころである。そのとき母は同行しなかった。お宮の祭りには賑《にぎ》やかな市が開かれる。祭神の姿を入れた煎餅《せんべい》がそこの名物だった。そのとき、どういうわけか父親が私を途中から帰した。恰度《ちょうど》近所から来ている人があって、それに私を託したのである。

——おとっつぁんは用事があるけんの、おとなしゅう先に帰っとれや。

多分、父はこんな云い方をして、半分泣き顔の私を説得したのであろう。
私は近所の人に連れられて鉄道馬車に乗り、家に戻った。家では母が戸口から入ってきた私を見つけ、

――まあ、この子はどうしたんなら？　なしてひとりで帰ったんの？

と訊き、すぐに父親はどうしているのかと質問した。

――おとっつぁんは用事があるけん、先に帰れと云うた。

多分、こんな答を私は寂しい顔で云ったと思う。そのとき母がどんな様子をしたか、もちろん私には分からない。しかし、今から考えると母の眼は光っていたのではなかろうか。叔母は家に居なかった。

父が私を先に帰し、あとでその町のどこかで叔母と遇《あ》ったかどうかは分からない。私がひとりで帰ったときに叔母はたしかに居なかった。というのは、私を大事にしていた叔母は必ず外から帰った私を見つけると傍に来てくれていたからである。

これが先ほどの叔母の病気の前だったか後だったかは分からない。父が急に怒り出して叔母を打擲した日のずっと以前のような気もするし、そのずっと後だったようにも思える。そうした時間的なつながりは全くない。思い出の断片はあくまでも切れぎれであった。

それから、こういうこともある。

家が焼けて、湊町の知合いの家に移ったときだが、そこは子供心にもゴタゴタした、狭い家であった。その中で、いろいろな人が出入りして父や母に遇っていた。罹災《りさい》の見舞に来ていたのであろう。そして、それはその後のことだったと思うが、父と母とがまる二日間いっしょに居なくなった。

それは、母がその家の子供に私といっしょに遊んでくれるよう頼み、馴染《なじ》まないその家の子供と辛《つら》い二日を送った記憶があるからである。ひとり子の私は、両親無しには一日も単独で残されたことはなかったから、その淋《さび》しい印象は強かったのだ。

あれは、あとあとまでふしぎである。二日間、両親は何処《どこ》に、何の用事で行っていたのであろう。しかし、私はついぞそのことを両親に訊いたことはなかった。それだけではなく、叔母が父に殴打《おうだ》されていたのが秘密めいた場面に映って、叔母に関連した記憶は後で何一つ確かめることはできなかった。

大きくなってから幼時のぼんやりした記憶について私は両親にいろいろと聞いたものだが、これだけは気が引けて質問ができなかった。

3

入江を船が入ってくる。単調な機関の音が水の上にひろがる。向うの山と、こっちの丘とに微かなこだまが起こっていた。船では女房がかじを取り、亭主は忙しく舷《ふなばた》を行き来していた。

「ああいう生活もあるのね」

明子は船の行方を眼で追いながら呟《つぶや》いた。船がたてた波に赤ばんだ光が当たっている。いつか陽が落ちかけていた。

明子は船の夫婦を羨《うらや》ましがっていた。それは自分のことにひきくらべてである。私は黙っている。よけいなことを云わないほうがいい。云うと面倒なことになりそうだった。明子は感情が多すぎる。ここで泣き出されたら困る。私は、よそ目には静かな夫婦に見えるかたちで立っていたかった。

「そろそろ、宿に帰ろうかね」

「ええ」

明子は素直についてきた。長い間、立っていたので疲れていたのかもしれなかった。

私のほうは、佇《たたず》んでいる間、さまざまなことを考えていたのでそれほどでもなかった。だが、そのことでは明子に何一つ語らなかった。

宿は松林の中にあった。四囲を高い柴垣《しばがき》で囲ってある。垣は人目を遮っていると同時に防風の役目でもあった。しかし、どこからでも出入りできそうであった。夜になると、この辺に人の影がなくなる。

「お帰りなさい」

と、女中が玄関の前で迎えた。

「ただ今」

挨拶《あいさつ》にこたえたのは明子である。私は顔をそむけている。女中はそのまま横手の離れに導いた。小さな離れが二つあったが、一つはあいていた。女中は私たちの留守の間に閉めていた格子戸《こうしど》を鍵《かぎ》であけている。下は砂地であった。靴がめりこむ。靴痕がつくのが気になった。

女中は風呂《ふろ》の支度ができていると云った。そういうやりとりも明子が主に相手になっていた。あかるい声だった。私は出るときに読んだ新聞をまたとりあげて顔の前にひろげていた。

女中が出ると、明子が寄ってきた。

「お義兄《にい》さまったら相変わらず無口なのね?」

「うむ」

「女中さん、お義兄さまが憤《おこ》ってると思って気をつかっていたわ」

それはまずいと思った。そういう印象を女中に与えてはいけない。平凡で、格別な特徴のなかった男にしておかなければならなかった。

私は明子の顔をひき寄せた。外に立っていたあとなので髪が乱れていた。髪に汐《しお》の匂《にお》いがしていた。

机の上に茶色の貴重品入れの封筒といっしょに宿泊人名簿の用紙が載っていた。

「これ、何といって名前を書くの?」

明子が惑うような眼で用紙を見た。

「そうだな」

私は二人の偽名を考えていないでもなかったが気を変えた。

「べつに書かなくてもいいだろう」

私が書けば筆跡が残る。明子にも書かせたくなかった。

「あら、どうして。これ書くのが規則でしょう。書かないと警察がうるさいんでしょう?」

明子が大きな眼をして訊《き》いた。

「そりゃ、そうだが、それは形式的なものだからね。警察もきびしく取り締まっているわけではない……」

警察という言葉を私はなるべく使いたくなかったので急いで言葉をつづけた。

「忘れておいたことにすればいいよ。宿だって、宿泊人の無かったことのほうが、税金のがれにはいいからね。書くように催促はしないだろうよ」

「そう。それなら、いいけど」

明子はほっとした顔をした。

私の云い方が当たっているかどうか分からないが、たとえ宿がその記入を請求しても明日の朝ということにして延ばせばいいと思った。ただ、事故が起こった場合、客に宿帳を書かせなかったことで旅館は警察に叱《しか》られるだろう。

二人で湯から上がったとき、座敷には夕食がならべられてあった。外は夜に入っていた。女中は酒を持ってきたときにちょっと顔を出しただけですぐに引っ込んだ。

その女中のあとを追うつもりで私は膝《ひざ》を立てかけたが思い直した。宿泊料を払っておきたかったが、前払いだとかえって不自然になる。宿の者に警戒されるかも分からなかった。

「どうなすったの？」

「いや……」

私は銚子《ちょうし》を明子にさしむけた。明子は何とも思ってないようだった。

女中が食事を片づけ、夜具を敷いた。その間、私と明子とは廊下の椅子《いす》に坐《すわ》っていた。おやすみなさい、と女中は手をついて退《さが》った。宿帳のことは請求しなかった。

疲れて睡《ねむ》った。気が張っていたが、やはり深い眠りに落ちた。はっとして眼を開けた。目蓋《まぶた》に真赤なものが映ったように思ったからだ。

部屋はうす暗かった。枕もとのスタンドがかぼそい光を投げている。横の明子は睡っていた。少し口を開けているのは疲れ切っているからだった。

腕時計をスタンドの下で見ると午前一時すぎであった。まだ早かった。煙草《たばこ》を吸おうとしたが思いとどまった。マッチを擦る音で明子を目ざめさせてはならなかった。

仰向《あおむ》いたまま、暗い天井を見つめていた。さっき、目蓋に赤い光がひろがったのを考えた。あれは何かの錯覚であろう。夢とも思えなかった。

私は明子とならんでいっしょに見た田野浦の風景を眼に泛《うか》べている。今は跡かたもなくなった生家である。母に背負われて逃げたときの炎が思い出される。さっき赤い色が睡っている眼にさしこんできたのも、明子にその話をしたのが疲れた脳髄に遺《のこ》っていたからではあるまいか。

傍《かたわら》の明子は寝息を立てていた。正確な寝息である。私は、そろそろ行動を起こさねばならなかった。

そのとき、私の記憶にふいに秩序が成立した。うすぼんやりした、夕景の中のような幼時の記憶に光が当たった。

母の留守に父が叔母を殴っていたのは、口喧嘩《くちげんか》の果てであろう。その喧嘩がどのような意味を持っていたか今にして解することができる。叔母は父との関係を清算して、朝鮮にいる夫のところに行くと云《い》い出したのではなかろうか。あるいは、夫から早く朝鮮にくるようにとの催促があったのかもしれない。いずれにしても、父はそのことで怒り、叔母を撲《なぐ》ったのだと思う。それは叔母の頭から血が流れたくらいの激怒であった。

三本松のあたりで私の見た父と叔母の姿はその以前だった。湊町《みなとまち》の桜の祭礼に父が私ひとりを帰らせたのも、叔母を打擲《ちようちやく》する前のことだったのである。

叔母がどのくらい二階で寝ていたかは分からない。いまから考えて、それは相当長い期間ではなかったろうか。私の夢のような思い出にあるのは、枕《まくら》に流れている女の長い髪と、その枕もとの真鍮《しんちゅう》の金だらいの中に沈んだ手拭《てぬぐい》だけであった。

——叔母さんが病気になったのを誰にも云うんじゃないぞな。もし云うと、巡査さんがおとっつぁんを縛りにくるけんの。

母は私にそう云った。頭を割られた妹を見て、母は父との関係を知ったに違いない。むろん、その前から母は勘づいていたのであろう。しかし、妹の負傷によって母は父に味方した。警察に知られるのをおそれただけでなく、父が愛人だった妹を殴打したことが母には勝利に思えたのかもしれない。たしかに、その前から母は妹を憎んでいた。

それは、ちょうど朝鮮から妹の亭主が妹に早く来るようにと催促してきたときであった。妹はまだ負傷が癒《なお》ってなく、床から起きられなかった。このまま朝鮮に無理に行かせると一切のことが亭主に分かってしまう。亭主は警察官であった。父は妹婿《いもうとむこ》にどんな復讐《ふくしゅう》をうけるかも分からなかった。妹婿は妻を離別し、父を姦通罪《かんつうざい》で監獄に入れるかも分からなかった。

父は小心な人であった。それは私が大きくなってからよく知っている。権力には弱い人であった。

隣の片山という飲食店から出た火は、その店の不始末からではなかったかもしれぬ。

あれは誰かの放火だったに違いない。

あれきり、私は叔母がそばにいたのを見た記憶はない。朝鮮にいつ渡って行ったのか、全然覚えがなかった。そして、叔母がいつ朝鮮で死んだのかさっぱり分からない。

叔母は田野浦の私の家の二階に横たわったまま、あの火事で焼死したのではあるまいか。どうもそんな気がする。しかし、床から動けない身体《からだ》でもなかったのに、なぜ焼死したのか。逃げられない何かの原因が施されていたのではあるまいか。病気で床に就いていたということで、世間では逃げ遅れたことを納得するであろう。

すると、火事のあと、湊町の知合いの家に移ってから両親が私を残して二日間も居なかったのはどういうことだろうか。——二つのことが想像される。一つは父母が警察で調べられたことだ。一つは、叔母の葬式をどこかの寺で、多分、近くの阿弥陀寺で営んで戻れなかったことである。そして、この両方とも無事に済んだのだ。

私は、傍に睡っている明子に行動を起こした、おとっつぁん、と私は心の中で父に云っていた。あなたのした通りのことを息子もしているのだ、と。

私の妻も、私のアリバイを工作してくれているはずである。激情的な明子から私の身を護《まも》るために。そして、母が父に協力したように。——

夜が怕《こわ》い

1

その総合病院では夜の宿直に医師若干名と看護婦数名を置いていた。医師の人数が書けないのは、夜なかにベッドの呼鈴《ベル》を押してゆっくりとやってきた看護婦に、先生に来てほしいと云《い》っても、一度として顔を見せたことがないからである。医師は宿直室に一人なのか二人なのか、それとも三人なのかわからない。看護婦は当直の先生の数を明言しない。

私は七十五になるが、胃潰瘍《いかいよう》でこの病院の東病棟に二カ月前から入院している。胃潰瘍と医者はいうが、癌《がん》だとは自分でわかっている。十年前に胃の三分の二を除去したが、二年前からまた様子がおかしくなった。年寄りの癌は緩慢に進行する。それに近ごろは制癌に効くいい薬ができた。

私は個室に入っている。入院を申し込んだとき、いいぐあいに個室が一つ空いていた。私は小企業を営々と経営してきて、今は長男に代《だい》を譲っているが、個室の費用ぐらいは出せる。

個室に入り得てなによりうれしかったのは、同室患者がいないので気兼ねしないで済むことだった。私は父親に似ていびきかきだった。父親は肥《ふと》っていた。私も肥っている。胃を除《と》って瘠《や》せはしたが、それでも体重がある。体質である。

鼾声《かんせい》雷の如《ごと》しという言葉があるが、父のはそんなものではなく、ごうごうと鳴らしていたいびきをとつぜん停止するのである。呼吸も止めている。その間が長い。そのまま死んだのではないかと傍《そば》の者が心配して様子を窺《うかが》うくらいだが、そのうち父は溜《た》まった息を苦しそうに、ふうーと大きく吐いて、さも安心したように再びいびきをかきはじめるのである。この間歇的《かんけつてき》ないびきと呼吸との停止は医学上の名があることを、後年になって知った。睡眠時無呼吸症候群というのだそうである。一晩に十秒以上の無呼吸が三十回以上に及ぶと、この病名が付く。その間、不整脈となる。七、八十歳の高齢者で、肥った人に多い。死亡率もすこし高い。しかし、三十回以下だと安全で、症候群の名も付かない。父のは安全なほうだった。

私が父のいびきを聞いたのは子供のころからだった。そのころの父を想《おも》い出すとなつかしい。私は父親の死んだ年より長く生きている。

ここは個室だから自由に振舞える。寝たきりの病状ではないから、二室つづきの病室内を歩きまわる。二室といっても一室は廊下から入ったドアのつづきで細長い。横がキチンとトイレ、冷蔵庫となっている。奥室はベッド、来客用のテーブルとイス、壁ぎわに備え付けのベークライト机、壁は鏡、次室との間に衣類などを入れる戸棚《クローゼット》が置かれてある。この衣類戸棚はベッドのわきにもある。三度の食事はアナウンスがあるから、廊下まで運ばれたワゴンの棚に食膳《しょくぜん》を取りに行く。患者八人ぶん。私の患者食は粥《かゆ》に近い。副食物も歯ごたえがなく、それに、うす味である。息子の嫁三人が交替で来る。嫁たちは家から手製の惣菜《そうざい》を持ってくる。

息子は四人居る。小企業の社長を嗣《つ》がせた長男は週に一回顔を出す。一時間と居ない。二番目は福岡で食品問屋をしている。三番目は新聞社に勤めていて郊外に住んでいる。末の息子は証券会社に勤めて自宅の近くにいる。福岡にいるのを除いて三人の嫁は三日ごとに当番で病室にくる。おれの入院は長いから毎日来る必要はないといってある。それぞれに子供もあることだし、三日に一日の割当てでも嫁にはおっくうなのが目に見えている。そこで、土・日を休みにさせ、祭日も休ませると一週間に一日くらいの当番になる。いくら嫁でも、女房のようには気がねなしに使えない。退院はあと二十日くらい先になるらしい。だがそれは、完全に治ったのではなく、手術して一カ月になるから、いちおう家に帰そうということだ。一時的な休暇である。休暇のあと一年したら、またこの病院に戻ってくる。再入院のときが、終末である。

私の女房は六年前に死んだ。苦労をさせたが、晩年はまあまあの暮しだったから悔いはない。本人も満足していた。

女房に先立たれてみると、天涯孤独の身という気持になった。息子たちはアテにはならない。家庭を持たせたときからすでに半分他人である。アカの他人だったら没交渉ですむが、この他人とはことあるごとに煩《わずら》わしい交渉がある。

じぶんが先に死んで、女房が残った場合を考えたこともある。しかし、これは女房が生きているときから話し合っていたことである。だが、そのときは、どちらの死にしてもまだ将来《さき》の問題として真剣にならなかった。おそらく世の中年夫婦も同じだろう。年を取るまでは、問題の解決の先送りになる。

ある晩、ベッドに横たわって睡《ねむ》れないままにいると、三男の恩師であるA教授を入院の大学付属病院に見舞った十年前のことが思い出された。こうして寝ていると、過去のことが、前後の連絡もなく断片的にちぎれ雲のように浮ぶ。

教授はその大学ではドイツ文学の講座をもっていたが、病気は肝硬変で重態だと息子はいっていた。教授は七十歳に近かった。私が病院に行ったのは夕方だったが、見舞客の姿はなくなって、看護婦たちの白衣がうす暗い廊下に小走りに歩くうら寂しい情景だった。どこの病院も同じである。

私が教授の病室に入ると、そこは特別室で、若い奥さんが枕《まくら》もとの椅子《いす》にかけていた。折りから中年の主治医が看護婦一人をつれて回診に入ってきた。奥さんが急に用事を思いついたように病室を出て行ったので、私はとり残された恰好《かっこう》で、医者が患者を診察する様子を、離れた椅子にかけて眺めていた。

医者はひととおり診断を終えて聴診器を耳からはずした。すると毛布に顔を半分埋《うず》めている教授がなにか云った。医者は耳を寄せた。二度目の教授の声は私にも聞えた。

「夜が怕《こわ》いね。夜がくると怕くなる」

医者は一瞬とまどった表情になった。私も教授の言葉があまりに子供じみていたので、年とっての入院生活にすこし呆《ぼ》けてこられたのではないかと思った。

「夜なんかちっとも怕いことはありませんよ、先生」

主治医は教授の顔に上から諭《さと》すような微笑を注ぎ、枕もとにさがっている長い紐《ひも》の先のボタンを指にとった。

「なにかご用があったら、このボタンをこうして押してください。看護婦がすぐに参ります。どんな夜なかでもご遠慮なく。当直看護婦は朝まで起きておりますから。また、ご気分が悪いときは看護婦にそう云ってください。宿直医が来ますから。先生、夜が怕いことなんかちっともありませんよ」

主治医は母校の老教授に敬語を用い、かつ、子供を宥《なだ》めるように云った。

A教授はそれから三週間後に亡《な》くなった。私はその告別式に参列したが、病室に見舞った際に聞いた「夜が怕い」という教授の言葉が鮮やかに耳に残っていた。

ずっとあとになって三男に聞いたことだが、教授の若い奥さんは教授にとって再婚で、名古屋のクラブのマダムということだった。だが、教授が入院したときから彼女には若い恋人が出来ていたそうである。その恋人というのは他の病棟の医局員で、彼が宿直のとき、重症患者に付き添う奥さんは、夫の睡眠中にスリッパァを履《は》いたまま中庭を通り、別病棟の医員宿直室へ逢引《あいび》きに出かけるということだった。宿直医は一人という。

A教授が眼をさますと、付添い用の二畳の間には奥さんが寝ていないのに気づく。しばらくして、スリッパァの忍びやかな音が遠くから廊下を戻ってくる。教授はそれを咎《とが》めない。睡ったふりをしている。詰問《きつもん》することができないでいる。

スリッパァの音は、四晩に一度くらいの割合で病室と宿直室とを往復した。枕に頭を乗せて動かない教授の耳には廊下と中庭から低くそれが響いてくる。この場合、スリッパと書くよりもスリッパァと曳《ひ》いて書いたほうが余韻を引摺《ひきず》る音を写すだろう。

夜が怕い、というA教授の声は、夜になると聞える自分を裏切るスリッパァの音と、ひとり夜のベッドに横たわる不安と両方に掛けた言葉となっている。だが、回診の主治医はあとの意味にしか解さない。

私の場合、たしかに呼鈴のボタンは枕元に下がっている。ボタンを押せば、さっそくというわけではないが、ずっと離れたナースセンターからの看護婦の声が拡声器に乗って聞える。

「原口さん、どうかしましたか」

と私の名を呼ぶ。

「気分が悪い。きてください」

「どんなふうに気分が悪いですか」

「心臓がドキドキする。吐き気もする」

拡声器の声は雑音とともに切れる。

十分くらいして看護婦が聴診器を首にかけ、片手にアルミの小函《こばこ》を持って入ってきた。手首の脈搏《みゃくはく》を数え、胸をひろげて聴診器を当てながら、原口さん、どんなふうに気分が悪いのですか、と医者の問診のようなことをはじめた。プルスも速くないし、心臓も異常がないんですがねえ、などと呟《つぶや》いている。吐き気がすると云うと、とにかく強心剤と鎮静剤とを注射しておきましょうとアルミの小函を開けて注射器をとり出し、小さなアンプルの頭を截《き》った。当直の先生を呼んでおくれ、と云うと、先生にはご連絡してあります、と処置を終えた看護婦は大股《おおまた》で出て行った。

朝になると、ブラインドの窓から細い筋の明りが射《さ》す。プラスチックの隙間《すきま》の白い線は、今日の生命である。昨夜の闇《やみ》の恐怖はいちおう消える。それほど幸福とは思わないが、惰性で生きているという気はたしかに覚える。巡回の看護婦が体温、脈搏、血圧を測りにくる。これも惰性の延長だ。宿直の看護婦とは違っている。だが、三日目ごとに一つの顔が早番、遅番、宿直と変る。

昨夜の宿直医が一人で早くやってきた。

「原口さん。ゆうべはどうかなさいましたか」

ベッドの足もとにぶらさがる患者原口啓作の検査表板にちらりと眼をくれて、聴診器を胸のあちこちに当てながらきいた。三十すぎの、ぼさぼさ髪を前に垂らした頬骨の高い男だった。私は胸苦しかった自覚症状をできるだけ強調した。

「看護婦から報告は聞きました。注射でおさまったでしょう？　大丈夫ですよ。心配ありません」

彼は宿直室で朝まで「仮眠」していたらしい。患者が急変を訴えたときは医者はかけつけてじぶんで注射すべきだろう。起き上がるのがおっくうだから看護婦にやらせたのだ。だが、あんまり追及すると、あとどこかで仕返しをされそうな気がして黙った。入院患者の弱みである。

宿直医はさすがにすこし体裁が悪くなったか、そっと出て行った。以前に息子から聞いたA教授の若い奥さんのことを思い出し、浮気相手の宿直医とはああいう男ではないかと思った。夜が怕い、という教授の怯《おび》えは、中庭を往復するスリッパァのひそやかな音だったが、私の場合は、医者のくるのが間に合わず痰《たん》が詰まって死ぬような気がする。

――ある日、三男の嫁が当番できていて、夕食のお膳を廊下のワゴンに取りに行った。戻ってきて云うには、

「お父さん、お隣りの病室の様子がヘンですよ。廊下にお見舞いの婦人客が四人ばかり立って、ヒソヒソ話をしていらっしゃいます。どうやら見舞客は病室から追い立てられたらしいですが、なかにはハンカチを眼に当てている方もおられます。病室には

院長先生をはじめお医者さんが三人も四人も入りこんでいるし、この病棟の婦長さんはじめ看護婦さんたちが廊下を忙しそうに往復しているし、ただならぬ様子です」

「どうしたのだろう?」

「ご病人の容態が悪くなったからじゃないですか。お隣りのドアわきにある患者名札は女性の名前になっています。ご本人を見たことはありませんが」

枕元のボタンを押してもなかなか来てくれない医者も、患者が急変状態になると、院長以下オールスター総出といった恰好で、医局員が病室に集合する。

起き上がって耳をすませたが、隣室を隔てる白い壁からは何の物音も声も洩《も》れてこなかった。それほど厚い壁とは思えないが、よっぽど防音装置が完全にできているらしい。それとも医師たちも婦長も、両隣りの患者に気兼ねして、できるだけ静かに患者の応急手当を進めているのだろうか。

それにしても家族が居るだろうに、その呼び声も泣き声も聞えないのであった。嫁は、私の食事が終ると炊事場で食器を洗い、家から持ってきた手製の惣菜の食べ残しだの缶詰や瓶詰類を冷蔵庫にしまった。患者食は塩気がなく、うす味なので、差入れを命じているのだが、嫁の料理も上手下手がある。

私の食べ終った食器をワゴンの棚に返却しに行って戻った嫁に、隣りの様子はどうだと訊《き》くと、廊下の見舞客はもう居ません、ドアは固くしまっています、中に灯《あかり》がついて、物音がしていますが、様子はわかりません、と答えた。もう関心はないようで、それよりも家の子供たちのほうが気にかかり、六時半になると、じゃ気をつけてくださいね、さよなら、といって出口に歩いた。明日の当番に週刊誌を三冊ほど持ってくるように、と私は嫁の背中に云《い》った。

私はラジオをつける。重症患者の隣室にはとくに遠慮して小さな声にした。七時のニュース、かくべつなこともなし。あとの番組も興味索然たるものだった。九時が消灯だが、当直の看護婦が巡回にきた。

「お隣りの患者さんはどうなさったかね、だいぶん容態がお悪いようだったが」

血圧を測らせながらきいた。血圧は上が一八〇、下が一二〇で、十年来決まっている。

「わたしは交替したばかりで、よくわかりません」

看護婦は眼を落して検査表板の欄に記入している。

「夕方は先生がたがずいぶん集まって深刻そうだったがね。ところが今はコソとも音がしない、静かなものだ」

「そうですか。それだったら患者さんを集中治療室に移したのかもしれません」

「あ、そうか、集中治療室か」

看護婦はさっさと出て行った。

集中治療室は重態患者を入れるから、私も合点《がてん》がいった。この病院の集中治療室は西病棟の地階にある。ここから集中治療室に移すには患者を寝台車で運搬しなければならぬから、相当な騒動である。ところがその物音が少しも聞えなかった。私のベッドは個室の奥で、廊下側からは遠い。それでも廊下の物音は少しは耳に入りそうなものを、終始静まり返っていた。

九時の消灯後、私はスタンドの灯を一時間ぐらい点《つ》けて本を読んでいたが、それにも飽いた。起きて、トイレに入る。出て、狭いキチンに置いたジャーを急須《きゅうす》に傾けて茶を入れ、湯呑《ゆのみ》を窓ぎわに運んで椅子に坐《すわ》って飲む。禁煙だから灰皿はない。

プラスチックのブラインド窓に指をかけて押し下げると、向う側の病棟の窓はことごとく暗く、細い明りがあるのは各階の非常階段口と屋上の機械室の保安灯のみである。それと狭い中庭の疎《まば》らな外灯があった。

まだ十時すぎだというのに、ホテルとは大違いである。ホテルはいまの時刻が宵の口だ。この暗い病院の建物ごしに見える都心の空にオーロラのような光が下から半円形に映っている。が、仕方がない。ここは私のような老人患者には廃墟《はいきょ》であった。夜の孤独が恐ろしい。死の急襲には防衛のしようがない。

ようやく朝になった。

今日の当番である末の嫁がきた。

「お隣りは退院されたんですか」

「どうなっている？」

「患者名札がありませんわ」

「集中治療室に移されたのかもしれん」

「だっておかしいわ。雑役婦さんたちが四、五人入って大掃除しています。ベッドは片づけられて、がらんとしています」

亡くなったのだ、と私は直感した。おそらく昨日の午後八時ごろではないか。三男の嫁が帰ったあとだ。それにしても、患者の死を両隣りの病室に気付かせなかった病院側の配慮というか、その措置はみごとなものだった。消灯の時、巡回にきた看護婦は集中治療室へ移ったのだろうと云ったが。

隣りの病室は五日間くらい名札が掛からなかった。当番の嫁たちの報告である。巡回の看護婦に私は冗談めかしてたずねた。

「お隣りは、すてられたんだろう？」

《すてた》とは病院用語で、ドイツ語のステルベン（死ぬ）からきている。ずっと以前に知り合いの医者から聞いた。

「そんなことはありません。おうちにお帰りになったんです」

どの看護婦もきまり文句で答えた。なるほどお家《うち》に帰られたには違いない。

2

私の父親は平吉といって七十二歳で死んだ。母親はシマといって六十七歳で死んだ。父は脳出血、母は腎《じん》不全だった。母は晩年に呆《ぼ》けてしまい、「あやめ」という刻み莨《たばこ》を煙管《きせる》で吸っていたが、マッチの燃えさしの軸をいたるところに抛《ほう》り出すので、いつ大事に至るかわからず、油断ができなかった。

私は、枕《まくら》に頭をつけて父親のことをときおり思い出す。たしかに夜中にボタンを押しても看護婦は義務的にくるだけだし、当直医がこないことにも変りはないが、その看護婦も午前零時ごろから四時ごろまでは仮眠するらしいので、呼びボタンを押すのもやはり遠慮がある。隣りの患者のように医者、看護婦総動員のときが死の間際《まぎわ》とあっては、心細いかぎりである。

怖《こわ》いことがもう一つある。年をとると、よく痰が咽喉《のど》にからむ。若いときは肺の活力で気管支に詰まりそうな痰を吐き出せるが、老いが進むと肺に力がなくなり、自力では出せなくなる。ゼラチン様の粘《ねば》い痰が気管支の中にひそんでいて、呼吸をするたびに笛のように鳴る。睡《ねむ》っていて風のすさぶ音にびっくりして眼をさますと、それがわが胸の喘鳴《ぜんめい》だった。

その程度ならまだよいが、鳥黐《とりもち》のような痰が気管支をべったりと塞《ふさ》いだらどうなるだろう。昼間だったら看護婦がすぐ呼べる、そして医者をすぐ連れてくる、応急処置で済まなかったら咽喉の切開手術をしてくれる、とにかく早急の間に生命が助かる方法をとってくれる。

しかし、深夜ではそんな処置は不可能だ。看護婦が呼びボタンでやっとやってきて、患者の七転八倒する様子に背中を叩《たた》いたり口の中に指を突込んだりして時間をかけたあげく、宿直医に報《し》らせに行く。宿直医もさすがにおどろいて駆けつけてきたときは、老患者は意識不明、全身蒼白《そうはく》になっているだろう。

だが、私は亡父を追想していると、なんだか夜の不安も一時的に遠のき、気持が鎮静して、睡眠に誘われる。

いろいろな想《おも》いが湧《わ》いて寝つかれないときは、断片的でも父親を回想することにした。

それは父の生い立ちで、私が五、六歳のころ父の手枕で聞いた話、十一、二歳のとき、畳にはらばって聞いた話などである。

父は島根県邑智《おおち》郡矢上村の生れであった。

「石州の江《ごう》の川《かわ》が流れたところに因原《いんばら》という渡し場のある賑《にぎ》やかな村があるがのう。そこから南に入ったところが断魚渓じゃ。日露戦争のころ、大倉桃郎という人が懸賞小説に断魚渓を舞台に小説を書いて出征し、戦地で当選の知らせを受けたというので、わしが広島に居《お》ったころに新聞でだいぶん評判になったもんじゃ。断魚渓を流れとる川が西へ折れ曲がったとこが矢上村じゃ。矢上はあのへんで一番大きい村でのう。明治三十三年には矢上製糸株式会社が出来とる。昭和三年には矢上銀行ができとる。邑智郡南部の中心じゃ。というのは、矢上には昔から砂鉄の『かんな』と『たたら』とがあったけんのう、そして諸国から鉄穴師《かんなじ》、人夫たちが矢上に来とって、なかなかの賑わいじゃった。わしの生れた矢上村の木下家は、その『かんな』も『たたら』ももっとる山持ちじゃった。分限者《ぶげんしゃ》じゃ」

石見《いわみ》の東南地方には砂鉄を含んだ山があちこちにあった。鉄穴（かんな）とは山を掘り崩す場所をいう。その土砂を流して砂鉄を分離して集める作業を、「かんな流し」

といった。その作業にあたる頭目《かしら》を鉄穴師と呼んだ。その下に洗子《あらいこ》がいた。鉄穴流しは砂鉄を水で選別する作業である。

この集められた砂鉄を熔融《ようゆう》する製鉄工場が「たたら」(炉)である。鉄の精錬はここで「たたら鍛冶屋《かじや》」によって行なわれた。はじめは鉄穴流しが兼ねていたが、炉の上に屋根をつくる高殿式のような大規模の工場式になると、砂鉄の採集と製鉄とは分離した。

炉の中でも鉧《けら》押しと銑《ずく》押しの二種類がある。鉧押しは「はがね」(鋼)を吹く炉、銑押しは銑鉄《せんてつ》を吹く炉となっていた。

砂鉄は江戸時代から鳥取県日野郡に多く産出したもので、矢上村の鉄穴師、洗子たちも日野郡から来ていた。砂鉄は日野郡だけではなく島根県境にまたがる船通山《せんつうざん》の西麓《せいろく》にも産出する。この地方では、高殿式の「たたら」があって製鉄がすすんでいた。鉧押しの炉からできる鋼《はがね》はきわめて良質で、日本刀などになっている。

また、邑智郡内の砂鉄は矢上村がもっとも多いが、ほかの村でも産出する。南部の広島県境に近い出羽《いずわ》村からも出る。郡内の砂鉄を総称して「出羽鉄」といったのは、出羽村が石見国から安芸《あき》国高田郡へ越す宿場であり、ここで郡内の鉄を他へ出荷したからだという。

砂鉄についてのこのような私の知識は、後年になって書物を読んでからである。だが、そのいくつかは子供のころ父からおぼろに聞かされたことだった。「砂鉄」だの「たたら」だの、活字でなく、石州訛《なまり》の濁った声からだった。

私も二十一、二のころになると、父の生い立ちがよほどはっきりわかった。父の話も私の成長につれておとなむきになっていたのだった。

父の平吉は木下慶太郎の長男なのに、乳《ち》呑《の》み児《ご》のとき、四里北へ離れた川本村字《あざ》因原の原口という家に里子として預けられたが、原口家が木下家に返さなかった。原口では、平吉を里子として預かったのではなく、養子の約束だったと云った。

生家と里親との間で交渉がもつれ、長引いている間に矢上の木下慶太郎夫婦に次男が生れた。二年置いて三男が生れた。慶太郎夫婦は遂《つい》に諦《あきら》め、平吉の原口家への入籍を認めた。

養父母は飲食店を営んでいた。因原は江の川の中流に沿い、西の江ノ津から十五里。南から断魚渓の井原川が、北からは木谷川が江の川に流れこむ。もう半里ほど東に寄った川本村の本町には奥三《おくみ》俣川《またがわ》と矢《や》谷川《たにがわ》が北と南から江の川に注ぐ。因原村はこうした舟便の要衝にあったが、のちに川本村に合併された。

川本村に合併されても因原の繁昌《はんじょう》はつづいた。江の川上流地域の豊富な山林から伐《き》り出された木材類はここで集積されたし、渡航船の寄港地でもあった。江の川の川幅はほぼ一丁あり、橋がなかった。向う岸は切り立った断崖《だんがい》である。雨期に洪水があると対岸への渡し船も止まり、客は何日間でも因原で足どめされた。

平吉の養父母が営む飲食店は川止めのたびに忙しかった。

そのころ邑智郡には電灯がこなかった。私が父から聞く話は洋灯《ランプ》の世界であった。

私は十年前に、島根県矢上村を一人で訪れたことがある。矢上村とはいわず、今は石見町という名称となり、矢上は字《あざ》であった。山陰本線を江津《ごうつ》駅で三江《さんこう》線に乗換えて約四十分、因原駅で下車して車で芸州街道を南へむかった。この街道は県境を越えて広島県の高田郡に達する。これが断魚渓を通る。

石見町の中心は矢上である。矢上は盆地で、町役場は段丘の上にあった。段丘のまわりは公園のように美しく植林されていた。近代的な建物の小学校や中学校があった。商店街は公園をとりまくように形成されており、そのすぐ裏山には小さなマンションが白い棟をならべていた。連山がとり囲んでいた。

私は段丘の台石に腰をおろして町を眺め下ろした。

私は父の故郷に来たけれど、知った人はひとりもいなかった。「矢上銀行」の看板は見えず、商店街の屋根にあがっているのは著名な地方銀行の支店名だった。

この町に今も「木下」姓の家があるはずだ。あれば父の親族筋にあたる。私にとって祖父の慶太郎には三人の男の子があった。長男が平吉、次男が政二郎、三男は良三といった。政二郎は二十八歳で矢上で死んだ。良三は十八歳のとき東京に出て私立大学に入り、卒業して会社に就職、途中で貿易会社へ転職して役員になった。

長男の平吉が五十近いころだったろう、生活に困って、そのころ暮らしていた熊本から東京の良三に借金を申しこんだことがある。平吉はこの末弟の羽振りのいいことを、矢上のおさな友だちの手紙で知ったらしかった。良三は長兄の頼みをにべもなく拒絶してきた。ほうぼうの借金を東京の弟からの援助で切り抜けられると信じ、じっさいに借金とりにはそう言いわけしていたようだった。父にはそんな人のいいところがあり、四十数年も音信を交わしたことのない弟にいきなり借金を申し込む無茶なこともその人のよさからだった。

それを平吉の手紙で知った矢上の友人は、それはひどすぎる、東京の良三さんは先祖からの山林を売り払って自分の財産に入れてしまった、ほんらいならあの山林は本家の長男の平吉さんの所有《もの》だ、すこしぐらいの借金なら応じてあげても罰はあたらぬものを、と非難の返事が平吉にきた。

父平吉の生涯は貧乏に尽きる。あんた、身体《からだ》がそがいに大きいのに耳が小さいけんのう、耳が細いのは貧乏耳いうて、一生貧乏暮しじゃ、運の悪い耳よのう、とつれあいのシマ、つまり私の母は云《い》い云いした。母は広島県の田舎の生れである。

3

父は、ときどき因原の養家から矢上の生家へ遊びに帰った。六歳ぐらいのときからだった。五里の山道は歩けないので因原からは乗合馬車に乗った。これは皆井田《みないだ》という所までで、あとは一里の道を矢上まで歩いた。

矢上の木下慶太郎の家は広かった。因原の養家は狭いし、飲食店をしているので、階下も二階も客に占領され、そのうえ住みこみの雇い女もいるので、平吉の居る場所はなかった。平吉は離れの物置を改造した小さな家に養母の母と住まわせられたが、この年寄りは白内障《そこひ》で半分目が見えなかった。だが養母は、川止めの客に備えて母屋《おもや》のほうは増築するのであった。そうして雇い女もふやした。

平吉は広い生家では弟二人とのびのびと遊びまわった。弟たちはよく兄になついた。母屋の居間、寝間、座敷、台所、土間を駈《か》けめぐる。母屋の外の納屋《なや》、駄屋《だや》、風呂《ふろ》、土蔵のまわりを走りまわった。

夜は弟二人と蒲団《ふとん》の中でいつまでもふざけ合っている。ようやく眠りかけたころに、母親（私にとって真の祖母）がそっと入ってきて、うれしそうに平吉の顔を見ている。その慈愛とも哀《かな》しみともいえぬ眼差《まなざ》しが平吉の塞《ふさ》いだ眼にうっすらと映る。ふしぎと父の影はなかった。

矢上の家に泊まるのは三晩だけだった。四日目には因原に帰らなければならない。帰りは人力車で送ってくれた。

平吉を生んだ母は、政二郎・良三の三兄弟の母になるわけだが、高井ユキといって江の川の下流寄りの川戸村（現在の桜江町）から来ていた。ユキが乳呑み児を里子に出した理由が私にはよくわからない。

川戸村の高井家はかなり大きな杉の山主である。この地方は渓谷が深いだけに良質のスギが発達している。いまでこそヒノキが価値あるものとされているが、江戸・明治・大正のころはスギと大差なかった。

川戸村の高井家と矢上村の木下家の結婚の媒酌《ばいしやく》をしたのは、出羽村（現在の瑞穂《みずほ》町）の「出羽鋼《いずわはがね》」と称される「たたら」の製鉄師であった。「出羽鋼」は明治に広島から阪神方面に売り出されて有名になった。その経営者が仲人《なこうど》になったのは、両家が相当な家柄であることを証した。

なのに、なぜユキは長男を生むとすぐにこれを因原の原口家に里子に出したのだろうか。母乳が足りなかったわけではあるまい。げんに翌々年に次の子が生れ、これはわが手で育てている。三男も同様である。

この理由を父は私に語らなかった。父自身が幼児のときだったから知らなかったといえばそれまでだが、彼が郷里を出奔するまでに誰か云い聞かせる者があったのだろう。

あのなァ、矢上の近くに諏訪《すわ》神社というお宮があってな、大けな杉の並木が参道の両側に長くならんどって、そりゃ神々《こうごう》しいもんじゃ。その杉の根かたも石垣からはみ出て盛りあがっとって、あがいなもんはほかにはないのう。弟二人と行ったんじゃが、人はひとりも詣《まい》っとらんし、遠いお宮さんまで行くのがえろう恐ろしゅうてな、いつも途中であとがえりしたもんじゃ。

父親の手枕《てまくら》で私が何度も聞いたことだが、生れてすぐ里子に出された話は語らなかった。

私はその諏訪神社へもまわった。父から聞いたとおり、参道の杉の巨木は、距離の短さを別にすれば日光街道の杉並木にならべてもひけはとるまいと思われた。根上がりのみごとさはむしろ勝っているように思われた。私は拝殿まで行かなかったが、参拝人の影はなかった。

父だけがなぜ嬰児《えいじ》で里子に出されたのだろうか。

私は、父の弟たちとの遊び場でもあった諏訪神社参道の根上がり杉に腰かけて考えた。一つの想像が浮んだ。高井家から嫁にきたユキは木下家の姑《しゅうとめ》と折合いが悪くなった。どのくらい経《た》ってだかはわからないが、ユキは耐えきれずに矢上の家を出奔した。近所の目もあることで、それは暗くなってからだったろう。

足袋《たび》はだし同然の姿で、提灯《ちょうちん》一つをたよりに川戸村の実家をめざして走った。地図を見れば容易にその道順に想像がつく。矢上村から川戸村に行くには二つの道がある。一つは出羽街道で断魚渓を通って因原に出て、江の川沿いの道を西に行って川戸村に達する。

だが、これは夜とはいってもあまりに本道にすぎて人の目につきやすい。人や車馬の往来もあるし、人家も起きているかもしれない。

他は矢上から裏山越えである。ここは八百メートル級の山塊《さんかい》がひろがっていて、その間に大利峠《おおりとうげ》、三田地《みたじ》峠などいくつかの峠があり、あいだには日和《ひわ》という小集落もある。因原まわりよりもはるかに短距離である。夜は目撃者に逢《あ》う可能性の少ない道である。闇《やみ》の中の山岳行と異ならぬ。若妻ユキはこの行動を取った。

髪をふり乱して夜の山を登り、野を走る。怕《こわ》くはなかった。婚家と離れたいとの一心に燃えていた。夫も彼女の心になかった。舅《しゅうと》のことはなおさらである。それでも四時間の夜叉行《やしゃこう》だった。星の下か、夜あけの薄明かに、川戸村をとり巻く江の川、八戸《やと》川の合流を見おろしたときはその場にへたりこんだろう。

そのユキが矢上の家に悄然《しょうぜん》と戻ったのは、彼女は気がつかなかったが、最初の子を宿していたからではあるまいか。

そう考えるなら、生れた子がすぐに里子に出された理由もわかるのである。諍《いさか》いのさなかに腹に入った嫁の子を嫌悪《けんお》したのは姑にちがいない。見るのも嫌だと。世話する人があったのをさいわいに、因原へ強引に里子に出したのは姑なのだ。ユキにも無断家出のひけめがあった。いやいやにそれを承知した。

里子に預けた期限が一年間だったか二年間だったかはわからない。里親の原口の妻はその前年に嬰児を死なせていて母乳は豊かだった。だが、預かった嬰児への愛情よりも、里親として木下家から出る手当のほうが魅力だったようである。それはいろいろな状況から思いあたることである。

ユキに次の子ができると、里親は平吉を養子にしたいと云い出した。ユキは頑強に拒絶したが、ここにも姑の影が射《さ》しているようでならない。姑は因縁の子を嫌っている。跡とりの男の子はできたことだし、養子にやったらどうかと姑はユキにすすめる。

想像するに、原口夫婦は、平吉を養子入籍させるにあたり木下家から出るまとまった金が目当てであったろう。江の川中流の船着場として隣接の川本村とその繁栄を競い、とくに川の増水時には舟止めの盛況がある。飲食店の増築資金の欲しい原口夫婦の狙《ねら》いがそこにあったと察せられる。

ユキの夫は思うにおとなしい人物で、実母の云うことには無抵抗だった。旧家の跡取り息子にはよくある型だ。またその実父も無口で、陰に引込んでいるような老人だったらしい。木下家は、世帯を嫁に渡さない姑の支配下にあった。地方の素封家《そほうか》には珍しくない。

三男が生れてからはユキの孤独な抵抗も挫折《ざせつ》した。姑もさすがに因原から遊びに帰ってくる平吉を大目に見なければならなかった。幼い弟二人とならんで蒲団の中で横たわっている平吉の寝顔を母がそっと忍び見てうれしそうにしていたのを平吉は気づいていたが、母のその眼に泪《なみだ》がたまっていたのは知らなかった。

平吉が因原から矢上へ行くのはたびたびのことではない。年に三度か四度であったろう。あとは因原から矢上の空を眺めて母親恋しさに胸を燃やしていたろう。

私は、芝居の「葛《くず》の葉」の子別れで「母に遇《あ》いたくば信田《しのだ》の森へ」という母狐《ははぎつね》の障子へ書く歌や、「恋女房染分手綱」の重《しげ》の井《い》子別れの舞台を思い浮べた。とくに重の井子別れでは、馬子《まご》をしている少年の三吉が重の井を実の母と察して、（今は近江《おうみ》の石部《いしべ》の馬借《ばしやく》で、自然薯《じねんじょ》の三吉。コレ、守袋を見やしゃんせ、何の嘘《うそ》を申しましょう。お前の子に違いない。ほかに望みは何にもない。父《とと》さんを尋ね出し、一日なりとも親子三人一緒に居て下され、コレ、見ん事沓《くつ》も打ちまする、この草鞋《わらんじ》もおらが作ったのじゃ、父さん母《かか》さん養いましょう、どうぞ一緒にいて下され、コレ母さん、拝みます、拝みます）

と重の井にとりすがる台詞《せりふ》を、因原に引き離された幼時の父平吉が矢上の母に寄せる胸のうちに私は引き当てたりした。

私は待たせてあるタクシーで矢上川に沿った道を一里ほど西へ行った。川本のタクシー運転手だったが、この辺の地理をよく知っていた。山が川に逼《せま》ったところで車を停《と》め、このへんが小掛谷《こがけだに》というところです、この山のうしろあたりに「かんな」の跡が三、四カ所あり、そこを掘れば鉄滓《ずく》が出ますと指さした。そして私をそこに待たせ、じぶんで雑草の生い繁《しげ》る北側の急斜面を勢いよく登って行った。木下家は鉄穴《かんな》や炉を持って、財を成したのだ。

北側の丘陵のつづきこそは、矢上村と川戸村との間を塞ぐ八百メートル級の一大山塊であった。大利峠、日和峠、三田地峠を結ぶ一条《すじ》の小道がその間を通じている。若かった祖母ユキが矢上から川戸まで夜なかに提灯一つさげて足袋はだしで走った高原の道だった。

その山塊でも矢上川寄りの三百五十町歩の山林は「たたら」を経営する木下家の所有林だった。製鉄の火炉に必要な木炭用のカシ、クヌギ、ナラ、ヤマザクラ、マツなどの雑木林は深い山林に無尽蔵にあった。一炉について山林の必要は五十町歩から二百町歩といわれた。

また砂鉄を土砂から水で分離選別する「かんな流し」は矢上川だったという。

ユキは婚家の持山《もちやま》を斜めに突切って駆けたのである。腹に子が宿っているとは知らずに。

ほんらいならその子が木下家の跡取りになるはずだった。

（あんた耳が小さいけんのう、貧乏耳じゃ、運の悪い耳よのう）

平吉と広島で一緒になったシマが、歎《なげ》いて云った。

私は矢上川を振り返って見た。ややひらけた畑を越えて山地が見える。

南には連山がある。中国山脈だった。長い稜線《りょうせん》には高低がなく、見るからに退屈だった。

平吉が因原村の養家を無断で出奔したのは十六のときであった。小学校の教育だけは済ませた。

十六歳の秋の末、矢上の実母ユキが病死した。平吉は五日間矢上に帰って、葬式が済んだあくる日、因原には戻らず、そのまま行方が知れなくなった。香典から十一円五十銭が失《な》くなっていた。矢上の祖母は平吉が因原の養家へ運んだと嫌疑をかけた。

「矢上から皆井田に出て、南をさして井原から出羽村へ行った。その晩は出羽の宿場泊り。あくる朝は早う宿を出て久喜《くき》というところから安芸の高田郡へ出る峠越えじゃ。紅葉が真っ赤じゃったが、寒かったのう。智教寺という寺があると教えられた」

父は逃げたコースを私によく話した。どうして出奔する気になったのかは訊《き》くまでもなかった。生みの母が世を去ってからは石州に居る気がしなくなったと云った。

出羽村といえば、母の仲人をした「出羽鋼」の炉の地元である。一炉数百町歩の炉山を持つという人物の媒酌なら婚姻当事者双方の家柄は相当なものだった。

4

私は眠れぬ夜を父親の想《おも》い出に努力する。眼を塞いで病室の闇の中を見つめる。

夜なかの零時近くになると巡回の看護婦が小さな懐中電灯を持って入ってくることがあった。ドアはいつも開閉自由である。光をちょっと顔に当てて、影のように出て行く。勤勉な看護婦のおかげで、父親の想い出をくりかえすことになる。

十六歳の平吉への追跡は、十年前に、出羽から栗屋《くりや》峠を越えて安芸国高田郡美土里《みどり》町、当時の横田村までの「旅」であった。気候もわざわざ出奔の十一月に合せた。

瑞穂町字《あざ》出羽は、中心地から外れて寂《さび》れた土地になっていた。起伏のない中国山脈の尾根が横に長々とどこまでもつづいていたが、国道から入った出羽の狭い一本道はその山脈に向かって上《のぼ》り勾配《こうばい》になっていた。角にマーケットが一軒ある以外、長い両側には店らしい店はなかった。お好み焼き屋が一軒あって、いかにも田舎じみていたが、白壁に木組みが出た頑丈な民家も少なくなかった。石州に多い赤瓦《がわら》の屋根がないのもこの村の古風さを感じさせた。半ば朽《く》ちた寺の楼門があった。掲示板に清水山《きよみずやま》円浄坊と出ていた。本堂はなかった。道の左側の高い所にある草茫々《ぼうぼう》の石段を上ってみると、浜田藩代官所跡だった。「出羽鋼」の徴税に当ったものか。

たたら山の経営者は原料の砂鉄と木炭とを必要とする。炉の一籠《こも》りが三日三晩から四日四晩かかって砂鉄が二千三百貫と木炭が三千貫を要する。広大な山林が必要である。一炉で普通百町歩の面積である。この炉が三つも四つもあったという。これに従事する技術者、作業員らの人数も、かれらのための施設もたいへんなものだったろう。いま、その製鉄所の跡はどこにあるかわからない。広壮だったはずの炉の経営主屋敷の行方も知れぬ。矢上村の砂鉄炉と同じ運命である。

（わしが泊まった旅籠《はたご》は大けな家じゃった。客人がいっぱい泊まっとってのう。わしは子供じゃけんに女中部屋に寝かされたよ。十一円五十銭持ち出したけん、支度や何かに使うても路銀はありあまるほどあったの）

旅館ぐらいは一軒残っているはずだと私は土地の人に尋ねたが、それもなかった。

廃《すた》れた宿場町を過ぎると、芸州越えの旧街道となった。本街道はもっと西寄りの鱒《ます》淵《ぶち》から朝原を経て安芸国高田郡に入る往還で、今の国道261号線である。旧街道の峠までは遠かった。

犬伏山《いぬぶし》が約八百メートルある。雉子《きじ》ノ目《め》山がほぼ九百メートルある。二つの山腹に挟まれてジグザグと這《は》っているのが栗屋峠で、鬱蒼《うっそう》とした山林に蔽《おお》われ天日を通さない。

兄《あに》さん、どこまで行くかね、と後から追い抜く大人に平吉は声をかけられてほっとした。その男の顔も暗くてわからなかった。行先は自分でも知らず、広島へ、というと、年端《としは》もゆかないのに一人で広島とはえらいのう、と云《い》い捨てて先へ行った。それも昼間の闇に消えた。

栗屋峠の現在は自動車道となり、頂上はトンネルが通じている。峠を下る東側にそびえる山が犬伏山で、山にむかって祠堂《しどう》があった。祠堂の中を格子戸《こうしど》ごしにのぞくと、暗い中に婦人の髪の毛や櫛《くし》や結び文などが下がっていた。祠《ほこら》の前には古い自然石が転がっていた。このへんからも昔は砂鉄が出たという。父は道中を何度も休んだと云っていた。峠を越えて、こうした石の上で長いこと腰をおろしていたのだろう、と私は思った。

運転手はこんな面白くもない場所にぐずぐずしている私の気持がわからず、山嶺《さんれい》のほうを指さして島根と広島の県境はあの尾根です、中国山脈の分水嶺です、と云った。

このへんの山に紅葉はあったが、すでに時期がおそく、散り残りの葉が黒く枝に残っていた。陽は当っていた。

峠道を越えたところから広島県になった。ゆるいカーヴのたびに町があらわれた。「生田」という道標が眼にふれた。「イケダと読みます」と運転手が云った。賑《にぎ》やかな町だった。大きな寺が見えた。欅《けやき》だか銀杏《いちょう》だかが亭々として空にそびえている。寺は石垣の上にあって町を見下ろしていた。

かなり大きな川に出た。生田川ですと運転手は云う。川に沿って低い段丘がつづき、そこにも町が流れていた。

（イケダという大けな宿場で憩《やす》んでのう。栗屋峠を越えてきたと云うたら、そこのおかみさんが、兄《あに》さん、ひとりかえ、昼間でも幽霊が出る暗い峠をよう通りんさったのう、年端もいかんのにエラいもんじゃ、あの峠の山の上には智教寺いうて霊験《れいげん》あらたかなお寺がある、そこにゃ天下墓という将軍さまの五輪塔があるげな。あんたも天下に号令するような伊藤博文《いとうひろぶみ》さんや陸軍大将になりんさいや、というてはげましてくれたもんじゃ。日清《にっしん》戦争のときじゃったからの。伊藤博文は隣りの山口県の生れじゃ）

父はその旅亭のおかみの顔が忘れられないらしく、それを話すたびにうっとりとした表情になった。もしかすると実母のユキの面影をそこに求めていたのかもしれなかった。父には年老いてもそういう夢を逐《お》うような性格が残っていた。ものごとを苦にしないのもそこからきていた。

天下墓とは、室町将軍第十五代の足利義昭《あしかがよしあき》の五輪塔のことだと、あとで知ったという。

生田川は江の川の支流である。橋を渡ると南への道は登り一方になる。黒滝を過ぎると霧がかかってきた。十時前だった。

黒滝から先は上河内《かみかわち》だの金屋だの高浜だのの地名があった。いずれも高原である。

霧はいよいよ深くなった。家の中には灯《あかり》がついていた。

十一時にならないと朝霧は完全にはれません、とヘッドライトを点《つ》け放しの運転手は、この先ではもっと霧が濃くなると云った。

（わしは石州境の出羽の宿場から長い長い道のりを歩いて芸州の横田の宿場に泊まった。くたびれ切って欲もトクものうて眠りこんだ。あくる朝は九時に眼がさめたが、外に出るとまわりがまっ白で、一尺先がわからん。宿で聞いたら二時間待っとってもこのとおりじゃと云うけに、その深い霧の中を出て行った。行先にアテがないけに、三次《みよし》へむかったが、霧に巻きこまれて崖《がけ》からころげ落ちた）

三次から広島へ出た。広島では宇品《うじな》の野戦病院に傭《やと》われ、日清戦役で前線から送還された負傷兵の地獄を見た。

父は子供のころ、グミ、スモモ、ツバナ（萱《かや》の実）、桑の実などを囚原の川原や野山で採って食べ、友だちと遊んだといった。養家で育ったので、矢上のほうには友だちがなかった。

父の家出の旅は広島でひとまず終りだった。

私はベッドの中で、「重の井子別れ」で三吉の唄《うた》う東海道中双六《すごろく》の歌を思い出す。ここは浄瑠璃《じょうるり》の文句になっている。

（大津石場の草枕《くさまくら》、石部横目に水口や、早やもう伊勢路追分けて、おっと桑名の渡船、宮へ上がれば池鯉鮒《ちりふ》へ四里……）

なぜ三吉の双六の歌が頭に浮ぶのか。

（どうぞ一緒にいて下され、コレ母《かか》さん、拝みます、拝みます）

という生みの母を恋う三吉の台詞に通うからである。

私は「三吉の道中双六」に倣《なら》い、父の気持を汲《く》んで「出奔道中双六の唄」を毎晩すこしずつ作ってみた。

枕に後頭部を密着させて思案しているうちに脳の働きが疲れ、睡眠のいざないにほどよく調和してくる。一行を思いついては書き、書いては消し、また書き加えるのだった。夜の恐怖がなくなるように思えた。

完成に一カ月かかった。

「石州矢上の草枕、皆井田井原を横に見て、早くも着いた出羽宿《じゆく》、ちょいと見返る石見の山々、爪先《つまさき》上がりに安芸高田へ、越えるは石見・安芸を二つに分けて、栗屋峠には天下墓が御座《ぎよざ》なさる、森に包まれ林に囲まれ、昼なお暗い峠道、ふわりふわりと幽霊歩く、峠くだってようやく生きた心地の生田宿《いけだじゆく》、やさしうれしのご親切、兄《あに》さん一人旅かと問いなさる、実母《はは》に連れられてとは心の中、中洲《なかす》を渡れば早や叶口《かなえ》、黒滝金屋をあとにして、土地はだんだん高浜《たかはま》で、辿《たど》りついたが横田宿《よこたじゆく》、蒲団《ふとん》にもぐって白河夜舟、八里歩いたで無理もない、次の行く先は賽《さい》の目しだい、振ったサイコロは三次と出た、みよしよしよし三つの川、江の川西城川馬洗《ばせん》川、朝は朝霧夜は夜霧、とぼとぼ歩いて十六里、上がりは広島じゃァ。……」

「上がり」の広島が目出度しとはゆかず、不運な振出しへ戻る、とは書かなかった。

田舎医師

1

杉山良吉は、午後の汽車で広島駅を発《た》った。

芸備線は、広島から北に進んで中国山脈に突き当り、その脊梁《せきりよう》沿いに東に走る。広島から備後《びんご》落合までは、普通列車で約六時間の旅である。

良吉は、この線は初めてだった。十二月の中旬だったが、三時間ばかり乗りつづけて三次《みよし》まで来ると、初めて積雪を見た。

三次は盆地になっていて、山が四方を囲んでいる。昼過ぎに出た汽車もここまで来ると、夕闇《ゆうやみ》のなかを走ることになった。三次駅では大勢の乗客が降りた。白い盆地の向うに、町の灯が見える。汽車から降りた黒い人の群は、厚い雲の垂れ下った黄昏《たそがれ》のなかを急ぐ。

汽車は駅ごとに停った。その駅名のなかに、良吉が父から聞かされた地名もあった。庄原《しょうばら》、西城《さいじょう》、東城《とうじょう》などがそうである。この辺まで来ると、広島を発つとき一ぱいだった乗客もほとんど降りてしまって、その車輛《はこ》には良吉のほか五、六人が坐《すわ》っているにすぎない。

窓の外は、暗い山ばかりが流れている。線路のはしの雪が次第に高くなっていった。この辺は、中国山脈の分水嶺《ぶんすいれい》のすぐ南側に当る。山の深いのも当然だった。

汽車は岡山県の新見駅までだが、良吉は、途中の備後落合で木次《きすき》線に乗り換えるのだった。しかし、時間表を見ると、すでに木次線の連絡はなく、その晩は備後落合で泊ることにした。

良吉の父猪太郎は、七年前に東北のE町で死んだ。若いとき故郷を出てから、各地を転々としたが、一度も郷里に帰ることはなかった。貧乏のために帰れなかったのである。

良吉は、よく、この父から生まれ故郷の話を聞かされた。良吉自身は父の流浪《るろう》先で生まれたのだが、話を聞いていると、いつしか、自分もそこが故郷のように思えてくる。

猪太郎の故郷は、島根県仁多《にた》郡葛城村というのだった。木次線で中国山脈の分水嶺を越えると、八川《やかわ》という駅がある。そこから三里ばかり山奥が葛城村だった。

良吉は、小さいときから、父の猪太郎から葛城村の話を何度となく聞いている。それは繰り返し繰り返し同じ言葉で語られた。良吉の頭にも葛城村のイメージがいつの間にか確固として出来上っていた。

部落の名前の一つ一つも、良吉の頭に叩《たた》き込まれていた。

のみならず、父の猪太郎の親類縁者の名前も、良吉の記憶のなかに刻みつけられていた。その名を聞いただけでも、良吉は、しばらく遇《あ》わない知人のように、その顔つきまで頭の中で描けるのだった。

猪太郎は六十七歳の生涯を終えるまで故郷を忘れたことがない。これほど生まれた土地に執着をもっている人も少かった。それは、一度も故郷へ帰れなかった人間の執念であった。

旅費といえば僅《わず》かなものだった。しかし、その旅費が工面できないばかりに、猪太郎は十八歳の年に故郷を出てから、遂《つい》に葛城村に戻れなかったのである。だから反対に、良吉に聞かせる猪太郎の描写は、山陰の僻村《へきそん》がこよなく美化されていた。

猪太郎が故郷を出奔したのは、彼の不幸な環境による。土地では、一、二を争う地主の子に生まれながらも、幼時に他家に養子にやられ、その家が没落して猪太郎の出奔となる。

猪太郎には三人の兄弟があった。彼自身は長男で、後取りは、次男が死亡したため、三男が継いだ。しかし、この三男も、地方の高等学校を出ると教師となり、ついで東京に出て、或《あ》る事業を起して成功した。この人も十年前に死亡している。

要するに、父の猪太郎は、その人のいい性質のために、終生、貧にまみれていたのだ。良吉には子供のときから、いまにお前を石見《いわみ》に伴《つ》れて行くと口癖のように云《い》ったが、ついにそれが父の夢のままに果てた。

——いまにお前を石見に伴れてってやるけんのう。

という言葉は、恐らく、父の猪太郎が数十年間故郷を夢みて、そこに帰って行く自身を空想し、恍惚《こうこつ》状態になって吐かれたのであろう。

今度、良吉は九州まで出張しての帰り、ふと広島駅で降りてみる気になったのである。用事が早く済んだので、三日間ばかりの余裕ができた。出張するときは、ついぞ、その気がなかったが、帰り途《みち》に、父が生涯望んで果たし得なかった葛城村の訪問を思い立ったのだ。それも岩国あたりまで来てから俄《にわ》かに企図したと云っていい。だから、汽車の択《えら》び方も即席だった。

良吉は、窓に映える夜の山国の雪を見て、やはりここに来てよかったと思った。この機会がなかったら、良吉自身、父の故郷を一度も訪れることはないかもしれない。といって、葛城村には、現在、亡父の近い縁者はいない。彼らはことごとく死亡していたのだが、ただ一人、本家の後取りと云われている杉山俊郎という医者がいた。良吉は、父の故郷を訪問するといっても、ただ、幼い頃に聞いた、その山や川のたたずまいを確かめるというだけでなく、やはり誰か、その因縁に当る人間に遇ってみたかった。それなら、父には直接あまり関係はないが、杉山俊郎を訪ねるほかはない。もとより、この人にはかつて手紙も端書《はがき》も出したことはないし、突然の訪問だった。

良吉は、その晩、備後落合で泊った。粗朶《そだ》の燃える囲炉裏《いろり》の傍でほかの泊り客と食事をしたのも、ほかの宿では見られぬことだった。言葉の訛《なま》りも、どこか父のそれと似ているのが懐《なつか》しかった。

翌朝、落合の駅で良吉は汽車を待った。

わびしいホームに立っていると、白い花の咲いているような霧氷の山のふちから、黒い汽車が小さく走って来る。雪原の中だった。

この列車は、中国山脈の分水嶺を喘《あえ》ぎながらよじ上る。トンネルを過ぎると、大きな山が眼の前にあった。隣の客に訊《き》くと、船通山《せんつうざん》だと答えたのでやはりそうかと思った。この名前も父の口からたびたび聞いている。この辺は、出雲《いずも》伝説につながっている。

　左手に渓流が流れ、雪の積もった岩のはしに水が飛沫《しぶき》を揚げていた。流れは速かった。

　八川駅というのも懐しい。葛城村から宍道《しんじ》、松江方面に行くには、必ず、この駅に出なければならぬ。父が十八歳のときに飛び出したのも、この駅からだった。

　貧弱な駅だ。しかし、良吉は、その寒駅に限りない懐しさで下りた。

　良吉は、駅前の雑貨屋に寄った。むろん、父の話にはない店だが、良吉自身は、果たして杉山俊郎という医者が葛城村にいるかどうかをここで確かめたかった。良吉がその名前を父から聞いたのは、随分前のことである。絶えず故郷に心をはせていた父は、誰からか郷里の消息を聞いていた。

　それと、良吉は土地の事情をここであらまし聞いておきたい気持もあった。

　雑貨屋は、種子屋《たねや》と煙草屋《たばこや》とを兼ねていた。

2

良吉がその雑貨屋の主人から聞いた話では、医者の杉山俊郎は、間違いなくまだ開業しているということだった。

その話によると、杉山俊郎は四十五歳で、妻は三十八歳である。男の子が二人いるが、長男は大阪の大学に入っており、次男は米子《よなご》の高等学校にいて、現在では夫婦だけだというのだ。それに看護婦が一人いる。医師杉山俊郎の家族については、これだけを知らされた。

医者としての彼の評判は良かった。そこは葛城村でも桐畑というところで、大体、村の中心地になっている。近隣十里四方にわたって医者がいないので、杉山俊郎は村人の尊敬と信頼を受けているということであった。

良吉は、父の分家の話もそれとなく聞いた。出てくる名前に心当りの者が混じっている。父がその村の話と一しょに幼い良吉に聞かせた人の名だった。良吉は、まだ知らぬ父の故郷とはいえ、雑貨屋の話だけでも懐しさがこみ上げてきた。

駅前から桐畑までは十二キロの道程《みちのり》である。バスが出ていた。旧式の、汚ない、小型バスだった。

バスは雪の道を走った。寒々とした風景だ。畠《はたけ》は雪を厚く被《かぶ》り、山は梢《こずえ》だけの山林が白い斜面に黒褐色の斑《ふ》になっていた。部落はところどころしかない。山峡《やまかい》の、いかにも耕作地に恵まれない僻村だった。

傍らに川が流れている。この川の名前にも父からの教授があった。馬木川というのだった。

一時間ばかりでバスは桐畑についた。十軒ばかりの家が道の両側に並んでいる。店は二軒ぐらいあった。

ここで杉山医院を訊くと、すぐ裏手になっていた。道から山までは、それでも一キロぐらいの平地がある。良吉は雪の径《こみち》を歩いた。

畠の中に、医者の家は百姓家と一しょに建っていた。そこが医院であるという唯一《ゆいいつ》の区別は、白いコンクリート塀をめぐらすことで見せているみたいだった。母屋《おもや》の瓦《かわら》は赤かった。

玄関に立って案内を乞《こ》うと、二十四、五ばかりの、顔の円い看護婦が取り次ぎに出た。

良吉が村の者でないことは、彼女にも一目で判《わか》る。良吉が、先生はいますかと訊くと、ただいま往診中ですと答えた。名刺を渡して、奥さんに、と頼んだ。

やがて、痩《や》せた、背の高い、中年の女が出て来たが、それが医師杉山俊郎の妻だった。名刺にある東京の住所を不審がっている様子だった。

良吉は、手短に自分の素姓を話した。分家の杉山重市の孫だと云うと、良吉という存在は知らなかったが、分家の名前で通じた。猪太郎のこともうすうす聞いているらしかった。

主人はいないが、ともかく上って下さい、と云うので、良吉は薬局の横に付いている廊下を渡って母屋に入った。

囲炉裏に火がおこっていた。妻女はそこで赤い座蒲団《ざぶとん》を出し、茶をすすめた。しかし、文通も何もなく、また、事前に手紙も出していないので、この訪問はやはり奇妙だった。妻女のほうも、どこか当惑げな様子がある。いや、当惑というよりもチグハグな感情だった。

姓だけは一応一族なみだが、突然やって来た良吉は一種の闖入者《ちんにゆうしや》である。

良吉は、主人の俊郎にだけはどうしても会いたかった。自分の父の僅かな血続きといえば、この人よりほかにない。折角、山陰の奥まで訪ねて来ながら、父の故郷の山だけを見て帰るのは物足りなかった。僅かな時間でもいい、俊郎という人に会ってみたかった。

「あいにくと、往診に出ていましてね」

妻女は紹介のときに、自分の名前を「秀」と云った。

彼女が都会的な感じのするのは、岡山のほうから縁づいて来ているという駅前の雑貨屋の主人の話を思い出してうなずいた。

「ちょっと、隣村に行くのにも、三里や四里はございますからね」

「こういう雪の日に、どうしていらっしゃるんですか？」

良吉は、二尺は積もっていると思われる、途中の雪を眼に泛《うか》べて云った。

「馬で行くんですよ」

妻女は笑った。

「ほんとうに、山の中の医者ですからね。ここでは、自動車も、自転車も、役に立ちません。山越しして行くにには、馬よりほかに方法がないんですよ。ですから、わたしの家の横には、馬小屋が付いていています」

「大変ですね。あまり遠いところだと、お断わりになることもあるでしょう？」

「いいえ、それが、事情を聞くと、できないことが多うございます」

秀は話しているうちに、次第に最初のぎごちない気持がはぐれてゆくようだった。

それは、彼女の表情や話し方で判る。

「田舎の人は、なるべくお医者にかからないようにしていますから、売薬か何かで間に合わしているんですよ。とうとう、どうにもならないときに往診を頼みに来るので、いつも手遅れがちになります。今日頼みに来ると、もう、明日では間に合わないという患者が多いんです。そんな事情ですから、頼まれると、主人は夜中でも馬で出かけるんですよ」

大変なことだと良吉はまだ見たこともない遠縁の俊郎に同情した。

秀はぼつぼつ話をはじめ、俊郎が岡山の医大を出ていること、結婚して二十年以上になること、主人はせめて薬局のほうを手伝えと云っているが、その気になれないで、未《いま》だに岡山から呼んだ看護婦を同居させていることなど聞かせた。

その話のはしばしには、良吉の父の猪太郎のことにも触れてきた。

今でも親戚《しんせき》は残っているが、良吉が父から聞いていた名前の人物は、ほとんど死んでしまっていた。現在は大ていその子供か孫に当っていて、親戚の血筋が薄くなっている、ただ、本家と分家というつき合いだけだ、と秀は云った。

猪太郎が若いときに出奔して、諸国を放浪していたことも、この村には聞こえていた。秀も俊郎から、良吉の父のことを聞かされていたが、それは、父の消息が曖昧《あいまい》なことでしか伝わっていないことが秀の話で判った。

それは、つまり、父という人物が故郷で伝説化していることでもあった。

その放浪児の猪太郎の子供がここに訪ねて来たのだから、秀もびっくりしただろうし、最初の当惑はよく判った。

三時《おやつ》は餅《もち》を振舞われた。秀は、ぜひ、泊ってゆけ、と云った。そのうち、主人も帰ってくる。今夜は、いろいろと、あなたのお父さまのことも伺いたいから、主人が帰るまではどうしても残ってくれ、と云った。その言葉は、まんざらお世辞とも思えなかった。父の猪太郎の不幸は、親類のなかでかなりな同情を買っているらしかった。

馬で往診に出て行ったという医者は、しかし、容易に戻らなかった。

「ほかを二、三軒回るのかもしれません」

秀はそう云った。

しかし、夕方になっても、医師は馬に乗って帰らなかった。

九州や広島で乾いた明るい景色を見ている良吉には、窓から見える雪の風景がまるで違った世界に坐《すわ》っているような感じで映った。

山に囲まれているためか、ここは口昏《ひぐ》れも早かった。白い景色のままに、あたりは蒼然《そうぜん》と昏れてゆく。

「もう、戻るころですがね」

秀は、ときどき、表に出て行って様子を見るらしかった。しかし、その言葉は、良吉を引き留めるというよりも、次第に彼女自身の心配になってゆくようだった。

良吉は思い切って一晩厄介になることにした。医師の戻りが夜中だとすると、バスもなくなるし、宿のあるところにも戻れなかった。

「どうしたんでしょうね？　まだ帰らないんですよ」

秀が実際に憂《うれ》いげな顔を見せたのは、夜に入ってからだった。

3

八時になった。

「一体、どこまで行かれたんですか？」

良吉は、夫の帰りが遅いのを心配している秀に訊いた。

「片壁という部落に行ったんです。そこに二軒ほど患家がありましてね」

秀は客である良吉に平静な言葉で答えたが、その心細げな様子は蔽《おお》うべくもなかった。

「そこは、どのくらいの道程《みちのり》があるんですか？」

「六キロぐらいはあります」

「馬だとわりと早いわけですね？」

「そうなんですけれど、なにしろ、大変な難所でして、片側は山になり、片側は断崖《だんがい》になっています。路幅が狭く、とても嶮岨《けんそ》なところですわ。それに、この雪でしょ。ここよりはもっと深く積もっていると思うんです」

良吉は、山間《やまあい》の雪道をとぼとぼと馬を歩かせている医師の姿を思い泛べた。

「では、こんなに暗くなっては、そこを通るのは危ないわけですね？」

「ええ、それで心配してるんです。崖《がけ》を踏み外すと、二十メートルも下の川に落ち込みますからね。今までも、馴《な》れた村人が二人ほどそこで死んでいます」

「そりゃ危ない」

良吉は想像して云《い》った。

「では、治療で遅くなって暗くなり、患者の家で泊ってらっしゃるということはありませんか？」

「さあ」

秀はそれに否定的だった。

「そんなことはないと思います。これまでも、どんなに遅くなっても帰って来ましたから」

「患家というのは、御主人を頼りにしてるので、危なくなると、泊めるんじゃないですか？」

「ええ、この辺の人は主人に親切にしてくれますけれど」

「それじゃ、きっとそうですよ。そんな危ない夜の雪道では、患家のほうで引き留めるに決まっていますよ。往診に行かれた患家の名前も判ってるんでしょう？」

「判っています。一軒は大槻という家で、一軒はやはり杉山というんです」

「杉山？　すると、こちらの親戚ですか？」

苗字《みょうじ》が同じなので、良吉はそう訊いた。

「主人の従弟《いとこ》ですわ。杉山博一というんです」

従弟というと、実は、良吉にも血筋の上で多少の関係があるだろう。よく訊いてみると、やはり俊郎の父とその博一という人の父とが兄弟だった。つまり、両方の祖父は重市の兄弟に当る。すると、良吉とはまた従兄弟《いとこ》同士に当るわけだ。

「それだったら、なおさら、その博一という人が御主人を泊めているに違いありません」

良吉が云うと、なぜか秀は強く頭《かぶり》を振った。

「いいえ、ヒロさんのところなら、主人は泊る筈《はず》がありません」

その云い方が強かったので、良吉は思わず彼女の顔を見た。

だが、それには秀は答えなかった。説明をしないのは、はじめての良吉に云いにくい事情があるようにも察しられた。

窓の外を見ると、雪は降っていないが、闇《やみ》のなかにも積もった雪が白々と見える。屋根を鳴らす風が笛のようだった。

それから一時間経《た》った。もう、秀は良吉の前も憚《はばか》らずにおろおろしていた。良吉自身もどうしていいか判らない。秀は別間に床をとってくれたが、彼はのうのうと先に寝るわけにもいかなかった。

良吉自身にも不吉な想像が起きていた。秀から聞いた話で、二十メートルの崖から馬もろともに転落してゆく医師の姿が眼に泛ぶ。山峡《やまかい》の断崖に、細々と一筋ついている白い雪路《ゆきみち》さえ眼に見えるのであった。

急に表の戸を叩《たた》く音がした。睡《ねむ》れないままに奥の間で起きていた良吉は、耳を澄ました。秀が応対に出ているらしい。せっぱ詰ったような男の声がしていた。医師が帰ったのではなかった。いや、医師の変事を報《し》らせる注進だった。

良吉も着替えない姿のままに玄関へ出た。恰度《ちょうど》、報らせに来た男が帰ったすぐあとだった。

秀は、自分の居間のほうへ駆け込むように戻るところだった。

「どうしたんですか？」

良吉は訊いた。

「主人が……」

秀は喘《あえ》いだ。

「主人がどうやら、あの難所から谷へ落ちたらしいんです」

良吉は息を詰めた。秀は蒼《あお》い顔になって眼を血走らせている。

「いま、駐在から使いが来たんです。暗いのでよく判《わか》らないけれど、夜が明けたら、すぐ確かめに行くと云ってきました」

良吉は急に返辞ができなかった。

「わたしは、これからすぐ駐在に行きます。とても、ここでじっとしていられませんわ」

そう云ってから、良吉が客であることに気づき、

「すみません。はじめていらしたのに、こんな騒動が起ったりして」

と謝った。

「いや、そんなこと……しかし、そりゃ大変ですな。ぼくも一しょに行きましょう」

「いえ、とんでもありませんわ。あなたは、ここで休んで待っていて下さい」

しかし、女の身である秀ひとりを駐在所にやるわけにはいかなかった。この家には看護婦がいるから、留守番はある。良吉も、遠慮して断わる秀を無理に納得させ、一しょに付いて行った。

駐在所は、良吉がバスで降りた近くにあった。ほかの家は戸を閉めて雪のなかに睡っているが、駐在所の窓ガラスだけは電燈《でんとう》が赤々と点《つ》いていた。

良吉が入ると、消防団の法被《はっぴ》を着た男が二人、達磨《だるま》ストーブに当っていた。

「駐在さんは？」

秀は訊いた。

「ああ、奥さん」

消防団の村人は秀の顔を見て、あわててストーブから離れた。

「駐在さんは、いま、ヒロさんと一しょに現場に行きましたよ。われわれもこれから行くところです」

もう一人の消防法被の男は、提灯《ちょうちん》にローソクを立てていた。

「ヒロさんと一しょですって？」

秀は怪訝《けげん》な顔をした。

「ヒロさんがどうしたんですか？」

良吉は、ヒロさんが、というのが、先ほど聞いた俊郎の従弟の杉山博一だということを察した。医師はその博一のところに往診に行った筈である。

「ヒロさんがね、谷底に誰やら落ちているのを発見したんですよ。それで、あわててここに報らせて来たんです」

誰やら、というのは、秀の前を憚って云っていることで、明らかに俊郎医師を指しているのだった。

「ヒロさんは、どうしてそんなところを見つけたんでしょうか？」

秀は不思議そうに訊いた。

「なんでも、ヒロさんは、木炭を田代部落の倉田さんのところに運んで行っての帰り、現場を通りかかり、おかしいと思ったそうですな。誰かが谷底に落ちた跡がある。これは大変だというので、すぐ、そこから引き返して駐在に知らせに来たんですよ」

谷へ転落した人間が医師であるらしいことは、まだその正体を見究めないうちに、駐在から秀のところに使いが来たことでも判る。

駐在も、消防団の人も、秀の気持を考えて、転落した人間が医師であるとははっきり口に出さないのだと察しられた。

「わたし、そこに行って見ます」

秀はおろおろして云った。

「あなた方も、これから行くんでしょ。伴《つ》れてって下さいな」

消防団のなかで止める者もいたが、結局、秀の態度に圧《お》されて、同行を承知した。もちろん、良吉もその一行に加わった。

消防団の人が三人、提灯を持って雪道を急いだ。

良吉はふるえている秀の傍に付いて、まっ暗な雪道を歩いた。

4

現場までは一時間近くかかった。雪は三十五センチぐらいは積もっている。歩き馴れない良吉は、何度か転びそうになった。消防団の持っている提灯が、暗いなかを侘《わび》しげに導いた。

桐畑の部落を外れると、山路だった。谿谷《けいこく》はその先からつづく。片側の山の斜面が、恰度、白い塀のように突き立ち、片側は暗い闇だった。その闇の底に水音が聞こえている。雪の路幅は二メートル足らずだった。

路はくねくねと曲がっている。曲がるたびに崖は高くなり、水音が深いところで聞こえていた。

どのくらい歩いただろうか。ようやく、向うに赤い火が勢よく燃えるのが見えた。

「あれだな」

先を歩いている消防団が云った。

「あそこで、駐在さんが夜の明けるのを待ってるんだろう」

消防団の言葉通りだった。焚《た》き火の近くに行くと、黒い人影が起き上って迎えた。制服の巡査だった。そのほか、男が二人、火の傍にいる。一人はやはり消防団の法被を着ているが、一人は合羽《かっぱ》を着た背の低い男だった。

「奥さん、ここまでおいでになったんですか」

巡査は秀を見てびっくりした。

「はい、なんだか落ち着いていられなくて」

秀は声をふるわせていた。

「まだ、御主人かどうか判りませんよ。なにしろ、こう暗くては、誰が落ちたのかさっぱり見えません」

巡査は、なるべく秀の衝撃を柔らげるように云った。

「やあ、お秀さん」

背の低い合羽男が、火の傍から秀のほうへ歩いて来た。

「あら、ヒロさん、あんたが見つけたのですか?」

良吉は、初めて杉山博一なる人物の顔を見た。片頬が赤い炎に照らされて髭面《ひげづら》を見せている。四十二、三ぐらいと思えるが、あるいは本当はもう少し若いのかもしれぬ。皺《しわ》の多い顔だった。

「ああ。わしがな……」

と杉山博一は嗄《しわが》れた声で云った。

「わしがな、田代部落の倉田さんのところに炭を届けに行って、その帰りにここまで来たとき、道の雪の模様がどうもおかしい。今は暗くてさっぱりわからんが、この崖の下に雪の崩れ落ちた跡がある。そう思って提灯を照らして見ると、馬の足跡が片壁部落のほうからここまで来ているが、途中で消えとる。わしははっと思ったよ。もしかすると、あんたんところの俊郎さんが、この崖から馬もろとも落ちたんじゃねえかと思ってな、すぐ、駐在に報らしたんだ」

博一は吃《ども》りながら短い説明をした。

「うちの主人《ひと》は、あなたのところに往診に行ったんじゃないですか？」

秀が訊いた。

「そう。うちのミサ子を診《み》てもらったがな。そうだ、あれはたしか三時半ごろだった。わしは、恰度、倉田さんところに炭を届ける約束があったんで、俊郎さんが診察を終るのを待たずに、この橇《そり》に炭を乗せて先に出かけたんだ。そうだ、あれは四時ごろだったろう」

博一の言葉で、良吉が見ると、今まで暗くて判らなかったが、そこに荷物を運ぶ橇が空のまま置いてあった。

この辺は雪が深いので、奥地から荷を運ぶときは木製の橇を使う。それには綱が付いていて、それを人間が肩に掛け、荷車に付いているような長い柄を両手で引っぱって歩くようになっていた。

「では、うちの主人《ひと》は、あなたのところがおしまいでしたか？」

「そうそう、うちの先の、大槻の正吾さんのところに先に行って、それからわしのところに寄ってもらった。だから、俊郎さんがいつわしの家を出たか判らんが、わしはこの現場まで来て、馬の足跡が途中で消えているので、早速、駐在さんに報らして、来てもらったわけだよ」

「では、うちの主人《ひと》があなたのところから出たかどうかは、まだ、はっきり判らないわけですね？」

「なにしろ、こういうことだから、家には帰らんでいる」

杉山博一の説明によると、馬の足跡で、確かに杉山俊郎がここまで来ていることが判っているので、家に帰って訊《き》くまでもない、というのだった。良吉があとで聞くと、片壁部落では馬を持っている家は一軒もないという。

秀は、消防団の照らす懐中電燈で現場を覗《のぞ》いた。淡いその光でも、その路の一メートルぐらい先に馬の深い足跡が見えた。それは、博一の説明の通りに、桐畑とは反対側の片壁のほうから続いているのだが、急にそこでなくなっている。

しかし、懐中電燈の光だけでは頼りなくて、事態は定かには判らなかった。そこで、秀も良吉も一しょになって、同勢八人は火を囲んで、夜の明けるのを待った。

その間に、発見者の杉山博一が付け加えた話はこうである。

博一の妻ミサ子は、かねてから胃を患《わずら》っている。その日も急激な胃痙攣《いけいれん》が来て痛みが激しく、たまりかねた博一自身が従兄《いとこ》の杉山医師を迎えに行ったのだ。

杉山俊郎は、博一を先に帰した。博一の住んでいる片壁部落には、もう一人、診るべき患者がいた。それは博一の家から二百メートルばかり離れている大槻正吾の家で、四十五歳になる正吾は肺を患っている。

杉山医師は注射道具など用意して、午後二時ごろ、馬に乗って出かけた。片壁部落までは雪の道で、馬でも一時間はたっぷりとかかる。だから、医師が大槻正吾の家に着いたのは、午後三時だった。道順としては杉山博一のほうが先なのだが、どういう理由《わけ》か、医者の俊郎は先に大槻の家に往診している。

その戻りに医師は博一の家に着いたのだが、それが午後三時半ごろだった。

ミサ子の胃痙攣のために注射を打ったり、手当てをしていたが、博一は、先にも云《い》う通り、田代部落の倉田家に、その日の夕方までに炭三俵を届ける約束があり、彼は医師を残して四時に出発したのであった。

田代部落は桐畑とは別な方向にあって、そこまでは約一時間四十分ぐらいかかる。

博一は橇に炭三俵を載せ、無事に田代部落に行って、倉田家に炭を納めた。その戻りに、この現場で異様な椿事《ちんじ》の跡を発見したのである。――これが博一の話だった。

5

夜が明けた。

博一の観測に間違いはなかった。巡査を先頭に、消防団五名が博一と共に二十メートルの崖縁《がけぶち》を伝って下に降りたとき、医師と馬との死体を発見したのだった。渓流は意外に川幅が広く、流れも相当に激しかった。杉山俊郎は墜落したとき岩角で頭を打ったとみえ、血を流して、身体《からだ》の半分を水の中に漬けて死んでいた。馬は渓流のまん中に落ちて、水のために約十メートル流され、別の岩礁《がんしょう》に引っかかっていた。

秀は、崖の上にあがった駐在巡査からこれを聞かされて、泣き伏した。

良吉としては、はじめて訪ねた父の故郷で、思いもよらない変事に遭遇したわけだった。

夜が明けてみて、はじめて、医師の足どりが判《わか》った。雪は約四十センチばかり路《みち》に積もっている。路幅は二メートル足らずという狭さだ。良吉は、明るくなってこの景色に接し、その絶景と共に危険なこの崖道を見て愕《おど》いた。

昨夜、片側が闇《やみ》になっていたところが全部谿谷で、向い側は突兀《とっこつ》とした山になっている。この路を馬で来た医師は通い馴《な》れているから通行したのだろうが、はじめての者なら、とても恐ろしくて馬で歩ける路ではない。

さて、事故とはいえ、医師の死の実地検証は詳細に行われた。

片壁部落は戸数五戸ばかりで、夕方近くなると、桐畑のほうから片壁部落に行く者はなくなるし、向うからも人が来なくなる。これはこのような路の危険を考えて、自然と通行途絶となるらしい。

降雪は昨日の正午ごろで止《や》んでいる。路の雪の上には、橇の跡と、人間の歩いた跡とがあり、さらにその上に馬の足跡が付いている。人間の足跡は浅く、馬の足跡は深かった。

この検証で、杉山博一の申し立てに間違いはなかった。

橇の跡と人間の足跡とは、勿論《もちろん》、博一のものだった。だが、馬の深い足跡は、橇のすべった筋と博一の歩いた足跡のあとから付いているのだ。つまり、橇のすべった筋と人間の足跡とは、あとから来た馬の足跡でところどころ崩されている。

この人間と馬の足跡のことは、駐在巡査によって詳細に書き取られた。

次に一行は、杉山博一の家に向った。博一自身は昨日、炭を積んで橇で出かけたまま、はじめてわが家に帰るのである。

博一の妻ミサ子は、俊郎医師の行動を次のように話した。

「俊郎さんは、うちの亭主が炭を橇に積んで出て行ったあとも、二十分ばかり、わたしの手当てをしてくれました。それが済んで、馬に乗ってこの家を出ましたが、それが四時半ごろだったと思います」

つまり、博一は四時に家を出て、雪の上に足跡の付いた通りに田代部落に向い、それから三十分遅れて、杉山医師が馬に乗って同じ路を桐畑の方へ歩いて来たのだった。ところが、不幸なことに、路の雪のために馬が脚をすべらせ、二十メートルの断崖《だんがい》下に転落したという次第である。

良吉は、始終、巡査一行の実地検証に立ち会っていた。秀は、俊郎の死体を消防団の人たちが収容して家に担《かつ》いで帰ったので、一しょに従った。

良吉は、馬の足跡、人間の足跡、橇の跡を仔細《しさい》に眺めた。なるほど、人間の足跡と橇の筋の上をあとから馬の深い足跡が崩している。完全に医師の乗った馬が人間の歩いたあとから来たことは、これで判った。

馬の足跡が遭難現場で跡絶えているのは当り前だが、一方、人間の足跡、つまり杉山博一の足跡と橇の跡とは、この現場まで三回付いている。

一回は、片壁部落から出てそのまま田代部落に行った往路の跡であり、二回目は、田代部落からこの現場まで来たもので、三回目は、現場ではじめて事故を察して、駐在所のある桐畑に引き返したときの跡だ。

さらに、巡査や消防団と一しょに来たときの足跡が、事故の現場の近くまで付いている。

勿論、これは劃然《かくぜん》としたものでなく、それに、桐畑から現場までは巡査や消防団、秀や良吉の足跡も入り乱れてついている。ただ、博一のそれは、彼の言葉と一致しているわけだ。

ところが、馬の足跡の付いている最後の箇所から手前約半メートルばかりは、人間の足跡も橇の跡もない。これは巡査たちの意見によると、馬が崖下に墜落するとき道に積もった雪を蹴散《けち》らしたため、橇の跡と人間の足跡とを消してしまったのだろうと観測したのである。

なるほど、そう云われてみると、墜落した場所の雪は崖の下まで落下している。だが、良吉には、この人間の足跡も、橇の跡も、馬の足跡も付いていない短い雪の空間が、頭の隅にこびり付いた。

説明は、巡査の云う通りで判るのだ。馬が墜落するとき、あがき蹴散らしたために、雪が往路の博一の足跡と橇の跡まで埋めたものであろう。さらに、馬と人間が崖下に転落するときに起った衝撃で、約四十センチ積もった雪が崖下にこぼれ落ちているのも当然である。

だが、その説明だけでは、まだすっきりしないところが良吉の頭のどこかにあった。

良吉は、巡査に従《つ》いて博一の家にも行った。

その家は、板塀だけの、バラック同然の見すぼらしい小屋だった。桐畑部落で見るような、本格的な農家の構えではない。屋根も瓦《かわら》は置いてなく、檜皮《ひわだ》の上に、風を防ぐ石が載っていた。恰度《りょうど》、北陸や木曽路《きそじ》あたりの民家にあるような体裁だった。

家の中も極めて貧しい。タンスも古いのが一つあるだけで、ささくれた古畳の上に、蜜柑《みかん》の箱が積まれてある。それがこの家の整理戸棚だった。

博一の家は、その辺の狭い土地を開墾して、わずかな農作物を作って暮らしている。これは主として女房の仕事で、博一はその裏山で炭を焼いていた。その貧乏ぶりは、女房ミサ子の着ている着物に如実《にょじつ》に現われていた。うすい着物を何枚も重ね合わせて着ているが、その着物にしてさえ、垢《あか》の滲《にじ》んだ、色のさめた袷《あわせ》だった。帯も縁が擦り切れている。

良吉は、自分と血続きになる博一の顔を眺めた。昨夜、炎の明りで見たときも窶《やつ》れた顔だと思ったが、明るい陽の下で見ると、それがもっと酷《ひど》かった。眼は落ち窪《くぼ》み、頰はそげ、髭《ひげ》が黒い顔に一ぱい伸びている。博一自身の着ている物も、古い軍服のようなものだった。それもところどころ継ぎはぎがしてある。

良吉は、杉山一族というと、この辺の地主や山林の主もいることだし、いわば「名門」なのに、どうして博一だけがこんな貧乏をしているのかと不審に思った。

良吉は思い切って、一しょに来た消防団の一人を木蔭《こかげ》に呼んで、事情を訊いてみた。

すると、その男は気の毒そうな顔をして云った。

「ヒロさんはね、もともと、ここにいれば、何とかなるのでしたが、若いときに血気にはやって、戦争前、満州に飛び出して行ったんですよ。今の奥さんも向うで貰《もら》った人です。一時は景気が好《よ》く、この村の評判者でしたが、終戦になって帰って来たときは、まるで乞食《こじき》同様の姿で、見る影もありませんでした」

彼はつづけた。

「なにしろ、満州に行くとき、土地田畑を全部売って行ったもんですから、帰って来ても、わが家もなく、田も畑もありません。そこで、仕方がなく、この痩《や》せた土地に移り、自分で開墾したのです。この近所の他の三軒も、同じように満州から引き揚げて来た開拓組ですよ。ところが……」

消防団員はいよいよ気の毒そうな顔をした。

「こういう土地ですから、そんなことをやっていては、いつまでもウダツが上りません。もともと、ヒロさんは利《き》かぬ気の男で、何とか本家や分家を見返してやりたいと、一生懸命でしたがね。こればかりはどうにもなりません。ヒロさんは、冬になると炭焼きをし、夏になると、松江や広島あたりに出稼ぎに行っていました。ほんとに気の毒ですよ。ほかの親戚《しんせき》はみんな立派なのにね」

良吉はそれを聞いて、昨夜、秀に、ご主人がこんなに遅くなっては、従弟《いとこ》さんの家にお泊りになるかもしれませんね、と云ったとき、彼女が強く頭《かぶり》を振って答えなかったのを思い出した。

6

秀が博一の家に夫が泊る予想をあたまから否定したのは、博一の家の眼を蔽《おお》うような貧乏だけではなさそうである。博一と従兄の俊郎とは、普段からあまりしっくり行っていなかったのではあるまいか。

良吉はどうもそんな気がした。

俊郎が博一の妻を往診したのは、医者としての役目だから止むを得なかったのだろう。それに、同じ片壁部落には、もう一軒、大槻正吾という往診患者がある。このほうは肺を患って、大槻の女房が医師を迎えに来たとき、いま喀血《かっけつ》したからと往診を頼んだそうだから、俊郎としても放って置けなかったのであろう。だから、カンぐって考えれば、大槻から迎えに来なかったら、あるいは俊郎は博一の女房のところに行かなかったかもしれない。たまたま、大槻が喀血したので、ついでに回ったということもあり得る。

ここで、良吉は博一の話を思い出す。俊郎は、道順ならば博一の家が近いのだ。だが、そこには行かず少し離れた大槻の家に先に行っている。

普通なら、親戚の家にまず往診に行くべきではなかろうか。大槻が喀血したので、そっちのほうを先に回ったということも考えられるが、この場合、博一の家をあと回しにしたということが、何か日ごろの俊郎と博一の冷たい関係を暗示しているように思われる。

良吉は、博一の家に巡査と来たついでに、その家のぐるりを歩いてみた。

雪を被《かぶ》っているので、さっぱり区別がつかないが、地形からして、なるほど、耕作地はないように思われる。平らな場所はほんの僅《わず》かで、あとは急な斜面の山がせり上っていた。

家の周囲も汚なかった。また置いてある物を見ても、どれも貧しい道具ばかりだった。

そのうち、良吉は雪の中に少しこぼれている黒い滓《かす》のようなものを見つけた。

何だろう？

拾って見ると、それは、櫨《はじ》の実の殻の小さく砕けた細片だった。

この辺には櫨の樹《き》があるらしい。

良吉は山を見上げた。どの樹も枝に雪が載っている。だが、松、杉、檜《ひのき》、樅《もみ》などの樹の間から、櫨の樹を見つけるのに苦労はいらなかった。ひどく大きい櫨の樹が一本だけ高く聳《そび》えているのである。

良吉は、掌《てのひら》から黒い殻の砕片を落した。それは白い雪の上に黒い砂粉を撒《ま》いたようにこぼれた。

良吉は、東京の社宛《あて》に電報を打って三日間の休暇を頼んだ。

俊郎の葬式までは、彼は遂《つい》にここを出発できなくなったのである。亡父の故郷に来て、父と血の繋《つな》がる一人の男の急死に出遇《であ》ったのも、何かの因縁であろうと思った。

「ほんとうに御迷惑でしたね。すみません」

秀は良吉に謝った。それまでも、どうぞ構わないで帰ってくれ、あなたも東京に用事があるだろうから、と云《い》ってくれたが、わざわざ遭難現場まで行った因縁もあって、良吉としては、葬式の済む前にここを出立することに気がひけた。

告別式は盛大だった。杉山俊郎はこの山村で唯一《ゆいいつ》の医者として、村人から信頼と尊敬とを受けていた。医師の不幸な死は、誰からも惜しまれたのである。

俊郎の遺児二人も、電報の通知であわてて帰省して来た。どちらもりっぱな青年だった。

告別式は村の寺の本堂で行われた。会葬者も、村長や村会議員など村の有力者をはじめ、村人のほとんどが参集した。参会者は、近来、このような盛大な葬式を見たことがない、と云い合った。

良吉も縁戚の一人として親族席の末端に坐《すわ》らせられた。

まず、焼香は遺児二人と妻の秀からはじめられた。そのあとは親戚の焼香となったが、良吉が見ていると、いずれも裕福そうな人間ばかりだった。親戚は、この村に限らず、隣村や近接村から集ってきた。親戚だけでも総勢男女合わせて二十人を超えていた。

その中で最も見すぼらしいのは、やはり杉山博一だった。彼の妻ミサ子も夫と一しょに同席した。

博一は、それが唯一の晴着であろう色の褪《さ》めた古い洋服を着ていた。ネクタイは無く、洗いざらしのワイシャツが上衣《うわぎ》の前に皺《しわ》だらけとなってハミ出ていた。

妻のミサ子は、さすがに誰かから借着したらしい、さっぱりした着物だったが、やはり裄《ゆき》が合わなかった。それも喪服ではなく、この儀式にはそぐわない色のついた着物だった。

だが、この二十人を超す親戚の中で、仏前にぬかずいて一番歎《なげ》いたのは博一夫婦だった。

これは見ている人に奇異な思いをさせたのかもしれない。良吉はそっと会葬者の表情を観察したが、みんな眼を凝らして仏前で泣き崩れている博一夫婦を見つめていた。それは感動した顔と云うよりも、呆然《ぼうぜん》とした表情に近かった。

もっと、人びとのそのときの感情を分析すれば、日ごろ俊郎と仲の悪かった博一夫婦が、俊郎の霊に案外な悲歎《ひたん》を見せた意外な出来事におどろいたように思われる。

7

良吉は、告別式が済むと、秀に別れを告げた。

帰りは、宍道方面に出て、山陰線回りで東京に行くコースをとることにした。

彼は木次《きすき》線を北に向った。ふたたび昏《く》れなずむ山峡《やまかい》の間を汽車が走るのを知った。

出雲《いずも》三成《みなり》、下久野《しもくの》、木次などという名が過ぎて行く。

山は白い雪の部分だけが昏れ残っていた。

良吉は、あの崖路《がけみち》に半メートルぐらいの間隔で残っている白い地帯をまた眼に泛《うか》べた。その部分だけが、馬の足跡も、人間の足跡も、橇《そり》の跡もないのである。

また、博一の家の裏で見た櫨の実の殻も眼に映った。雪の上にこぼれた黒い砂のような五、六粒だった。

次に、その博一夫婦が故人の霊前に泣き伏している姿も思い泛べた。

寒い山は窓にゆっくりと動いて行く。乗客も少かった。汽車も貧しそうだった。

博一はあの櫨の実を砕いて何に使ったのだろうか。櫨の実からは日本蠟燭《ろうそく》の原料が取れるのだが。

蠟。——博一は蠟をどうしたのだろうか。

しばらくすると、山の間に狭い田圃《たんぼ》が見えた。畔道《あぜみち》を農夫が馬の手綱を引いて歩いている。黒い馬は裸馬だった。

良吉は、医者があの雪の崖路を馬に乗って歩いているのを想像した。

このとき、良吉ははっと思って窓からのぞいた。裸の馬は、もう、ずっとうしろのほうに過ぎ去っていた。

そうだ、馬はひとりでも歩ける。人間を乗せなくても歩ける。

あの馬の足跡を見たとき誰しも、その馬の背に医者が乗っているものと思い込んでいた。だが、医者が馬に乗って帰りの道を歩いているところを目撃した者は一人もいないのだ。足跡だけがその証拠のように残っているが、馬が人を乗せて歩いたということは足跡だけでは証明できない。

すると、良吉にはまた半メートル間隔の白い地帯が泛ぶ。そこだけはどの足跡も付いていないきれいな雪の地帯だ。

博一をはじめ、駐在巡査も、所轄署《しょかつしょ》の警官も、それは俊郎の乗った馬が崖下に転落するとき、雪を蹴散《けち》らしたため、人、馬、橇の跡を散った雪が埋めたものと考えていた。しかし、果たしてそうだろうか。

あの足跡の付いていない半メートル幅は、実は、誰か人間が工作した跡ではあるまいか。

工作。――

蠟。

良吉は思わず息を吞《の》んだ。思考がつづいた。

あの足跡のない雪の部分を想像でここで復原してみよう。

崖路の幅は二メートル足らずである。もちろん、人も馬も歩けるように道は平らにはなっている。だが、そこに一部分だけ道に斜面を作ったらどうだろうか。つまり、山側に高く、川に面した崖縁のほうを低くするのだ。それは雪をかき集めて出来る。するとその斜面を歩く者は甚だ不安定な姿勢になる。山際《やまぎわ》のほうが高いので、彼の身体《からだ》は谷側に重心が傾くだろう。

しかし、それだけではまだ充分でない。なぜなら、雪は凍っていないから、脚が雪の中に深くめり込むわけである。

それでは、そこをより完全な滑り台として工作するには板を置けばいい。傾斜した雪の上に板を並べるのだ。板も傾斜している。その板にはあらかじめ櫨の実を撒いて、人間が脚で踏み砕く。すると、板一面は蠟で一ぱいに塗りたくられ、極めて辷《すべ》りやすいものになる。

工作者は、その板を自宅から炭と共に橇で現場まで運び、雪を路に盛り、その上に置く。

だが、これだけでは、馬がひとりで歩いて来たとき、路上の黒い板を発見して立ち停る惧《おそ》れがあるから、板の上には雪を撒いて蔽っておくのだ。

裸の馬はひとりでそこまで歩いて来る。そして、知らずに雪を撒いた板の上に乗る。

すると、すべり台の役目をした板は馬の脚を辷らせ、身体を傾かせ、谷底に転落させる。このとき板も一しょに渓流の中に落ち、この証拠品は川下のほうへ流れて行く。完全に人の目にふれなくて済む。——

そうだ、あれはこのような順序で工作が運ばれたのではなかろうか。

警察で検証したように、博一が引いた橇は馬よりも先に現場を通っている。博一の女房の証言によると、医者は博一から三十分遅れて出発したというが、恐らく、その通りに違いない。だが、このとき、馬には医者は乗っていなかった。

すでに博一が出発するとき、医者の俊郎は博一の手にかかって殺されていたのだ。

馬は、医者が家の中に入っている間、その辺の樹か柱に括《くく》られていたのであろう。だが、博一の出発後、彼の女房は馬の手綱を解く。すると、馬の習性として、しばらくその辺を低徊《ていかい》したのち、ぼくぼくと崖路を桐畑部落のわが家へ戻って行く。

この馬の足跡が、誰にも主人を背に乗せて行ったように思えたのだ。

では、俊郎の死体はどうなのか。彼の死体は馬と一しょに現場の崖下の渓流で発見されたではないか。頭は岩角で割られていた。

しかし、頭を割ったのは岩角ではあるまい。恐らく、博一が自宅で丸太棒か何かで殴りつけたものであろう。そして、即死した医者の死体を炭や例の板と一しょに橇に載せ、上から筵《むしろ》か何かを被せて、あの崖路を通ったのだ。

博一は、まず、医者の死体を崖下に投げ、それから雪の傾斜面を作り、幅の広い板を並べ、その上に雪を撒く。

これが終って、博一は、予定通り、田代部落の倉田という家に炭を届けに行く。

馬はひとりでそのあとから来る。博一のもくろみ通り、馬は傾斜した板に脚を辷らせ、崖下に墜落する。

この場合、その崖路を一人の通行人もなかったのが犯人にとって幸いだった。いや、幸いというよりも、通行人の途絶していることを計算に入れての犯行であろう。雪の昏れ方のその時刻になると、交通の途絶することを十分に熟知している土地の人間だ。

犯人は田代部落に予定の時間に炭を届けた。この予定の時間というのが犯人にとって大事だった。なぜなら、先方に遅く着くと、途中で時間がかかったことが分り、医者を谷に落す工作をしたのではないかと怪しまれるからである。その帰り、犯人は自分の計画が成功したのを知った。彼は道の斜面の雪を元通りに直す。その部分だけ、どの足跡も無いのは当然である。恰《あたか》も人間と馬が転落するとき雪がこぼれたようになる。

そうだ、それに違いあるまい。

良吉は窓の景色を見ていたが、眼には入らなかった。

ただ、俊郎の霊前に泪《なみだ》を流している博一夫婦の姿が大きく泛ぶだけだった。この姿が、半メートル幅の白地帯と櫨の実とを結ぶ頂点だった。

博一は、なぜ、俊郎を殺したか。

村人から聞いた話によると、博一は満州で相当な生活をしていたが、終戦となって、乞食《こじき》同様の身で帰って来た。彼は開拓民のような恰好《かっこう》で、あの土地の痩《や》せた片壁部落に入り、貧困と重労働と闘った。長い間の闘いだったが、彼の身体に堆積《たいせき》したのは、貧困と疲労と老《おい》だけであった。

しかし、一方、昔の親類はみんな相変らず繁栄している。彼らは大地主であり、山持ちであり、また、近在の尊敬を集めている裕福な医者でもあった。

俊郎と博一の間がどのように険悪であったか、今は知る由《よし》もない。だが、想像するに、博一は従弟《いとこ》であり、幼友達である俊郎に対して快からぬ感情があったに違いない。それは敗北者の僻《ひが》みであり、嫉《ねた》みであり、遺恨であった。

彼が殺人を犯す直接の動機は判《わか》らないが、例えば、医療代も充分に払えなかったことや、医者がそのため彼に冷淡にしていた、現に、あのとき、道順として博一の家に先に俊郎が往診すべきところを、わざわざ、他人である大槻の家に先に行ったことなど、博一の激情を駆り立てたに違いない。不遇な博一は些細《ささい》なことにも怒りやすくなっていたと思う。

良吉は、暮色のなかに動く暗鬱《あんうつ》な山々を窓に見ながら、何ともいえぬ暗い気持になった。

自分のこの想像が正しいかどうか判らない。この空想を組み立てている材料は、櫨の実と、足跡の残っていない道の白い地帯だけなのだ。

だが、この二つの材料は、恐ろしく重量感をもって良吉に迫っていた。真実という重量感である。

良吉は、父の不遇だった境遇を思わずにはいられない。父は他国で貧乏しながら、一生、故郷に帰ることがなかった。博一も、終戦後にその故郷に帰らなかったら、彼の悲劇は起らなかったであろう。

少くとも、今度のような医者の転落死事件が起っても、良吉にこの不吉な想像を起させるものはなかったに違いない。

良吉が東京に帰ってから二カ月近くになって、秀から礼の手紙が来た。それは四十九日の法要を無事に済ませたという通知でもあった。

報《し》らせはもう一つあった。末尾に、博一夫婦が家をたたんで村を出て行った、という追伸である。この短い文字は、良吉をいつまでも憂鬱な気持にさせた。

父系の指

1

私の父は伯耆《ほうき》の山村に生まれた。中国山脈の脊梁《せきりょう》に近い山奥である。生まれた家はかなり裕福な地主でしかも長男であった。それが七カ月ぐらいで貧乏な百姓夫婦のところに里子に出され、そのまま実家に帰ることができなかった。里子とはいったものの、半分貰《もら》い子《ご》の約束ではなかったかと思う。そこに何か事情がありげであるが、父を産んだ実母が一時婚家を去ったという父の洩《も》らしたある時の話で、不確かな想像をめぐらせるだけである。

父の一生の伴侶《はんりょ》として正確に肩をならべて離れなかった〝不運〟は、はやくも生後七カ月にして父の傍《そば》に大股《おおまた》でよりそってきたようである。父が里子に出されるという運命がなかったら、その地方ではともかくも指折りの地主のあととりとして、自分の生涯を苦しめた貧乏とは出会わずにすんだであろう。事実、父のあとから生まれた弟は、その財産をうけついで、あとで書くような境遇をつくった。

父は十九の時に故郷を出てから、ついぞ帰ったことがなかった。汽車賃さえも工面できない生活のためである。それだけよけいに故郷に愛着をもち、帰郷することが父の一生抱いていた夢であった。

私は幼いころから何度も父から矢戸《やと》の話を聞かされた。矢戸は生まれた在所の名である。父の腕を手枕《てまくら》にして、私は話を聞いたものであった。

「矢戸はのう、ええ所ぞ、日野川が流れとってのう、川上から砂鉄が出る。大倉山、船通山《せんつうざん》、鬼林山《きりんざん》などという高い山がぐるりにある。船通山の頂上には根まわり五間もある大けな栂《つが》の木が立っとってのう、二千年からの古い木じゃ。冬は雪が深い。家の軒端《のきば》までつもる」

その話を聞くごとに、私は日野川の流れや、大倉山の山谷や、船通山の巨大な栂の木の格好を眼の前に勝手に描いたものであった。その想像のたのしみから、同じ話を何度も聞かされても、飽きはしなかった。

父は父で、それを話すことで結構たのしんでいるのであった。彼の眼底には、話しながら少年のころの思い出が次々に湧《わ》いていたに違いない。それで、話の末には必ずこうつけくわえた。

「今にのう、金を儲《もう》けたら矢戸に連れていってやるぞい」

それは幼い私を喜ばす言葉ではなく、父はそう言って、おのれ自身の心をよろこばしているのであった。少年のころに馴染《なじ》んだ山や川や部落をもう一度見る日がいつかは来るという、遠い望みをその言葉にかけているのであった。

私の母はいつもそれを冷笑した。

「ふん、また矢戸の話がはじまったのう。もう聞き飽いたがな」

母はすでに自分の夫が生涯貧乏から離れられないことを嗅《か》いでいたようであった。父が甲斐性《かいしょう》もないくせに、性こりもなく矢戸に連れていってやるぞとくり返すのを露骨にいやがった。そのころは九州のF市にいたのである。九州と伯耆とでは雲烟《うんえん》の遠さと思いこんでいた。

母は、私に、いつかこういうことを言ってきかせた。

「わしのお母さんがはじめて、おまえのお父さんを見てのう、かげでわしに、あんたの亭主は男ぶりはええが耳が小さいけ、ありゃ貧乏性じゃと言いんさったが、まことそのとおりじゃ」

貧乏性のことは別として、私は母のこの短い愚痴から両親の一つの秘密を知った。それは母の母が夫婦になってからの娘婿《むすめむこ》を初めて見たというのだから、普通の仲人《なこうど》のあるような結婚ではないことだった。二人は広島でいわゆる〝できあった〟のであった。

広島は伯耆から中国山脈の尾根を南に越えて、父が故郷を出て最初に落ちついた土地であった。

私はなぜ父が養家先を出奔したかわからない。私はそれについて父にきいてみたことはなかった。それは父の出生にからまる秘密臭さと同様、何か露《あら》わにきくべきことではないような気がしたのである。

父の養家、つまり初めは里親であり、のちには養い親であった人は、百姓から付近の鉄山に働くようになった。それは父が五つか六つの時で、はっきり記憶があるという。この辺は印賀鉄という砂鉄の採鉱地であった。

父の実母は、そのころまでこっそり父に会いにきた。年に二三度ぐらいであった。矢戸からこの鉄山まで十里の山坂をこえて登ってきた。養母への土産の反物はむろんのこと、わが子に与える着物、帽子、下駄《げた》、下着などの品を背中に負った唐草模様の風呂敷《ふろしき》包みから取りだすのであった。そして、その夜は一晩じゅう、わが子をかきいだいて寝た。

父がこのくだりを私に話すときは涙ぐんで声がつまるのであった。ごくりと咽喉《のど》をならして涙と唾《つば》をのみこんで話をつづけた。

私はその話を聞きながら眼には山の峠道を越えてくる一人の女の姿を描いていた。それが私の見たこともない祖母なのだ。

しかし彼女の訪問も父が六つぐらいのころまでであったそうである。男の子が生まれたからであった。つまり、父にとっては弟、私にとっては叔父であった。

そのころ父はこの弟と二三度会ったと言った。それは父の嘘《うそ》だと私は今になって思っている。父が生家に行かないかぎり、その生まれた弟に会えるわけがない。おそらく父は生家に行ったことはあるまい。その推定の理由は父の暗い出生にまつわっている。父が、あとに生まれた弟にそのころ会ったことがあると言ったのは、わが息子に対する一種のとりつくろいであったに違いない。

父が養家を出奔したのは、前にも言うとおり十九の年であったが、その時、一家は淀江《よどえ》の町に移っていた。淀江は伯耆の最北部で、日本海に面した町である。父は魚売りとなり、四里五里の山奥まで天秤棒《てんびんぼう》をかついでまわった。

明治二十五年ごろ、父は、町役場の小使になっていた。まだ給仕などという名前のないころである。書記になることが父の夢であった。それに関する勉強をしたらしい。小学校を出ただけの学力だったが、当時の小学校では漢文の素読も教えたくらいだから、小むずかしい行政や法律用語は理解できた。また、父はこういう本を読むことが好きだった。これは後年まで尾をひいた。

父の養母という人は、ぼんやりしていたが、しんは吝嗇《りんしょく》で根性に意地があった。彼女は傘張りの内職をしていた。この土地は雨傘の産地なのである。近所の同じ内職の女房たちをよび集めては一緒に仕事をした。養母は皆にせがまれると安来節《やすぎぶし》を唄《うた》った。まだ安来節が今ほど世間に知られなかったころである。低音で透きとおった美しい声をもっていたそうである。淀江、淀江とどこがようて淀江、帯の幅ほどある町を、というのが彼女が好んでうたう文句であったという。

私は父からその話を聞くと、薄暗い山陰の家の内で、唄いながら影のように働いている女たちを幼い頭の中に空想したものであった。

2

広島に出てきた父のはじめの仕事は陸軍病院の看護人であった。それから県の警察部長の宅で書生のようなことをした。

この書生の仕事はすこぶる父の気に合った。夜は主人が勉強の時間を与えてくれた。その勉強というのが法律の本を読むことだった。何か試験でも受けて身を立てたいと思ったそうだ。

しかし、私には、父の性格から考えて、それほど確とした目的をもっていたとは思われない。その後は、いつも行きあたりばったりな仕事の選び方をしてきた父である。むしろ、父を満足させたのは、法律の本を読むということだけなのだ。そういうものを勉強しているということが、この伯耆の山奥出の青年を感動させたのであろう。実際、父は、のちのちまでも、法律の知識をもっているということを、どれだけ自慢に思っていたかしれない。それは、せいぜい六法全書を撫《な》でた程度であったにせよ、父はひどくインテリになった気でいたのである。それに輪をかけたのは、新聞や雑誌を雑読することで得た知識であった。それは、どうせ常識程度のことだったが父自身にとってはたいそうな自負であった。後年、父は、機会があるごとに、よく自分の知識を人にひけらかせた。

「みんな、何も知っとらん。おれが話してやると、おれがもの識《し》りじゃと言うてびっくりしとる」

と自慢顔に家に帰っては言ったものだった。

正規な学問をうけていない父は、系統立った勉強をすることができない。浅薄な雑学であった。それでも自分では、ひとかどの学問があると心得ていた。

それほど学問について一種の憧憬《どうけい》をもっていた父が、眼に一丁字《いっていじ》のない母と一緒になったのはどうしたことか。これも父の〝不運〟の一つであろう。

警察部長がどこかに転任になったので、書生をやめた父のその後の職業は、はっきりわからない。父はそれを私に言いたがらない。体裁のいい仕事ではなかったのである。

しかし、私は、父がときどき不用意に出す話の端から想像して、当時の父の仕事はくるま挽《ひ》きであったと考えている。つまり、人力車の車夫のことである。

母は広島から十五里も奥にはいった田舎の百姓家の娘で、四人の弟妹の上にあった。父との結びつきは、よくわからない。が、母も時折りに紡績女工の辛《つら》さを話したことがあるので、おそらく広島に出て紡績会社の女工になっていたのであろう。そしてそこで父と知りあって一緒になったのであろう。一緒になってからの母は親の許諾をもとめるために父を生家に連れていったに違いない。それで母の母親が父をはじめて見て、

「姉《あね》さんや、あんたの亭主は男ぶりはええが、耳が小さいけ貧乏性じゃ」

と言ったという話に辻褄《つじつま》が合うのである。

私は、自分の両親が人力車をひく車夫と紡績女工であったということにも、ほとんど野合に近い夫婦関係からはじまったということにも、あからさまな恥は感じない。しかし、自分の出生がそのような環境であったという事実は、自分の皮膚に何か汚染《しみ》が残っているような、他人とは異質に生まれたような卑屈を青年のころには覚えたものであった。

私は広島のK町に生まれたと聞かされた。その町がどういう所か知らない。行って見る気もしない。おそらくきたない、ごみごみした所であったろう。今の話ではない、四十何年も昔のことで、そこの狭い、小暗い長屋のようなところで私は生まれたに違いなかった。

ある日、その陋屋《ろうおく》に一人の少年が訪ねてきた。少年は伯耆の訛《なまり》で、矢戸の西田と名乗った。西田は父の生家の姓である。母は父をどこかに呼びにいった。

父は急いで帰ってきた。すると、少年は父を見て、眩《まぶ》しそうに、兄《あに》さん、と言った。言ってしまって涙をぼろぼろ落としたそうである。それが父のあとから生まれた弟の民治であった。――

私はこの会見の話を何度も父から聞いたものであった。兄弟は、その夜を語りあかしたと言った。もしそれが実際なら少し新派の芝居じみている。おそらく父の誇張であろう。はじめて会ったものが、そんなにうちとけるわけがない。父の話はつづく。

「よう、ここがわかったのう?」

と父は弟にきいた。少年は、母が淀江の家から聞いてきたのだと言った。父は出奔後も養家に少しずつ金を送っていたのである。それから弟は、母がとても兄さんのことを気づかっている、と言い、反物や、シャツや、下駄などの土産を弄しだした。それはかつて伯耆の山坂をこえて生母が持ってきた時と同じであった。父は母なつかしさに泣いたと言った。これは、本当かもしれない。

弟は父に言った。わたしは米子《よなご》の中学を卒業して、これから山口の高等師範学校にはいる、今日はその途中に寄ったのだ、と説明した。そうか、それはよかった、と父はよろこんでやった。そういう教育をうける弟をもつこともうれしかった。しかし、自分も生家にとどまっていれば同じ教育をさせてもらえたに違いない。そう思うと寂しさは感じたであろう。ことに〝学問〟にあこがれていた父は、自分より高い教育をうけた者を実際以上に尊敬していた。

「おまえは、そういう叔父さんがいるんだぜ」

と父は私によく言ってきかせた。いかにも満足そうな顔で、おまえも肩身がひろかろうという表情をした。むろん、それは後年の話で、その弟が東京で成功していることのことである。

弟はその夜一晩泊まって山口に向かった。

父が弟に会ったのは、生涯を通じて、その時だけである。

3

私が三つの時、一家は広島からS市に移った。海峡をへだてて九州の山々がすぐ眼の前に見えた。

父は餅屋《もちや》をはじめた。そこはS市のはずれで旧城下町に通じる街道に当たった。Sからその町まで二里、中休みの通行人を当てこんで茶店もかねた。

付近は景色のよいところである。海峡は潮流が渦をまいて流れていた。夜になると対岸の九州の町の灯《ひ》が硝子《ガラス》の砕片のように黒い山の裾《すそ》にきらきら輝いた。

やがて、その道路に電車を通すというので立ちのきとなり、Sの市中に移った。餅屋の商売には変わりはなかった。

西田民治からはがきがきて、Ｏ市の中学校の教師をしているという便りがあったのはそのころであった。広島で会った時から、六七年の歳月がたっていた。Ｏ市は九州の南端に近い所にあった。彼は妻帯をしていた。

「民治の女房は学校の先生じゃったそうな」

と父は誇らしそうに言った。こんなことにも弟の優越をよろこんでいた。一字も解せぬ無教育の女を妻にしている父には羨望《せんぼう》の気持があったに違いない。

そういえば父は母を女房としてはなはだ不足に思っていた。戸籍にどうしても入れなかった。だから戸籍上では私は庶子である。旧《ふる》い戸籍法では〝私生子〟と書かれてあった。いつか私は就職の上から戸籍謄本《とうほん》をとってみて、自分の名前の上に私生子と記入されてあるのを発見して、屈辱に火のように赤くなったことを憶《おぼ》えている。

父の母に対する不満は、彼の生涯の〝全盛期〟に爆発した。おまえのような女は女房でないから離別すると言いだした。父は米相場をすることを覚え、それが当たって懐《ふところ》具合がよくなり、女ができたのである。

母は無学であったが、気の強い女であった。学校に行かなかったのも、先生に叱《しか》られたため意地でやめたのである。年齢は父より五つ下で五黄《ごおう》の寅《とら》であった。口やかましいので、父との間は常に争いが絶えなかった。

母は、商いさえしていれば食いはずしはない、と主張した。朝早く起きて餅をつき、それができあがると、父はあとをまかせて、ぷいと外に出ていってしまう。相場をするため米の取引所に行くのである。ぞろりとした絹物の着物に着かえて、いかにも相場師らしい格好で出ていく。母にはそれが気に入らなかった。父が夜帰ってくるとたちまち口論になるのであった。

口論は朝から始まることがあった。餅をつきながら、今日も出ていくのかと母は突っかかる。それから口喧嘩《げんか》が高じると、父はできたばかりの湯気の立っている商売物の餅を、ええくそと言ってごみ箱の中にそっくり投げこむのであった。そういう時は、二日も三日も帰ってこない。

父に女ができたことを母はかぎつけた。女は土地の安芸者で名前はユキとまで知った。相場仲間の者が、こっそり母に教えたのである。どうせ客商売の女であるから金がつづくだけの間であるのに、母にそんなことがわかる道理がなかった。

母は私を連れて、夜になると花街をうろついた。庭石に打水した瀟洒《しょうしゃ》な格子《こうし》戸《ど》の家を一軒一軒きいてまわるのである。私は小学校二年生ぐらいであった。その時のことをよく覚えてはいないけれど、母が花街の者からそのさいどんなふうに扱われたかを想像すると、私は今でもその浅ましさに顔が真っ赤になる思いがするのである。

かえって私の記憶には、毎夜、母と遅く帰ってくる時の途中のことが残っている。母はむだな捜索と失望と焦燥とで不機嫌な足どりで暗い道を歩む。私はそのあとからそういう母をおそれながらついていく。暗い道には、どこかの家の大師講《だいしこう》の御詠歌と鈴をふる音とが流れてくる。それが歩むにつれて近づき、やがて背中の方で遠くに消えていくのである。また、硝子瓶をつくる工場もあって、職人が長い棒の先に線香花火の消え残りのような真っ赤な硝子玉を吹いている。硝子玉の色は沈みかける夕陽のように赫《あか》く燃えている。それを長い棒で口に当てて吹いている職人の黒い影が魔法使いのようにあやしく少年の眼に映ったものである。そういう情景だけがいまだに頭に残っている。

父は相場に当たりつづけた。米相場といっても、父などがやっているのは、そのほうの術語で〝ガス〟という空米《くうまい》相場のことで一種の賭博《とばく》であった。米相場は、日一日の天候が鋭敏に影響する。それで米の相場師はたいてい天気を見ることがうまかったが、父も天気のことはだいぶん研究していて、日がかんかん照っているときでも、あ あ今晩は雨だな、と言うとたいていそのとおりになった。それも父の自慢の一つで、晴れあがった朝に、午後から雨が降るぞと予言しておいてはたして雨になると、どうじゃ、うまいものじゃろう、と相好をくずしてよろこんだ。

相場に当たりつづけているころは、父は自分の居間にしている二階の六畳の間に、新しく買った大きな机を置き、そのころ流行《はや》りだした青い羅紗《ラシャ》をかけ、硯箱《すずりばこ》、インキ壺《つぼ》、ペン皿、印肉、スタンプ台、帳簿立てなどをならべてうれしそうにしていた。それは父がよく行く仲買店の帳場を真似《まね》したものらしいが、もとより帳簿一冊の必要はないはずだから、たんにそんな事務用具を飾りたてているだけで、気分を味わって満足していた。

　こうしたことや、花街に女ができたことや一流の料理屋に出入りすることは、父の観念からすれば一種の出世であった。

　私は父から花街の用語をよく聞いた。たとえば、醤油《しょうゆ》はムラサキと呼ぶこと、塩はナミノハナということ、梨《なし》はアリノミと呼ぶことなどであった。父は九つぐらいの私にそんなことを教えて得意になっていた。

　そのころが父の得意の絶頂であったようだ。母がいない時を見すまして、ひとりでへたな節で「カッポレ」や「瓜《うり》やなすび」を唄った。私は「明日はダンナの稲刈りで」という文句を覚えてしまった。父はそれらの唄《うた》をユキという女から仕込まれたのであった。

4

私はときどき、父に連れられて相場師仲間の家に行った。その家では、いつも五六人の人間が集まってはごろごろしていた。怠惰と射倖心《しやこうしん》のその日その日のわずかな賭《かけ》に生きているはかない人間たちであった。その中では父はとりわけ立派に見えた。艶《つや》の光っている絹ずくめの着物をきているのは父だけであった。他の者は服装が見劣りしていた。父の体格も肥えて立派であった。

その仲間たちに向かって、父は相場の話以外には政治の話をするのが好きであった。その知識は新聞を丹念に読むことから得たもので、新聞も母の意に逆らって三つも四つもとっていた。

政治の話になると誰も父におよばなかったので、相手はたいてい聞き手に回っていた。彼が尊敬していたのは原敬《はらけい》だった。父は得意気ににこにこしながら自分流の諧謔《かいぎやく》をまじえて長々と話すのであった。その時の父は無類に機嫌がよく、人のよさをまるだしにしていた。

「新聞をすぐ三面から読むようではだめですな。まず一面の政治記事や社説から見なけりゃいけませんよ」

と言っては人を煙《けむ》に巻いた。父は人から、あなたは物知りだとか、学があるとか言われるのを、いちばんよろこんだ。

その相場師仲間に盲人が一人いた。十ぐらいの男の子に手をひかれて取引所の前や仲間の家を歩きまわっていた。彼はそれだけで食べていっているらしかった。私よりも二つか三つ年上の、盲人の手をひいているその男の子の顔は、そういう生活になれきっていて、妙に荒《すさ》んだ顔をしていた。

その全盛のころに、なぜ、父は故郷に帰ってみなかったのであろうか。もし帰るとすれば、父の一生のうちこの時ほど幸運に恵まれた時期はなかったのだ。

生家の父は死んでいなかったが、生母は生きていた。父の心は、うんと大金持になって故郷に錦《にしき》をかざる日を待つ気持があったのかもしれない。

が、その希望はつぶれてしまった。父の幸運も長つづきがしなかったのである。あせればあせるほど、落ち目になっていった。それまで儲《もう》けていた金の大半を、女との遊興に雲散霧消したので、こんな場合に支えるだけの資金がなかった。父は蒼《あお》い顔をして帰るようになった。

それでも無理な金を借りては損をし、またよそから借りては失った。この金も返済する見込みが立たない。夜中に起きあがって二時間でも三時間でも煙草《たばこ》を喫《す》って考えこむようになった。

ほどなく仲買店からも締めだされた。いったいに大きな仲買店は店の信用からもガスをやる連中は足を内に入れさせなかったものだ。父は小さい仲買店にとり入っていたのだが、うまくいけばやがて正規な客になれたであろう。が、金を失ってしまえば、店主は冷酷なものであった。

仲買店に相手にされない連中が取引所の前をうろうろしている。彼らは午前午後の相場の一節一節の出来値の数字を奇偶《ちょうはん》にして賭けるのである。父はその仲間にはいり、哀れな乞食博打《こじきばくち》うちになりさがってしまった。

父が家出をしたのは借金とりの追窮にたまりかねただけではなかった。母が顔を蒼すごませて父を責めるからである。もはや、商売どころでなく、表戸を閉めて毎日が暗い家の中であった。その家も家賃が滞って家主から逐《お》いたてられていた。

父に家出されると母も途方にくれた。が、近所でかねて母と仲のよかった蒲鉾屋《かまぼこや》の女房が、それならしばらく家に来なさいよ、と言ってくれた。

母は私をつれて蒲鉾屋に移った。母はそこで女中がわりに働いていたが、その家の二人の大きな息子の不機嫌は眼に見えていた。彼らは眉《まゆ》の間に皺《しわ》をつくり、決して私にも母にも口をきかなかった。

今まで友だちづきあいのようにしていたこの家の女房はだんだん母に横柄《おうへい》になり、母も卑屈になって機嫌をとるようにしていた。この家は吝嗇《りんしょく》であった。たとえば食事でも、各人がしゃぶった煮魚の骨を集め、それをだしにして野菜などを煮るのである。「汚い、汚い」と母はかげで顔をしかめた。そして、こんな思いをするのも、極道者の親父《おやじ》のおかげだとまた罵《ののし》るのであった。

ある日、私が小学校から帰りかけると、校門のところに父がしょんぼり立って待っていた。私は長い間父の顔を見なかったので、なんとなく父の顔が珍しいし、はずかしかった。父はあまりいい風采《ふうさい》をしていなかった。子供心にも、落ちぶれていると思った。

父は私を手招きすると、

「どうじゃ、お母《か》んは元気か」

ときいた。

それから私を連れて、自分の泊まっている木賃宿に連れていった。きたないが広い座敷で、何人かの相客がごろごろしていた。みんな零落したような人々で、うすよごれた茶碗《ちゃわん》だの土瓶などが赤ちゃけた畳の上にころがっていた。

父は、そこが自分の居場所らしい二畳ばかり空《あ》いている場所にすわって、私に向かってにこにこしながら、

「何か食べるなら買ってやろうか」

と言った。ぶしょう髭《ひげ》が伸び、気の弱そうな笑い顔であった。

私は父の手から五銭玉を貰《もら》うと表へ駆けだした。自分の知らない町で買いものをするのが何か珍しくてうれしかった。果物屋でナツメの実を買って父のもとに戻った。

包みの新聞紙をひろげ、私は父の向かいに腹ばってナツメの実を食べた。ナツメはウズラ豆のような斑《ふ》があった。その模様を眼でたのしみながら、片端からその実を口に入れた。私も、他人の家に厄介になっている圧迫感から久しぶりに解放されて、心が少しはずんでいた。父は何も言わずに、やはり寂しい微笑で私を見ていた。

私は夕方おそくまでそこで遊んで蒲鉾屋に帰った。母は襷《たすき》がけで台所で忙しく働いていたが、私を見ると、どこへ行っとったんなら、と広島訛《なまり》で咎《とが》めた。私は母に近づき、父に会った顚末《てんまつ》を短い言葉で話した。母は眼を光らせたが、心配したようには叱らなかった。私がそれに勢いづいて、また遊びにいってよいかときくと、それには、いいとも悪いとも返事をしないで横を向いていた。

5

父と母とはもとどおり一緒になり九州のY市に渡った。たくさんの借金を残したため、どこに移ったか落ちつき先を秘密にした。

が、そこでもやはり他人の家の居候《いそうろう》であった。以前にS市にいた近所の人がそこにいたので、それを頼ったのである。商売は風呂屋《ふろや》をしていた。亭主というのは気のいい男で、女房の言いなりになっていた。運送会社の配達夫をしている顔色の蒼い息子と三人であった。

たんに近所の知りあいというだけで、赤の他人の家を居候で転々としなければならない不運もだが、少しずうずうしいようである。だから、その運送会社に出ている息子が不機嫌で笑い顔をみせなかったことも無理ではなかった。私は、いつも怒っているような表情をしている息子におびえながら、その家から小学校に通った。

父はそこから金を借り、それを資本にして塩鮭《しおざけ》や鱒《ます》を師走《しわす》の人通りの多い橋の上で売った。破れ着物の裾《すそ》をからげ、わらじをはいて橋の上で寒風にふきさらされて立っている姿は、絹物ずくめでゾロリとした格好で肩で風を切って歩いたころとは別人のような落ちぶれようであった。

父は橋の上の鮭売りで儲けたのか、それともそれ以上居候が辛《つら》くなったのか、三カ月ばかりして別な家に間借りをした。二間しかない貧しい家の一間で、家主は六十をこした老婆《ろうば》であった。九つばかりの孫娘と二人ぐらしで、息子は何かの罪で刑務所にはいっていた。老婆は息子の出所を待ちわびていて、刑期の短くなるのをたのしんでいた。

その家に移ってからの父の商売は、するめ焼きや卵のゆでたのをもって人の出さかった場所や近隣の祭り、高市《たかまち》と称するサーカスなどのかかったところを追って出店を開くのであった。

そんな、しがない物売りでもテキヤの支配があるとみえ、父は私に、ショバワリだとかカスリだとか、ひとかどのテキヤを気どって用語を教えたが、それはかつてムラサキやアリノミの花街語を教えたときと同じ得意さであった。父には、新しい生活にすぐ適応する楽天的な性格があったようである。

母も父について同じような商売をした。巴焼《ともえや》きの饅頭《まんじゆう》を焼いたり、醬油に浸したスルメを火であぶってノバしたり、ミカン水を売ったりした。父は大きな屋台車で、母は小さい手押車でごろごろと引っぱっては人の集まる場所をさがしてまわった。母の口やかましさは変わっていなかったが、もはや、前のような喧嘩《けんか》はなかった。母は母なりに現在の幸福に満足しているようであった。そしてしだいに父の儲けが増したのか、母は休むようになった。

父は商売をすまして帰ると、

「今日はおれが政治の話をしてやったら、みんな感心しよってのう、あんたは根ッからこんな商売をする人じゃあるまい、以前は相当な身分の人じゃろうと言うとった」

と母に自慢そうに話してうれしそうな声をあげて笑うのであった。

母は、そういうことを言う父を格別尊敬してもおらず、腹を立てているときは、

「ふん、また法螺《ほら》をふいている」

と人前でも悪口を言うくらいであった。

貧乏ばかりしているくせに、国家大局を論じている父の根のない頼りなさを、母は母なりに厭悪《えんお》していた。

それに母の弟が広島の鉄道に出ていて乗務のついでには暇をとってときどき来ていたが、母はこの弟をひどく力にしていた。弟は義兄である父が好きでなく、

「あんな法螺ふきは嫌いじゃ」

とよく言っていた。父が女に一生懸命になって家を外に歩きまわっていたころは憤

慨して、

「姉《あね》さん、別れたらいつでもわしのところへ帰ってきんさいや」

と激励していた。この弟だけでなく、母には三人の妹が故郷にあった。

この弟妹があるということがずいぶん母の心の支えとなっていて、父と口喧嘩すると、すぐ、

「あんたはひとり者じゃろうが、わしには弟妹があるけんのう」

と言いかえした。別れても困らないということを言うのである。それで父をやりこめるのであった。

わしには弟妹がある、と母が父と喧嘩のごとに言うのは、味方がそれほど多いとの力みなのだ。母は父をしんから信じてはいなかった。

ひとり者、と言われると父は動揺した。ああ、おれはひとり者じゃ、ひとり者じゃ、と拗《す》ねたように、どなりちらした。内心それが寂しかったのである。

そのころ、弟の西田民治からは年に一回ぐらいしか便りがなかった。それも安否をたずねる程度で、兄弟としておたがいの生活感情に立ち入るという親密さはなかった。

父は弟に愛着をもっていたが、弟のほうは兄からあまり離れたところに生活していた。その冷たさが父の心にはねかえっていた。父はその弟がありながら、実はひとり者と

同じ孤独をもっていた。その遠い弟をもって母に対抗することはできなかった。

　それでも、年に一度ぐらいくる弟のはがきをたいそううれしがり、しばらくは毎日つづけてはがきを取りだして読みかえしていた。弟は東京に住んでいた。それも父の誇りであった。

　しかし、その弟ともっとも頻繁に文通する一時期がきた。

　私が高等小学校二年に進んだころであった。民治から『受験と学生』という雑誌を送ってきた。学校の受験生の学習雑誌である。雑誌の巻頭には「主筆　西田民治」と署名があって、受験生の読者に対する訓戒めいたことが書いてあった。それについて民治の手紙は、今度こういう雑誌を出すことになった。兄上には自分の息子より六つぐらい年上の男の子があるそうだから、来年は中学校だろう、その受験の参考にもと思って、これから毎号お送りすると書いてあった。

　父が感激して返事を出したことは、想像にかたくない。毎月送られてくる雑誌『受験と学生』とともに、父と民治との間は、今までにない手紙の往復が重なった。

　父はうれしくてたまらぬように、

「主筆、西田民治――か」

と反芻《はんすう》するように、何度も口の中で呟《つぶや》いていた。いったいそういう気に入ったことがあると、ひとりで口に出して言ってみなければ気のすまぬ癖があった。

雑誌を送ってくると、父は私にそれを手渡しながら、

「おまえにはこんなええ叔父さんがあるんだぜ」

と誇り顔に、にこにこした。

そして本が来るたびに、

「叔父さんに礼状を出せ」

とやかましく言った。

しかし『受験と学生』を送ってもらったところで私には少しも読書価値はなかった。私は上級学校にいける希望を早くから捨てていた。だから、いたずらに受験の雰囲気ばかり濃いこの雑誌に空《むな》しいはなやかさを感じただけであった。

そのころ、父はテキヤにまじる商売をやめ、練兵場近くの松の木の下で、餅《もち》や駄菓子やラムネなどの屋台店を開いていた。毎日、重い屋台車を挽《ひ》いては出ていき、暮れがたになって帰ってきた。五十近くの齢《とし》になっていた。

それは兵営に面会にくる人たちを目当ての商売で、兵隊にこっそり食べさせたいために面会人は餅などをよく買った。

私は学校の帰りの道順になっているので、必ずその屋台店の前を通らなければなら

なかった。

夏になると父は陽に焼けて真っ黒い顔をし、老いが目立っていた。いったいに父は以前にはよく肥えていて二十貫近くあり、出っぱった腹が絹物の着物を恰幅《かっぷく》のよい着つけにしていたものだが、今はそれも痩《や》せて、さすがに、つづく辛酸の結果が外貌《がいぼう》に出ていた。

父は私が友だちと四五人で通るのを見ると、

「おいおい」

と皆を呼びとめ、

「どうじゃ、おまえたちは学校でどんなことを教えてもらったかしらんが、政治の話をおれが少し教えてやろう」

などと得意気によく言った。

餅の立ち売りをしている父は、今では小学校の子供を相手に自分の政治知識を聞かせたいのであった。そういう時の父は苦労のない人間であり、人のよさがまるだしであった。

だから、わが子を上の学校に受験させることができないのに、弟が編集しているというだけの理由で、この受験雑誌を私に読め読めという矛盾を父の善良さは感じないのであった。

6

私は西田民治にあてて、東京に出て勉強したいから面倒をみてもらえないだろうか、という手紙を出したことがある。上の学校に進むことができず、会社の給仕か商店の小僧にいく運命が眼の前にきているころであった。

民治から返事があって、はっきりと断わってきた。東京でなくとも、勉強はどこにいてもできる、という意味が訓戒めいて書いてあった。それは、こちらの頼みとは見当違いの返事であったが、私はそれ以上押して頼む気は起こらなかった。このまだ見たことのない叔父に遠さを感じたからである。

母の弟は、しっかり者で親類に聞こえていた。彼が父を厭《いと》っていたことは前に書いたが、母の前でしきりと父の悪口を言った。その悪口を母は母で、実弟が自分の味方をしてくれるのだとたのもしがって眼を細めて聞いていた。

叔父はよく私の指を見て、

「おまえの指の格好は親父《おやじ》そっくりじゃ、親子とはいいながら、よく似たもんじゃ」

と笑った。その笑いには嘲《あざけ》りがあるように思われた。私の指は伸ばすと反るくらいに長かった。それは父の指にそっくりで、よく似ていると他の人から二三度言われたこともある。しかしこの叔父からそう言われるくらい、胸に毒がまわる思いがしたことはなかった。おまえも親父に似てつまらん男になるぞ、という同じ意味が叔父の嘲《ちょう》笑《しょう》にある気がした。父のつまらないことはよくわかっているだけに、私は叔父に卑屈になり、反発をもっていた。この母方の叔父を憎悪《ぞうお》しないまでも嫌悪《けんお》している感情が、にべもない返事をうけとった瞬間から、〝東京の叔父〟にも覚えたのであった。

私が高等小学校をおえて、ある小さな電気工事請負会社の小僧となったころから、西田民治との文通は絶えた。父から手紙を出さなくなったのか、叔父から出さなくなったのかわからない。もはや、『受験と学生』も送ってこなくなった。父が、弟のことを他人に自慢する言葉はときどきその後も聞いたけれど、年賀状が一二年つづいてきたきりで、消息は全くなくなった。

ある時、例の母の弟が勤め先の用事で東京に出張すると言って立ちよった。父はよろこんで、

「そんならわしの弟の家に寄ってみておくれんか。よろしゅう言うてな、向こうの様子を見てきてほしい」

と頼み、住所を教えた。世田谷区世田谷町一丁目何番地と暗記のままを紙に書いて渡した。

二週間ばかりたって、叔父は東京から帰ってきた。

「大きな構えの邸《やしき》にびっくりした。たいそう金持らしいよ。本人は留守で奥さんが出てきて、遠いところをありがとうございました。帰ったら申し伝えます、と言いなさった」

と報告した。大きな邸にいることは父をうれしがらせたが、せっかく期待した訪問の顚末《てんまつ》があっけないので、

「ただそれだけかな？　ほかに何も言わなんだかな？」

ときいた。叔父は少し面倒臭そうな顔をして、

「本人がおらんから話があるはずがないがな、家内じゃわからんことじゃけな」

と答えた。父は、その理屈に、気弱く、

「それもそうじゃな」

と言ったが、あきらかに物足りぬ顔であった。叔父はそのあと、かげで母に、

「兄《あに》さんもよくよく貧乏性に生まれたもんじゃのう。弟のほうがあがいに出世して」

と、いくぶん小馬鹿《こばか》にした同情を顔に出して言った。

父はさっそく、民治から何か言ってこないかと待っていたが何も来ないので、先般は小生義弟が上京の節貴宅を訪問いたし候《そうら》えども、貴殿あいにく不在にて、と手紙を書いて出した。しかしそれにも結局なんの返事もかえってこなかった。

私は、そのことがずいぶん父を寂しがらせたであろうと想像した。要するに民治には兄弟の愛情が無いのか薄いのかに違いない。幼時から一緒におらず、大きくなってからもたった一度会っただけでは、他人と同じ感情になるものかと思った。そうすると、民治が山口高等師範学校に行く途中、広島に父を訪ねてきた時が、兄弟流離の二つの線がはからずも途中で交差した一点ということになるのであろうか。

それでも母は時には父に、

「あんたは兄弟縁のうすい人じゃなあ」

と慰めるように言う時もある。その時は父は視線をはずして黙ってうすく笑う。

だが、私はもっと残酷な考えを父にもっていた。父のもちまえの人のよさとだらしなさが母の弟妹たちからばかにされたように、たとえ民治との交際がつづいていても、結局、弟から軽蔑《けいべつ》され、見捨てられるのではなかろうかという想像である。母の弟からの連想もあったが、東京の叔父はそのような人であるという漠然とした概念であった。父はやはり独りのほうが父らしい気がした。

私は、電工の見習いのようなことをしながら、『早稲田大学中学講義録』なるものをとって読んだ。父はそのころはまたひどい不景気で、家賃を何カ月も溜《た》めていた。息子に講義録をとってやって、それで中学教育をさせているような顔をした。そういう考え方の幼稚さがいつも父のどこかにつきまとっていた。講義録は、校外生証書だの、記章だの、修業証書だの、さまざまな付録があって、私の向学心の虚栄を満足させたが、まもなく購読をやめてしまった。一つは昼間の激しい労働で夜は疲労して、どう辛抱しても眠ってしまうのと、その講義録の代金さえ送れなくなったからである。私のわずかな給料など待ちかねたように父の手で右から左だった。

7

それから二十年の歳月がたった。

私は九州のある商事会社の社員になっていた。身分は高くなかったが、私がそれまで電工の見習い、活版所の小僧、植字工、店員、外交員、保険勧誘員などさまざまな仕事を経てきた末、やっとかちえた職だった。かなりの会社だけに、下に三人か四人ぐらいしかいない、主任という役職も、私のそれまでの苦労からみれば、自らかちえたといえば言えた。

平凡な結婚をし、子供も二人もった。母は死んだが、父は七十をこして生きていた。しょぼしょぼした眼の隅に眼脂《めやに》をため、二人の孫が嫌うほど飯を食べた。飯を食べるときには、洟《はな》を出した。皺《しわ》が深くなり、歯のないため、厚い下唇が前に出てだらりと垂れさがった。歩いても足もとがもつれた。が、耳は確かだし、新聞が何より好きなのは昔のままだった。

終戦の年から三四年たった年の暮のことであった。

私は大阪に出張した。その用事が片づかず、三十日の晩になってやっとすんだ。あくる日、汽車に乗って広島近くきたころ、ふと、私はこのまま社に帰っても元日になるし、四日の初出勤までは用をなさないことに気づいた。車内には正月をスキー場で送る青年たちの身支度の姿も見えた。彼らは広島で乗りかえて芸備線で奥地に向かうらしかった。

私は父の故郷の伯耆の矢戸が、この芸備線からも行けることを思いだした。明日から三ガ日は正月休みだし、自費で九州からわざわざ思いたって他日行けるとは思えなかったので、この機会にその矢戸に行ってみようという気になった。それはとっさの思いつきだが、いつもの私に似ずすぐ実行にうつして広島駅に下車すると、家にあてて電報を打った。

午後二時ごろ出た汽車は備後《びんご》十日市あたりで暗くなった。雨が降っていて遠い所に三次《みよし》の町の灯《ひ》が光っていた。汽車を降りた人たちがその灯の方へ肩をすぼめた黒い影で歩いていた。それから名も知らぬ駅が真っ暗い窓をいくつも過ぎた。顔を窓硝子《ガラス》によせると闇《やみ》をすかして山奥らしく谷が迫っていて雪が深そうだった。車内は客がほとんど降りてしまって寒々となった。終点の備後落合という駅についたときは十一時ごろだった。

駅前の小さな宿の二階に寝ながら私は、これから訪ねていく父の故郷のことをいろいろ想像した。

「今にの、金を儲《もう》けたら矢戸に連れてってやるぜ」

と幼い私に言いきかせてたのしんでいた父も、ついに一度も帰れなかった故郷である。私は父を連れてこずに、自分ひとりだけ来たことにうしろめたさを感じないではなかった。しかしいわゆる錦《にしき》をかざって帰るつもりだった父の、あの老残の見すぼらしい姿を故郷の土地に見せたくない気持も強かった。

隣りの部屋からは中年の夫婦者らしい話し声が高くいつまでも聞こえていた。このあたりは東北弁のよいった面白くない話題とみえ乾いた声だった。この奥の出雲《いずも》の者らしく、東北弁のような訛《なまり》である。こんな宿で、人生に疲れたような夫婦の苦労ありげな話し声を聞いていると、私は自然と自分の父と母のことを連想せずにはいられなかった。

翌朝、一番の汽車で発《た》った。備中神代《びっちゅうこうじろ》の伯備線に乗りかえて北に向かった。汽車は雪でおおわれた中国山脈をのろのろと越えた。

それがトンネルを越して、下りの傾斜に速度が増すと伯耆の国、鳥取県西伯《さいはく》郡にはいったのであった。すぐに生山《しょうやま》という駅についた。矢戸はこの駅から三里の奥にあった。

私は駅前の小店にはいって、矢戸に西田という家があるかときいた。

「西田善吉さん、西田小太郎さん、西田与市さんという家があります」

と店のおやじは私をじろじろ見て言った。

「西田民治さんの親戚《しんせき》の人ですか」

「みんな民治さんの親戚ですがな。善吉さんが西田の本家ということです。――あんたはどこからみえましたか」

「いや、ちょっと民治さんを知っている者です」

「民治さんは東京で、えらい成功なさいましたな。矢戸も寄付をだいぶん貰《もら》いましたよ」

バスは駅前から雪の坂道を難儀しながら一時間走った。乗っている人は近在の農夫ばかりで、女は着物の上から毛布を巻いていた。

矢戸は三十戸ばかりの低い屋根の家があつまっている、ちょっとこの辺の中心といった部落であった。村役場も郵便局もあった。

雪は一尺ぐらい積んでいた。一面の白い中を、一本の筋になって川が流れていた。川幅はせまく、水は冬のつめたさを滲ませたように澄んでいた。これが父のよく言う日野川であろうと、私は佇《たたず》んでしばらく見ていた。誰も通る者はなかった。

見たところ、高い山はなく、そのかわり壁のように丘陵がこの村をとりまいていた。幼い時に父からよく聞いた、大きな栂《つが》の木のある船通山がどこに見えるのか、大倉山がどれなのかわからなかった。しかし私が今見ているこの風景は、間違いなく、「今にのう、金を儲けたら矢戸に連れてってやるぜ。矢戸に行こうぜ」と父が執念のように言っていたその矢戸なのであった。

私はポケットから手帳を出し、鉛筆でその付近の見取図をかいた。帰って父に見せるためだったが、こうして書いていると頭の中に印象がさらにはっきりとなった。

私は西田善吉に会ったものかどうかと迷った。しかし、せっかくここまで来て、景色を見ただけで帰るのも物足りなかった。他人ながら、父の縁者という人もちょっと見ておきたかった。

　西田善吉の家は、土蔵と白い塀をめぐらせた田舎によくある大きな構えで、当主は医者であった。

　玄関に出てきたのはその家内で、都会的な感じのする中年の女だった。意外なことに関西弁であった。

　私が、西田民治の兄の子だと言うと、眼をまるくしておどろいた。それから愛想よく座敷に請《しょう》じて置こたつのある客間に通した。

「あいにく主人が往診に出ておりまして。まもなく帰りますので、ごゆっくりしていただきます。――へえ、東京の民治さんのお兄さんがいてはることは聞いてましたが、あなたさんがそのお子さんでっか。それは、それは」

　と彼女は、しげしげと私を見た。

8

　医者はなかなか帰ってこなかった。往診を頼まれれば二里でも三里でも馬に乗っていくのだと善吉の妻女は言った。

それから西田家の縁故のいろいろな名前が出たが私にわかるはずがなかった。ただこの本家というのが、父の親父《おやじ》の兄に当たる筋らしかった。この部屋の構造も調度も旧家らしく立派だった。

家内は退屈であろうからと、アルバムを持ってきてみせた。めくってみると、婚礼写真があった。新郎新婦を中心に近親者が集まっている写真で、男たちはモーニング、女たちは裾《すそ》模様の紋付で、会場のはなやかさは背景の一部でわかった。

「これは民治さんの次女の結婚式です。津田を出た娘さんです」

と善吉の家内は教えてくれた。

私はウェディング・ドレスをきた従妹《いとこ》を写真ではじめて見た。兄弟もなく、離れた土地に散在している母方の従兄弟《いとこ》しか知らない私は、はじめて父方の従妹の顔を知った。その顔は白く写っているだけで特徴はわからなかった。

「これが民治さんです。ほら、あんさんの叔父さんだす」

西田民治はモーニングをきて横に立っていた。黒い口髭《くちひげ》を左右にはねて恰幅《かっぷく》がよかった。体格のよいことは父と同じだが、顔つきは違っていた。ただ、禿《は》げかかった頭の格好は父によく似ていた。

しかし似たところは一部分のそこだけで、顔全体の印象はおよそ似つかぬものだった。その顔から、父の人のよさや気の弱さやだらしなさをうかがうことはできなかった。抜け目のない、堅実な、そして温厚な余裕をのこした実業家の顔であった。かつてこの人から雑誌を送ってもらったり、手紙をもらったという記憶が、私によみがえった。

「お式のご披露は東京会館でした」

と家内は説明した、道理で写真の背景がはなやかなはずだった。

「これ、長男の時のだす」

「これ、長女と、三女の時のだす」

いずれも次々と立派すぎる婚礼写真が出てきた。中には嫁入道具をトラックに積み、それに定紋を染めだした幕をおおったのがあった。式の披露会場は、学士会館だったり、帝国ホテルだったり、雅叙園《がじょえん》だったりした。そのつど、新しい従弟妹《いとこ》の顔があり、そのどれにも、このようにわが子たちに豪奢《ごうしゃ》な結婚式をさせるだけの甲斐性《かいしょう》をもつ西田民治の立派な口髭の顔が写っていた。

私は自分の結婚のことを考えずにはいられなかった。これらの写真とは比較にならぬ見すぼらしい結婚であった。狭い、暗い家に花嫁が車にも乗らず歩いてきた。粗末な式には、モーニングはおろか、紋付と袴《はかま》を揃《そろ》えて支度した者もなかった。母親は、こんな角かくし姿の花嫁がわが子に来てくれるとは思わなんだ、と言って、その場で歔《な》いたくらいだ。それほど貧乏な生活であった。

私は、そのアルバムを見ているのが辛抱できなくなった。他人だったらもっと素直になれた。その人々が血がつづいているだけに、愉快でない気持は抑えきれなかった。

この家の主人である医者は容易に帰ってこなかった。それをいいことに私は暇《いとま》を告げた。

西田善吉の妻女は門の外まで見送ってくれた。主人が帰るまでいてくれとしきりに引きとめたが、無理に断わった。橋をわたり、しばらく歩いてきたころ、振りかえってみると、彼女はまだ門前に雪の降る中を立ってこちらを見ていた。善良な、困らぬ生活におかれた上品さのある婦人であった。

私は汽車でふたたび中国山脈を南に越えた。見ていると単調な窓外の風景がまるで色彩がなかった。白い雪が黝《くろず》んで感じられる。私の心は泥をなめたように、味気なかった。考えまいとしても後悔が胸をふさいだ。

家に帰ると、父は私を待っていた。広島から打った電報で、私が矢戸に行ったことを知っていたのだ。父が話を聞こうと待っていることがわかっているだけに、やりきれなかった。

「矢戸に行ったそうなが、どうじゃったの?」

と父はいちばんにきいた。皺《しわ》に囲まれた濁った眼が、勢いこんで光っていた。

私はそれに調子を合わすことができなかった。かえって、一生貧乏から抜けきれなかった気のいい父に反感がわいた。

「行ったけど、つまらん所やった」

と残酷に答えた。

父は、はっきりと失望を顔にあらわした。それから私の不機嫌そうな顔色を見て、

「それはそうや、山の中の田舎じゃけんのう」

と気弱く言った。

私はそういう父が少しかわいそうになった。なんとか慰めてやらねばと思った。しかし慰めてもらいたいのは今は自分のほうだった。心は滓《おり》が溜《た》まったように、ざらざらと荒れていた。

「誰かに会ったか」

と父はたずねた。

「西田善吉という人を訪ねたが留守やった」

その名前を父は知らなかった。西田の本家じゃそうな、と言うと父はうなずいた。

「大倉山や船通山を見たか？」

と父はまたきいた。父には、なんの馴染《なじ》みのない人の名よりも、私の幼いころにお伽噺《とぎばなし》のように何度も何度も話してやった山のほうがまだ気にかかった。私はそれにも首を振った。

すると父は、いかにも残念そうに、

「おれがのう、ついていったらの、おまえに教えてやるのじゃが」

と言った。

私はその言葉が胸にこたえた。なぜおれを連れていかなかったか、と責められたような気がした。そして、今にのう、金を儲けたら連れてってやるぜ、と言ってそれが夢でもあった父の空虚な寂しさが心に伝わった。

「あのな、今度、時候のええ時に一緒に行こうな」

と私は言わずにはいられなかった。

「それがええ。春ごろの矢戸はええけんのう。大倉山の若葉は見事なもんじゃ」

と父はたちまちはれやかな顔になって饒舌《じょうぜつ》になった。

私は西田善吉に対して簡単な礼状を出した。それには矢戸は父が一度は見たい故郷で昔からの夢であったとつけくわえておいた。半月ばかりして、先方から返事があった。

「過日は遠路わざわざご光来くださいましたところ、折りあしく不在でお目にかかれずまことに残念でした。なぜご一泊を請《こ》わざりしかと愚妻を叱《しか》りましたがご都合悪《あ》しき由《よし》にてまことに残念に思います。ご書面によりご尊父様のご心中お察し申して、思わず涙を禁じえざるものがありました。ご尊父様の生家は小生宅より一町はなれた所にありますが今は売却されております。これも小生在宅ならばお目にかけるところでした。ご尊父様のご舎弟民治氏は東京において成功され、株式会社隆文館の取締役社長として戦前敏腕をふるわれ、住居は、東京都大田区田園調布にてここに豪壮なる邸宅を建てられ幸いに戦災にもあわず、お暮らしになっておられます。他の親族もまずまずかなりの生活を営みおり、一族結束相互扶助にてつつがなくやっております。その名前をご尊父様のご記憶を呼びおこすべく左のごとく書きつらねました」

その別記とは系図式に名が書かれ、現存の名前の下にはいちいち、中流以上、とか、当地方にては上流のほう、とか生活状態の注がしてあった。

里子に出された父に、系図のように書かれた名前のほとんどが記憶にあるはずがなかった。注の上流とか中流とかの文字を見て、

「みんな、ええ暮らしをしとるんじゃのう」

と眼をしょぼしょぼさせて呟《つぶや》いた。手紙にある〝一族結束相互扶助〟にはずれた孤独の寂しさがやはり老いの横顔に流れていた。

父は、

「へえ、民治は世田谷におったが、田園調布に移ったのか。豪壮な邸宅をたてて、社長になっておったのか」

と、何度も、そのくだりを読みかえした。

それからすぐ民治にあてて手紙を書いた。どういう内容を書いたのか、私にはわからなかったが、何枚も何枚も便箋《びんせん》をつぶし、老眼鏡をかけて一心に書いていた。

「これを書留で出す」

と父が言うから、私が、そんなことをせんでも届く、と言っても、

「いいや、大けな邸《やしき》におるんじゃけ、まぎれて本人の手に渡らんかもしれん」

とまじめな顔で言っていた。

しかし、書留で出したその手紙に、西田民治からの返事は、ついに来なかった。

9

それから二年ばかりたった。

私は会社から東京へ出張することになった。東京は初めてである。父は喜んだ。

「東京に行ったらの、叔父さんのところへ寄ってみんか」

と言った。

「時間があったら寄ってもええ。都合でどうなるかわからん」

と私は気乗りのしないような返事をしておいた。膝《ひざ》をのりださんばかりにしてすぐ期待をかけてこられては困ると思ったからだ。

「まあ、都合がついたら寄ってみるがええ。せっかく、東京に行くんじゃから」

と父は逆らわずに主張した。

私は、実際には西田民治を訪ねていく気持にかなり動かされていた。しかし、その時に味わう失望に用意する心はもっていた。長い間の音信不通と、おたがいの生活の相違は他人の感情をつくりあげているに違いなかった。父の出した書留の手紙になんの返事もなかったことがそれを認めていた。私はいつでも西田家の玄関からさよならと引きかえすつもりで訪ねようと思った。いや、場合によっては、声もかけないで、その家を見届けるだけで帰る覚悟でもあった。

ちょうど、晩秋だった。東京の社用は二日ですんだ。あくる日を、東京見物に予定してくれていた先方の好意を断わって、朝から宿を出た。宿は三田《みた》の方だった。渋谷《しぶや》まで国電で行って東横《とうよこ》線に乗りかえた。渋谷駅では東横線の乗り場がなかなかわからないでうろうろした。

中目《なかめ》黒《ぐろ》、祐天寺《ゆうてんじ》を過ぎたころの沿線は、いかにも東京の中流住宅地らしい風景であった。低いなだらかな丘陵には、赤、青の屋根や白い壁がならび、秋の陽を吸っていた。それはやはり九州にはない都会的な雰囲気だった。私は、これから訪ねていく西田民治の家を想像して怯《ひる》みを覚えた。

田園調布の駅前の交番で番地を言って道順を教えてもらった。白い、きれいな道路がいくつも交差していた。杉垣や白い塀の内側は植込みが深く、ヒマラヤ杉が直線に秋空にのびていたり、黄ばんだ銀杏《いちょう》の葉が散り敷いていたりした。瀟洒《しょうしゃ》な和洋建てのどの家も奥まっており、ピアノの音が聞こえていた。私は教えられたとおりに道をいくつも曲がったが容易にわからなかった。人通りもなく高級な住宅街はひっそりとしていた。

たずねあてた家は、なるほど広壮な構えで、付近のどこよりも広い地域をしめていた。外塀もしゃれたのが長くつづき、大きな門があった。手入れのゆきとどいた植込みの茂みの遠い奥に、屋根の瓦《かわら》が秋陽をてり返していた。

ここまで来て、さすがに黙って帰るのも不本意な気がした。黙って帰れば帰ったで、それなりの印象は残るに違いなかった。が、それにも徹しきれない心が私を迷わせた。結局、しかし、私はその家の脇門《わきもん》をくぐった。

玄関まで玉砂利が敷いてあり、前栽《せんざい》をめぐっていた。玄関は破風《はふ》の屋根があり、広い式台が磨きあげられて光線を映していた。圧倒された。が、ここまで来てはどうにもならず、傍《そば》の内玄関の呼鈴を押した。

女中が出てきた。

私は自分の姓名を言って、

「ご主人の民治さんにお目にかかりたいのですが」

と言うと、女中は一瞬に私の顔を見て何か言いたそうにしていたが、しばらくお待ちください、と言って奥に引っこんだ。

まもなく三十五六の身ぎれいにした女が出て、落ちついた様子で両手をついた。その身なりや態度から、この家の主婦らしかった。

「いらっしゃいませ。失礼ですが民治とはどういうご関係の方でいらっしゃいましょうか？」

へんなことをきくと思ったが、ああ、これは民治がすでに死んでいるのだと直感した。

「民治さんには兄さんがありますが、私はその息子です」

私は少しどもって言った。

女の人は顔をさらに上げて、私を大きい瞳《ひとみ》で凝視した。身内でなければこのようにおどろくはずはなかった。私は、この女は自分の従妹《いとこ》に当たる人ではないかと思った。

「どうぞ、おあがりあそばして」

と彼女は言った。

洋間の応接室に通された。ここまで案内して、

「ただいま、母が参りますので、しばらくお待ちください」

と静かに扉《ドア》をしめて出ていった。

窓から庭の植木がうつくしく見えた。芝生にやわらかい陽が当たっている。綿を置いたようにワイヤテリアがねそべっていた。

陽の加減で飾暖炉の上の印象派風の古い色彩の絵が翳《かげ》って暗かった。ピアノの黒い

台の上には楽譜が二三冊きちんと揃《そろ》えて置いてある。隅にサイドテーブルがあり、読みさしらしい薄い洋書が一冊無造作にのっていた。

軽い叩音《ノック》がきこえ、扉があいた。背のひくい六十七八の老婦人がはいってきた。

「はじめまして。西田民治の家内でございます」

と丁寧なお辞儀をした。

「遠いところをよくいらっしゃいました。どうぞ、おかけください」

とすすめて、自分もソファの上に身体《からだ》の位置を落ちつかせると、私の顔に静かな微笑を向けた。

「主人は一年ほど前に亡《な》くなりました」

10

さきほどの女中が紅茶を運んできたが、それも冷めた。

「主人にお兄さまがあるのは存じておりました。忘れていたと申せば申しわけございませんが、ずいぶん長らくご無沙汰《ぶさた》していました。三十年近くもお便りしなかったのではないでしょうか。実は、わたくしどもには五人の子供がおりまして、さきほど出ましたのが、長男の嫁でございます。あなたさまのことを初めて知りまして、びっくりしておりますようなわけで、子供たちはお父さまにそのようなお兄さまがあり、自分たちの伯父さまがあるのを知らないのでございます。主人は何も子供たちに申しておりませんでした」

老婦人は低い声で静かに言いつづけた。

「矢戸にも主人と一緒にときどき帰りましたが、お兄さまのお話はあまり伺ったこともありませんので、わたくしまで申しわけなくお兄さまのことがいつのまにか記憶からはなれてしまいました。それに、主人は極端に人づきあいが嫌いで、人さまに対して好き嫌いが強く、亡くなったときも、ほんとに少数の方たちにご通知申しあげただけでございます。それで、亡くなりましてから、机の引出しなど整理しました時、お兄さまのお手紙が出てまいりましたが、わたくしもそれをはじめて拝見したようなしだいでございます」

私は聞いているうちに、父が孤独の穴の中にいよいよ沈んでいくのを覚えた。しかしそれが何か当然のような感じかたであった。――この叔父の未亡人の話に、どこか漠然とした抵抗をもっていながら、心はうなずいていた。

仏間に案内された。

仏壇の上に民治の写真が掲げてあった。私はそれを見た瞬間、おどろいたが気づかぬふうにすわって香を焚《た》いた。

それから改めて写真を見上げた。晩年にうつしたものらしかった。父の顔にそのまだった。さっきちらと見たときおどろいたのは、あまりにもよく似ていたからである。

この写真の顔には口髭《くちひげ》がなかった。頭もすっかり禿《は》げてしまって皺《しわ》も多くなっていた。いつか矢戸で見た婚礼写真の中にいる、ずっと若い時の民治とはまるで顔が変わっていた。禿げた頭のかたちも、眼もとも、口も、父にそのままであった。

しかし私は、この写真の主が、実の兄の父とは全く性格が異っていると思うと、ある抵抗なしには見られなかった。少しの手落ちもなく世をわたり、計算どおりに成功し、財をなし、家を建て、子供たちを教育させ、故郷に寄付し、適当に性格に圭角《けいかく》が出て、誰かれとなく他人を近づけず、肉親にも狷介《けんかい》であったこの叔父に、私は反抗以上に何か歯の立たぬ強さを感じた。それは人がよくて、いつも他人から甘くみられながら貧乏で一生を通してきた父と全く似た顔だけに——同じ血の反発といった病理的な強ささえ感じた。徹頭徹尾、父を突き放した叔父に、私は反感よりも一種の同感を覚えた。父の敗北的な性格を、この実質的な叔父が、相手にするわけはなかった、という残酷な同感であった。そして、それは私に父の性格が流れているという自覚からであった。

応接室に戻ってすぐ、自動車のクラクションが表に聞こえた。玉砂利を踏む靴音が聞こえた。

私より五六歳下かと思われる齢《とし》ごろの、小太りの中年の紳士が部屋にはいってきた。

「早うございましたね」

と叔父の未亡人は彼に言った。声の調子では、急いで電話をかけて、外出先から呼んだらしかった。それから私のほうを向いて、

「長男でございます」

と言い、息子のほうには、

「この方、お父さまのお兄さまのご子息、あなたのお従兄《いとこ》にあたる方ですよ」

と微笑して言った。

やあ、と従弟《いとこ》はこだわりのない笑をみせて節度のある態度で挨拶《あいさつ》した。ものなれた、深みのある態度でもあった。

私は、そっとこの男の顔を眼でまさぐった。母親似らしく、眼が細く切長で、鼻翼が小さく、唇が薄かった。どこにも彼の父と相似する顔の特徴はなかった。気が休ま

った。

「親父《おやじ》が変人でしてね、何も知らせてくれなかったのですよ。親父、タイラントでしたから、おふくろも、われわれ子供もぴりぴりしていました。仰《おお》せ以外には、なんにもきけなかったんです。おふくろ、苦労しました」

明かるい声と笑いが上手に一種の雰囲気をつくっていた。上品な社交に慣れた人であった。

食堂に誘った。家族が揃った。

「親父の時にできなかった親戚《しんせき》同士のおつきあいを、われわれの代で復活したいものです。ねえお母さま」

と従弟は白いナプキンの端を胸にはさみながら言った。叔母は嫁と女中の運んでくる皿を気をつかって見ていたが、私のほうを向いて、

「ほんとうにそうでございますよ。お願いいたしますよ」

と言った。

食事がはじまった。

「これは大学を出ましてね、父の会社のあとをやっております。長女は麴町《こうじまち》の方に嫁に行っております。次女は鎌倉に嫁《かた》づいております。三女は外交官の嫁になっており

ましてスウェーデンに行っております。いちばん下は津田を出ましてね、わたくしども制《と》めたのでございますが、アメリカに留学にまいっております」

スウェーデンだのアメリカだの遠い話であった。その従妹たちにも私はなまな感情は湧《わ》かず、実感のせまらない、遠い距離感しかなかった。

私は味のわからない食事をおわった。

果物の皿がきた。

「矢戸に親父の分骨を埋めようと思いましてね」

とリンゴの皮を器用にむきながら長男の従弟が話した。

「親父の墓は多磨《たま》墓地に建てたんですが、生まれた土地にも先祖と一緒にならべて建てようと思うんです。お宅も将来お父さまが万一の時そうなすってはいかがです？」

私は、ナイフを当てながら、くりくりとリンゴをまわしている従弟の指に、ふと眼を止めた。

それは長い指だった。私の指にそっくり似た指だった。おまえの指は、親父によう似たもんじゃと、母方の叔父が言い言いした、その指だった。

その瞬間、この従弟に肉親を感じた。外国兵が日本の女に生ませたわが子を識別するのに、自分の爪《つめ》のかたちと子のそれとを比較するという話を私は思いだした。従弟の指が、血のつづきを私に知らせた。

それまで保っていた平静は動揺した。肉親の血のいやらしさだけが私の胸を衝《つ》きあげてきた。父の性格の劣性をうけついでいると、自覚している私の、父系の指への厭《えん》悪《お》と憎悪《ぞうお》の感情であった。それは父と叔父との間のように、同じ血への反発であり、相手に対する劣敗感であった。

私は、九州に帰ったら、この親切な叔父の遺族に、はがき一枚出すことはないだろうと思い、矢戸に父の墓を彼らとならんで誰がたててやるものかと思った。

流れの中に

　笠間宗平は五十二歳になった。つとめている会社は、三十年勤続すると半月の慰労休暇をくれる規定になっている。宗平もその資格に到達した。会社は休暇に添えて五万円をくれるのだ。

　たいていの社員は家族を伴《つ》れてどこかに遊びにゆくが、宗平はひとりで旅するつもりだった。妻は何年かぶりに温泉地にゆきたがっていたが、宗平はそれを断わった。彼もあと三年経《た》つと定年になる。実は、この旅の計画はずっと以前から考えていて、定年後に行うつもりだったが、それではあまりに侘《わび》しくなる。あと僅《わず》か三年でも、やはり働いているうちにその旅をしたかった。

それは、宗平が小さいときに送った土地を訪れてみることだった。といって、このような土地には宗平に暗い思い出こそあれ、懐《なつか》しさは一つもない。三十数年も自分の心から遮蔽《しやへい》していた土地をいまさら懐しむつもりはない。亡父への記憶をその土地へ行って手探りたかっただけである。宗平もほぼ亡父の晩年の年齢になっていた。そのことからこんな思い立ちになったのかもしれない。

妻には実際の理由を云《い》わなかった。云っても本当の気持は分ってくれそうもなかったし、自分も胸に持っているものを妻との安易な会話で吐き出したくはなかった。休暇の最初の夜、宗平は西のほうへ向う汽車に乗った。妻には、関西方面を三、四日がかりで歩いてくると云い残しておいた。どうせ、三年後の定年に妻を好きなところへ伴れてゆくつもりだった。そのことで、今度の宗平だけの旅も妻は不服を唱えなかった。

宗平は汽車の中で朝を迎え、それからも五、六時間ぐらい乗りつづけた。

最初に降りたのが、瀬戸内海に面したSという町である。

駅前に立ったが、まるで見ず知らずの光景だった。ずいぶん開けたものだと考えたが、べつにそれは彼に以前の経験があるわけではなかった。いわば、その町は、幼いころ父母の断片的な話で積み上げた想像でできていた。いま駅前の賑《にぎ》やかな景色を見て、ずいぶん開けたものだと思ったのは、ただ、その記憶とはよべないような頭の中の幻像との比較であった。

宗平は、実はこの土地に三歳のころまでいたのである。しかし、いたという事実を自分で確認したわけではない。死んだ父と母から、そう聞かされていただけだった。この町は、半分は附近の物産の集散地であり、半分は漁港であった。今ではそれが一変して、海を埋立て、大きな工場都市になっている。駅に降りてまるきり縁もゆかりもない土地だと感じたのは、やはり聞いた話との変り方からきていた。

この町で父と母とがどのような暮しをしていたかは、いっさい分らない。宗平は父の三十四歳のときの子であるから、父がこの土地にいたころは三十六歳だったはずである。父は神戸の街にいたころ母と一しょになったというが、もちろん、二人とも生国は全く離れた遠い地方であった。

宗平自身は、その神戸で生れたことになっている。地名も聞かされているが、果してそこが実際の場所かどうか、自分でも疑わしいのだ。戸籍面では一応、このSの町になっている。

宗平は戸籍面に出ているその町を歩いている。これは前にほかの人からも聞いたが、その町は今では駅前の倉庫街みたいになっていて、五十年前の面影は全くないということだった。宗平は、いま、足を入れてみたが、なるほど話の通り、そこは運送屋や倉庫などが広い道路の両方に並んでいるだけで、乾き切った景色だった。しかし、自分の出生場所が信用出来ないのだから、戸籍面に載っているこの通りを見ても何の感興も起らなかった。

それよりも、一つの橋の名前が宗平の記憶に残っている。鍛冶橋《かじばし》というのである。宗平はかなり大きくなるまで、これを火事の橋とばかり憶《おぼ》えていた。この橋の名前が特に彼の記憶に残っているというのは、亡父が母の妹のことをよく口に出すからである。

なんでも、その妹、つまり宗平にとっては叔母なのだが、そのころは十五、六歳くらいだったらしい。おきくという名前だが、

「おきくが鍛冶橋でお前を捨てて遁《に》げてのう」

よく宗平に云ったものだ。

「おきくがお前を負うて、鍛冶橋まで行ってくるけんちゅうて行きよったが、なんぼ待っても帰らんけん、様子を見に行ったら、ちゃんと近所のおばさんにお前を渡して、それきりひとりでどこかに行ってしもうちょった」

このおきくという叔母は、宗平が二十五、六歳のころに初めて消息が知れたが、こ

のときはすでに北海道の漁夫の女房になっていた。なんでも、酌婦としてほうぼうを売られて回り、遂《つい》に釧路《くしろ》に生きていることが分ったのである。

その当座は、向うからも五、六回下手な文字の消息があったが、母もあまり懐しくはないとみえて、返事もろくに出さないでいるうちに、いつの間にかまた消息が絶えてしまった。

いま、鍛冶橋の上に立ってみると、元はむろん木の橋だっただろうが、鉄筋の立派なものである。川幅は十メートルぐらいで、下を流れている水は黒く濁り、工場の油らしいものが秋の陽にぎらぎら浮いて流れていた。

宗平は、この叔母が奇妙に懐しい。十五、六のころに自分を背負ってこの橋の上を往《ゆ》き来したと思うと、もう、疾《と》うに死んでしまったに違いないが、一度は彼女に会ってみたかった。多分、叔母が母の許《もと》を出奔したのは、あまりの貧乏にやりきれなくて遁げ出したのだと思っている。この叔母については、父と母よりも、この土地では宗平の心に一番残っている。酌婦に売られて北海道まで流れて行ったというのだから仕合せな叔母ではない。宗平は、自分を背負ってこの橋の上をさまよっている十五歳の少女と、身体《からだ》をすり減らしながらの放浪の果に、暗い漁師小屋にうずくまっている蒼《あお》い顔の女とを同時に脳裡《のうり》に持っている。

ところで、宗平の父は、このS町の弁護士の家で雑役夫のような仕事をしていたようだ。いつぞや、それに近い話を、幼いときの宗平は父から聞いた記憶がある。それは、もう、ほとんど忘れてしまったが、その弁護士ということだけが妙に幼い頭に残っていた。後年、父が法律について些少《さしょう》の知識を持っていたのは、この辺からであろうと想像している。もとより、このS町では弁護士の数も少ないから、その名前さえ分っていれば、確かめることも出来ないではないが、その方法もないのだ。要するに、この町は宗平にとってうすい因縁の土地というほかはない。

宗平は、S町を二時間ばかりで立ち去った。次の列車では、もっと西のM町に向った。

M町は、瀬戸内海が九州の突端でくくれる地点の近くにある。ここでは、宗平は五、六歳くらいの記憶が残っているのだ。

宗平の家は、その町の一番海際《うみぎわ》にあった。そこは戸数にして二十戸ばかりであったように思う。今は地形が跡形もなく消えて、海が埋立地に変り、そこからは絶えず白い煙りが高い煙突から出ている。しかし、宗平のいたころは、家のすぐ裏が海になっていて、夜になると、西と東から突き出ている岬に荒布《あらめ》を焼く火が見えたものだった。

この町から二里ばかり離れたところに、天満宮で有名なBの町がある。MとBの二つの町の間に、大きな川が流れていた。宗平の家はこの橋に至る往還で、侘しい飲食店をしていた。この商売は主に母がやっていた。そのころの父は、始終、外に出ていたが、やはり何をやっていたか分らない。天満宮の祭りのときは、短冊《たんざく》や天狗《てんぐ》の面を付けた笹《ささ》を肩にした人が前の往還を通った。これだけが宗平の記憶に妙に残っている。それは、近くでありながら宗平が天満宮の祭りに一度も連れてゆかれなかったせいだろう。

宗平がMの駅に降りたときは、すでに日が昏《く》れていた。彼はすぐに宿をとった。宿から車を頼んで海岸に向ったのだが、もちろん、当時の海岸線とはまるきり違っている。宗平の住んでいた家のあたりは、夜業でもしているらしく、工場の窓ガラスに火が赤々と燃えていた。ただ、多少、そのときの面影を残しているのは、海に競《せ》り出るようにして迫っている山の黒い姿だけであった。

宗平は、ここでは一つの鮮明な記憶がある。このM時代のことを思うと、いつもそれが真先に眼に泛《うか》ぶのだ。

そのころ、彼の家に一人の叔母が来ていた。これは、北海道に流れたおきくという叔母の妹で、おさくという名だった。宗平は、あとで写真を見せてもらったことがあるが、子供のときの彼女の顔に全く見憶えはない。

「うちらの姉妹《きょうだい》で、おさくが一番縹緻《きりよう》よしじゃけんのう」

母はそう云っていた。母のほうは、宗平が子供心にも絶えず恥ずかしくなるほど醜い顔だった。

この叔母が、どのくらいの期間か分らないが、宗平の家に引取られていたことがある。あとで聞いたのだが、彼女の夫は青島《チンタオ》の戦争に兵隊として出征したため、その留守に来ていたというのだった。一つは、母が飲食店の手伝いをさせるためだったかもしれない。

そういえば、宗平は、そのころ、ブチといって、トランプぐらいの大きさで、少し厚い紙に印刷された軍人の絵を憶えている。このブチというのは、そのほかにいろいろな模様が刷り込んであるのだが、地面に叩《たた》いて対手《あいて》のものを取ることは東京のメンコ遊びに似ている。宗平が憶えているのは、このブチについた一人の勲章をつけたいかめしい将軍の肖像だった。大人から聞いて、それが神尾中将という軍司令官の名前だったことだけを未《いま》だに憶えている。

宗平は、いつか辞典を引いた。「第一次世界大戦のとき、日本は一九一四年八月ドイツに宣戦して山東省に出兵し、十一月青島を攻略した」とあった。だから、これは四十七年前のことになる。遠い話だ。

　宗平の記憶に残っている場面というのは、海に面した裏の座敷で、父とその叔母とが二人で話をしていた。宗平自身は、その傍《そば》で遊んでいる。母はいなかった。この母がいないというのが確実なことは、そのあとのことで証明が出来る。

　突然、父が叔母の髪を摑《つか》んで殴りかけた。そのころ、叔母がどういう髪を結っていたか、よく分らない。はじめから洗い髪だったのか、それとも、丸髷《まるまげ》か何かが崩れてそんな髪になったのか、その辺ははっきりと分らないが、とにかく、宗平の眼に見えたのは、その長い髪を片手にくるくると捲《ま》きつけた父が、叔母を畳の上に押しつけて、何かで殴っている姿だった。むろん、宗平は声をあげて泣いたことと思う。

　そのことだけが、古い写真の中から切り抜きしたように、未だにはっきりと印象に残っている。つづいて、そのあとの出来事もぼんやりした記憶の中にある。それは、今から考えると屋根裏みたいな低い二階だったが、そこに父から殴打《おうだ》された叔母が寝かされているのだ。これははっきりしているが、母がおろおろして二階から下の往還をのぞき、しきりと何か気遣っていた。このとき、宗平は母からこんなことを聞かされた。

「おばさんのことは誰にも他人《ひと》に云うなよ。巡査さんがくるけんのう」

たったこれだけの場面だ。しかし、明るい海を背景にして、逆光で影法師になった父と叔母との狼藉《ろうぜき》の場面をどう解釈していいか。また、母が巡査のくることを恐れていたのをどのようにとっていいか。

宗平は大きくなってても、これだけは父にも母にも訊《き》けなかった。大そう悪い秘密をその質問で暴《あば》き立てるような気がしたからである。

この叔母は、その後、除隊した夫のところに帰って行った。それから何年ぐらいのちか分らないが、叔母は夫と夫婦別れをしている。その原因は、母の或《あ》る言葉で一応の説明がついていた。

「武さんは極道もんじゃけんのう」

武さんというのは、叔母の夫の名だった。しかし、叔母の離婚を、宗平は子供心に、ただ夫の放埒《ほうらつ》とだけは考えられなかった。彼の眼には、やはり父の影が叔母の髪毛を捻《ね》じ伏せて打擲《ちようちやく》している場面が映っている。

宗平はTの町に降りた。これはMの町から汽車で一時間ぐらい山のほうにある県庁の所在地である。ここでも一家は小さな飲食店をしていた。一度覚えた商売は、なかなか廃《や》められぬものらしい。なぜ、一家がMからこの町に移ったのか、その事情もよく分らない。このとき、宗平は八歳であった。だから、かなり記憶がはっきりしている。

父は相変らず外ばかりに出ていた。その仕事は、裁判所の小使だった。この裁判所時代と、前の弁護士の傭《やと》われ男との経験とが、父をいくらかの法律かじりにさせていた。むろん、それは規則的なものではなく、いわば三百代言的な生半可な知識のまた生かじりだった。だが、これが父にはえらく自慢だったのである。父は何かといえば、すぐにこの法律を持ち出し、知合いの者を煙りにまいた。

知合いの者というのは、そのころから、父は米相場に手を出していたから、その仲間だった。裁判所のほうもいつか退職したようなかたちになり、父は汚ない小使の詰《つめ》襟服《えりふく》の代りに、銘仙の着物の上下をぞろりと着て、家から取引所に通うようになった。父の四十二、三歳のころである。この父は他人《ひと》より体格がよく、子供心にも、そのぞろりとした着物姿が立派に見えたものだ。

Tの町は山に囲まれた盆地だから、坂道が多い。いつのころからか、父は家に帰らなくなった。ときたま帰ると、母との間に大喧嘩《おおげんか》がはじまった。癇癪《かんしゃく》を起した父が、せっかく作った店の商売もの、例えば、うどんやそばの玉だとか、鉢に入れた煮魚のようなものをそのままそっくりゴミ箱に投げ入れたりした。そんなことがしばらくつづいたのち、今度はぷっつりと父は帰らなくなった。

次の宗平の記憶は、母に伴《つ》れられてこの町の遊廓《ゆうかく》街を歩いていることである。母は父を探して女郎屋の格子《こうし》戸《ど》や、のれんの奥を一軒ずつのぞいていたのだ。しかし、そこで母が訪ね先からどのような仕打を受けたかは、宗平に記憶がない。ただ憶えているのは、いくつかの坂道を上ったり、下ったりして、子供心には遠いと思われる色街まで母と通ったことである。その坂の途中に、蹄鉄《ていてつ》を打つ鍛冶屋《かじや》があった。馬が土間につながれて、鍛冶屋が馬の後脚を持ち上げて金鎚《かなづち》で釘《くぎ》を打込む。馬が少しも痛がらないのが宗平に不思議だった。

鍛冶屋の引くフイゴの音。片隅に燃える赤い火。それがこの長い道中を慰める宗平の唯一《ゆいいつ》の見物場所だった。馬がつながれていないときは、鍛冶屋のがらんとした板の土間だけが見えた。

宗平は、いま、その場所に立っている。しかし、その蹄鉄屋はどこにも無かった。近くの人に訊いても、みんな首をかしげている。あの家はずいぶん遠い昔に無くなったと思われる。また、この坂道の恰好《かっこう》も、まるきり記憶と違っていた。以前には、森があったり、小さな池があったりしたものだが、現在は町つづきになっている。微《かす》かにそれと思われるのは、坂道の勾配《こうばい》のかたちだけであるが、もちろん、蹄鉄屋がどの辺の位置であったかを指摘することは出来ない。

この道のことといえば、宗平の当時の感じではえらく広い道だったように憶えている。だが、いま見るとそれがずっと狭いのだ。両側に家を建てたため道を狭めたのかと思ったが、そんな様子もない。つまり、これは、宗平が幼かったから、その道がえらく大きく見えたのだ。

宗平は、そこから或る小学校のほうへ回ってみた。建物は鉄筋コンクリートになっている。秋の陽射《ひざ》しのなかに子供の騒ぐ声が聞えていた。宗平は裏門を探した。そこで、ようやく、そのころの記憶に合っている特徴を見出《みいだ》した。裏門のかたちは変っているが、そこから伸びている狭い路《みち》が昔のままなのだ。

宗平が一年生のときの夏、この裏門の近くで、父親がしょんぼり立っていた。たしか、そのとき宗平を見つけた父は手招きしたように思う。会話は全く記憶から忘れ去られているが、なんでも、宗平が父親のあとに従《つ》いて行くと、そこは汚ない木賃宿の二階だった。四、五人の人間が座敷の中に坐《すわ》っていたが、父は空いた畳に宗平を坐らせた。

さて、その木賃宿の在所《ありか》がどこだか、今ではさっぱり分らない。町並みにもおぼろげな記憶しかないから、これも探し当てようはない。

宗平は、しかし、その後も父を二、三回訪ねて行ったように思っている。いちばん心に残っているのは、父親が宗平のためにナツメの実を買って来て食べさせたことだ。鶉《うずら》の卵を小さくしたような斑《ふ》をつけた青い実を今でも眼の前に泛べることが出来る。新聞紙の上に、その実を　ぱい拡《ひろ》げて、宗平は寝そべりながら口の中で噛《か》んでいた。

——父は女から捨てられたのである。

一家は、それからOの町に移った。Tの町では夜逃げ同様だった。父がいなくなると、母は飲食店もたたみ、隣の蒲鉾《かまぼこ》屋に女中みたいな手伝いで入っていた。宗平も一しょにそこに伴れてゆかれた。家族が多く、それに傭人も入るから、食卓も二度に分けなければならない状態だった。ここで過した日は少なかったから、宗平にもはっきりした記憶がない。母は近所から金を借りると、それを移転の費用にしてO町に移った。

ここでも、他人の家に親子三人が居候《いそうろう》だった。それは風呂《ふろ》屋《や》の罐焚《かまた》きをしている人だったが、前にM町にいたころの知合いで、そこに転げ込んだのである。その家も、風呂屋の経営者が罐焚き人のために造った小屋だったから、六畳に三畳ぐらいの狭さだった。父はO町に移ってから、全く気持を入れ替えたようだった。久しぶりに母に平和が来た。

そのころの父は、T町の橋の上で塩鮭《しおざけ》を売っていた。だから、それは寒い季節からはじまったように憶《おぼ》えている。体格のいい父は、盲縞の筒袖《つつそで》を着て、かたちばかりの荷台のうしろに立っていた。霰《あられ》のまじる川風に吹かれながら立っているその寒そうな姿を宗平はよくおぼえている。

ところが、罐焚き人の家が狭かったので、間もなくそこから移ったのが、じめじめした低湿地に建てられた掘立小屋のような板壁の家だった。が、そこも一軒をまるごと借りたのではなく、間借だった。そういうことを考えれば、父の鮭の行商も、どうやら生計が立ったようである。

家主は六十ばかりの婆《ばあ》さんで、孫娘が一人いた。息子は遠いところに行っていると云《い》ったが、間もなく、それは刑務所に入っていることが分った。しかし、この老婆《ろうば》は、刑務所から帰ってくる息子を唯一の愉《たの》しみにしていた。孫娘は小学校三、四年生ぐらいだったが、この子が老婆に気を兼ねて学校に昼弁当を持ってゆかないと、老婆はひどく喜んだ。

ところが、この家と背中合せに、もう一軒の家があった。宗平が憶えているのは、この二軒の共同便所が、間借している部屋のすぐ前にあって、隣の亭主が肺病やみの女房を背負って便所に通わせている姿だった。ときどき、便所の中が赤い血に染まっていたりした。

父は、そのうち、家でも鮭を売る考えが起ったらしく、紙に「鮭あります」と筆で書いて貼《は》った。しかし、人もそれを買いにくる者はなかった。

父が売ったのは鮭だけではなく、塩鱒《しおます》も一しょだった。鮭と鱒とは、ちょっと見ると形が似ているために、区別がつかない。しかし、宗平は、そのうち、鮭の鱗《うろこ》が大きく粗く、鱒のそれが小さくて細かく詰んでいることを発見した。

この知識は、すぐのちの記憶につながる。母は、あるとき、宗平を伴れて、近くの町の親戚《しんせき》の家に行った。親戚といっても、これは父のほうの従弟《いとこ》だったが、日ごろからあまり文通はしていないようだった。どうやら、父とその従弟と不仲らしい。

そういう家に母がなぜ宗平を伴れて行ったか分らない。ただ、その家の亭主は大きな工場に勤めている職工で、すでに頭が禿《は》げ上っていた。そこには三人の娘がいた。

その夜、宗平は娘たちの間に寝かされたが、そこで宗平が披露した知識が鮭と鱒の相違の鑑別法であった。

その晩は、母は一たん父の許《もと》に戻ったらしい。何かの相談だったようだ。

翌《あく》る朝、宗平は暗いうちに起された。そのとき、はじめてそこの亭主を見たのだが、まだ外がうす暗いのに、早くも膳《ぜん》の前に坐って飯を食べていた。その妻になる小母《おば》が宗平に、挨拶《あいさつ》しなさい、と云った。こういうことは一度も経験がなかったので、宗平はおやじにぎごちないお辞儀をした。頭の禿げ上った亭主は、口に茶碗《ちゃわん》を運んで、じろりと宗平を見ただけだった。宗平はすぐに元の寝床へ戻された。

翌る日になって母が来た。このとき、娘たちが面白がって、宗平のしゃべった鮭と鱒の違いを報告し、面白そうに笑った。しかし、その帰りの母の顔は暗かった。今にして思うと、あれは父が母に借金を申込ませに行ったのである。もちろん、これはにべもなく断わられたのだ。

その後は、宗平が小学校を卒業するまでの記憶だから、ずっと鮮明になっている。父と母とは縁日を追って店を出す大道商人になっていた。

ここでもやはり飲食店の商売から離れられないとみえて、茹《ゆ》で卵、焼するめといったものが冬の売物であり、夏は蜜柑水《みかんすい》、ラムネ、ニッケ水などであった。白い氷の上にニッケ水の赤い瓶を手で転がしているのは、今でも美しい眺めとして記憶している。

露天商人と天候とは生命的なつながりがある。父は天気を判断するのが上手だった。朝、日本晴れでも夕方から雨になると云えば、ほとんどその通りになった。これは父がT町で空米《くうまい》相場に凝ったころ覚えた自慢の天気観測知識だった。米相場は一日の天気次第でも上下する。しかし、このナマ半可な知恵が父を貧乏の底に陥《おとしい》れたのである。父は高市《たかまち》を追って商売しているうち、ヤシ仲間や露天商人と仲よくなり、ここでも例の法律知識を聞かせていた。父はこういうことで他人から尊敬されると思ってひどく喜んでいた。しかし、考えてみると、父は他人から尊敬されたことは一度もない。

それに、父は生かじりの「法律を知っていた」ことで、自分の弱い世渡りに対して武装した気持になっていたのではあるまいか。若いとき、弁護士や裁判所に傭われて、法律の前にうなだれている他人の姿を見ていたから、父は「法律」こそこの世で一ばん強い力をもっていると信じていたようである。

父には、その後、一花咲いた時期がある。はじめて一軒の家を借りて飲食店営業をしたのだが、一、二年間くらいはやって父を得意がらせた。五十二、三歳のころである。が、すぐにいけなくなって、家の中は税金の滞納で赤紙がべたべたと貼られた。執達吏がのりこんで来ても、父の法律知識は何んの役にも立たなかった。

この父が死んだのは五一歳をすぎてからである。母はその二年前に死んでいた。

宗平は、いま、そんなことを思いながら、O町へ行く列車に乗っている。そこへ降りても、彼をなつかしがらせる何ものも残っていないと分っていながらも、窓の外を見ていた。

暗線

1

三浦健庸先生。

先日は、突然お邪魔に上って失礼しました。新聞社の「文化部次長」という肩書のついた名刺をさし上げたのは、一面識もない私が、誰の紹介にも依《よ》らずにお目にかかる方法として、これよりほかになかったからであります。従って大学教授として、また、文化財保護委員としてのあなたの専門である古代染色について話を伺ったのは、面会の口実を果しただけであります。私としては、あなたに直接にお目にかかりたかったことと、あなたのご祖父である三浦健亮博士の「古代刀剣の研究」についてのお話も少しばかり触れて頂きたかったからです。

こう書くと、あなたは、それなら何故《なぜ》はじめからそう云《い》ってこないのだとお腹立ちになるかもしれませんが、私としては、或《あ》る理由のため、（私に古代刀剣の知識がうすいこともありますが）正面からお尋ねできなかったのです。

それでも、あなたは快く初対面の私（むろん新聞記者として）と一時間も話して下さいました。古代裂《こだいぎれ》のはまった額のある応接間の雰囲気はあたたかいものでした。殊《こと》に壁間に掲げられてあるご祖父健亮先生の肖像画（帝国大学教授としての文官の大礼服姿でした）は四十五、六歳くらいのころとお見うけして、度々、私の視線が奪われたものであります。

帰りには、ちょうど、外出先から戻られた奥さまや、ご長男にもお会いし、みなさまで門外に待たせてある車までお見送り下さったのは恐縮でした。和やかな御家庭の御気風がしのばれて、車が走り出しても、しばらくはほのぼのとした気持に浸っていたことです。同時に、ある感慨が私を捉《とら》えて放しませんでした。

それが、どのような感慨であったかは、勿論《もちろん》、あなたには想像もできないことです。私は、そのことをあなたにお知らせすべきかどうか随分迷いましたが、結局、書いてみることにしました。しかし、これを書きながらも、もしかすると、途中でペンをとめるかもしれない、たとえ、書き上げても、お手もとには届けないかもしれない、という気持がしきりと動いているのです。つまりは、この手紙は、半分は私自身のために書いているようなものだからであります。私自身の精神記録のために——そういう意味では、あなたの手もとに出すべきものではないかもしれません。しかし、ともかく、しばらくはあなたを対象に文章を綴《つづ》ってみることにいたします。

島根県能義《のぎ》郡布部《ふべ》村——というのが、私の父の黒井利一の生れ故郷です。布部村の安積《あさか》家といえば、昔から続いた豪農だそうで、戦後はさほどでもなくなったが、それでも、現在は一ばんの古い旧家として、知られているそうです。私の父、利一は明治二十八年、この安積家の本家に生れました。

八歳のとき他国に出た父は一度もこの生れ故郷である島根県に帰っていません。尤《もつと》も、父にはもう一つの故郷があるのです。それは同じ県の仁多《にた》郡屋神《やがみ》村です。ここは父の母、私にとっては祖母に当る国子が嫁に行ったところで、本来なら祖母は父をその須地《すち》家で生むはずでありました。

父の姓は須地でもなく、安積でもなく、黒井です。つまり、父は嬰児《えいじ》のときに黒井という家に養子に出されたのですが、この黒井は同じ能義郡の広瀬町にありました。従って、父が生命を享《う》けたのが屋神の須地家であり、この世の空気をはじめて吸ったのが安積家であり、育ったのが黒井家という、ちょっと複雑な関係になるわけです。もう少し具体的に云うと、祖母の国子は須地家で父を妊《みごも》り、生家の安積家に還《かえ》って生み、すぐに広瀬の黒井家に養子に出したことになります。父の利一は須地家の長男でありながら他家に出されたのです。

父が最後まで一度も郷里の島根県に帰らなかったのは、どういう気持からか、私には、どうも納得のゆかないところがあります。もともと、父の養家先の黒井家は、父が八歳のときに四国の宇和島《うわじま》に移住したので、父の生涯はほとんど宇和島で終りました。その上、父は幸運に恵まれず、貧乏のために島根県に帰る旅費も容易に都合がつかなかった状態でありました。

しかし、六十八歳まで生きていた父のことですから、その気になれば一度ぐらいは何とか都合をつけて故郷に帰れたと思います。

では、父は実際に故郷に帰りたくなかったのでしょうか。

決してそうではありません。父は幼い私によく郷里の出雲《いずも》の話をしてくれました。今でもおぼえているのですが、蒲団《ふとん》の中に父と一しょにくるまっていると、出雲の古い伝説や、故郷の景色などを熱を入れて私に話してくれるのです。それは父の幼時の思い出ですから、うろ覚えのところはあったが、語っている父の様子にはこの上なく懐《なつ》かしげなものがあり、ときには泪《なみだ》ぐんでいるときもありました。

しかし、父はどういうわけか、故郷の人間関係のことはあまり口にしませんでした。普通だったら、生家について思い出の人間が語られるはずですが、それがないのです。父の実際の父親は須地綾造といって、これが国子の夫です。養父は黒井治作といいます。また、国子は父を生んだのちに、男子と女子とを一人ずつ挙げたということです。父には見たこともない弟と妹があったわけです。これだけは、私は父からおぼろには聞かされていますが、それ以外の人間関係については、父は全く話そうとしませんでした。

ところで、この須地家というのは、島根県の奥地から採掘される砂鉄の工場を持っていたそうです。かなり手広くやっていたとは父の話ですが、それは、父の生れた時が明治二十八年だったことにも関連がありそうで、折からの日清《にっしん》戦争がこの辺の砂鉄を大いに需《もと》めていたから父の記憶に強かったのでしょう。今度の戦争でも、ここから出た砂鋼で軍刀が作られたくらいですから、洋鋼の輸入の少なかった日清役の当時、この鉄鉱山は相当活況を呈していたように思われます。父の幼い記憶は、当時の見聞に依るのでしょう。

現在、この須地家というのは屋神村に残っていません。それは、父の後に生れた男の子（父の弟です）が当主になって、遊蕩《ゆうとう》に身を持ち崩し、家財を蕩尽《とうじん》して遂《つい》に土地を出奔したからであります。それを風の便りに耳にした父は、おれが跡を取っていたらな、などと洩《も》らしたことがありました。

「あんたは貧乏性じゃ。そんないい家に生れていながら、貧乏なところに養子にやられたのは、よっぽどの不運じゃ。見てみい、お父さんの耳の小さいことを」

と母は私に指さしてよく云いました。実際、父はその肥えた顔に似合わず、耳だけは萎縮《いしゆく》したように貧弱でした。

父はこの四国に来ても、すること、なすことすべて失敗つづきで、職業を変えること十数種にも及んだのです。ですから、私自身は中学校をやっと出してもらうと、あとは土地の篤志家《とくしか》の援助で京都大学を卒業したくらいでした。

尤も、この父利一が須地家を継いだところで、果して砂鉄の鉱山を経営してゆけたかどうかは分りません。いや、あとで自分の商売に失敗しているところを見ると、恐らく駄目だったでしょう。それに、洋鋼が輸入されるようになって、砂鉄などというものは片隅に追いやられて世間から忘れられてしまったから、尚更《なおさら》です。

しかし、この辺に出る砂鉄の良質なことは古くから知られ、例の素戔嗚尊《すさのおのみこと》の八岐《やまたの》大蛇《おろち》退治の伝説になっています。大蛇の尻尾《しっぽ》から剣が出たことは、すなわち、この奥《おく》出雲《いずも》地方が砂鉄の産地であることを象徴しているといわれています。そこから、草薙《くさなぎの》剣《つるぎ》のような名剣が出たのですから、父には、生家の須地家がひどく自慢でした。しかし、それはあくまでも須地家という「家」であり、須地家の人々ではありませんでした。私は父が故郷を訪れない理由に彼の暗い出生の秘密があるような気がして、正面きって訊《たず》ね得なかったのであります。

父は七歳のときまでその母の生家である安積家に育ったので、能義郡布部村辺りのことはかなり詳しくおぼえていました。土地にはまだ安積家の分家が残っていることも知っていたが、そことも一通の文通があるではないのです。

とにかく、私には分らないことがいろいろあります。しかし、父の顔を見ると、どうにもその質問の言葉が口から出ず、そういう秘密を遂に知り得ないまま、私は父を失ってしまいました。

2

父の死後、私は、何度か奥出雲地方の旅行を思い立ちましたが、いつもその計画は私の心から消えてしまいました。私も父と同じように、その郷里には足を入れないほうがいいのではないか、遠くからその山陰の奥の一角を眺めていたほうがよいのではないか、そのほうが父の心に添うのではないか、などといった気持がいつも湧《わ》いてくるからです。

ところが、去年の晩秋でした。私はちょうど新聞社の用事で米子《よなご》支局に出張する機会があって、つい何となく心のタブーとしていたあの地方に足を踏み入れてしまいました。

つい、タブーと書きましたが、むろん、私の心は、日ごろからそこに行ってみたい、そして、幼いころ父から話に聞いた土地の山川をこの眼で確かめてみたい、そういう意欲は大いに動いていたのです。だが、そこで父の暗い運命に触れるのが何となく怕《こわ》く、自分の気持の中でそれを禁忌のように抑えていたわけであります。

米子に用事を済ませたら、すぐそのまま帰京したいという私のほうの予定は、米子から広瀬の町まで、軌道でも自動車でも三、四十分くらいだと聞かされると、つい、誘惑に負けて変更してしまいました。広瀬町から布部《ふべ》村まではほんのわずかな距離なのです。

私は社に二日間の休暇を電話で頼んで、米子に一泊し、あくる朝、早速、車で広瀬町に向いました。そのときの私の気持をご想像下さい。永年、抑えに抑えてきた自分の心をはじめて解放したのでした。

広瀬を車で通ったが、昔の面影のある小さな城下町でした。どのようにひなびた町でも、いつかは父がこの道を歩いたと思えば懐かしくてなりませんでした。

布部村はそこを通りすぎて三十分で、村の入口が見えはじめると、この年になって恥ずかしながら、私の気持は少年のように弾んできました。

晩秋のことで、山野は枯れて、杉林だけが黒ずんだ茶色になっています。山の稜線《りようせん》が両方から重なり合って落ちこんだ間に白い道が一本走り、それに沿って百姓家が点々と見えます。傍に川がありました。父が子供のころよく泳いだと話していたその川です。父の少年時代と同じ水がそこに湛《たた》えられているようにさえ私には思えるのでした。

村に特定郵便局があったので、そこで車を下り、内の局員に訊《き》いてみました。すると、安積家では安積謙吉という人が一ばんの年寄で、いまも元気だということが分りました。だんだん聞くと、その人は本家ではなく、分家の当主のようでした。本家はとうに没落して、家族もどこかに引越し、跡かたもないということでした。つまり、父の母、私の祖母に当る国子の生家は今は無いわけであります。

安積謙吉は、六十九歳ということでした。してみると、父とは一つ上ということになるわけで、あるいは、父とは従兄弟《いとこ》同士ではないかと思いました。こんなことは局員には分らないので、私はまっすぐに教えられたその家を目指して車を走らせました。

その家は山の斜面にあって、この集落の中でも一際《ひときわ》大きそうに見えます。私は街道筋に沿った疎《まば》らな家の間から斜面を上り、安積家を訪ねました。

これから詳しく述べると長くなりますので、端折《はしょ》りますが、とにかく、当主の謙吉は紛れもなく父の従兄《いとこ》だったのです。私にとっては祖母に当る国子の弟が、この謙吉の父親でした。

私は暗い座敷に木像のように坐《すわ》って対《むか》い合っている謙吉の顔に、父の面影を探そうとしましたがそれは全く無駄でした。多分、従兄といっても、この謙吉には父系の血が濃かったのだろうと思います。

はじめ、老人は、私が利一の子だというと、まるで幽霊がきたようにおどろいていました。よく聞いてみると、この村にいる親戚《しんせき》中で、父利一のことは全く知られていないのです。

ただ、そういえば、そんな子がいたなあ、という年よりも、以前には、あったらしいのです。とにかく、私がいろいろと聞くので、謙吉老人は、かすかに記憶をよび起してくれ、ようやく次のようなことをぽつりぽつりと話しました。

「利一という子は、広瀬の町から、ときどきここに遊びにきていたが、いつの間にかこっちへ来んようになったなア」

それは、父が、五、六歳のころらしいのです。すでに六十数年も前のことだから、残念ながらこれくらいのことしか分らないのです。私は、彼からいろいろと話をひき出そうとしたが、老人の記憶はないようでした。ただ、次の言葉は重大でした。

「利一という子は、母親がこの布部の安積から、屋神の須地に嫁に行ったが、利一を妊ったとき、一旦《いったん》、須地家から離縁になってな。この布部の本家に帰っていたとき、利一を生んだようじゃ。それから間もなく、利一は広瀬の町に貰《もら》われて行ったが、このこと広瀬とは近いけに、さっきも云《い》ったように、その子は小さい時、ときどき本家に遊びにきよったがな……」

私は、この老人の口から、はじめて国子が、須地家から「離縁」になった、ことを知らされたのです。それまでは、国子が分娩《ぶんべん》のために、一時、実家に身をよせていたとばかり思いこんでいたのであります。

離縁、と聞いたとき、私はショックをうけました。すぐに、生れた利一が他家に養子に貰われて行った事実に結びつくからです。しかも、そのあとに、国子は、また婚家に戻っている。――

その間の事情については、もとよりこの老人は知っていませんでした。彼にしてもまだ七、八歳のころの出来事だからです。

父が広瀬からときどき本家に遊びに来ていたのに、いつの間にか来なくなったということも、私には哀《かな》しく聞えました。それは二通り解釈されそうです。一つは、父が子供心に自分の暗い出生を感じて、なんとなくこの布部村から足が遠ざかったと思えることと、黒井家が四国に居を移した時期に当っていたということとです。

もし前の場合だったら、父の子供心が少しあわれであり、後の場合でも、それで故郷との縁が切れたのだからやはり同情されます。

私は、謙吉老人に、安積家と須地家との間に交際があったかと訊くと、老人は、それはなかったようだと答えました。これもちょっと奇妙なことで、安積家から国子が縁づいて行ったのだから、当然、両家は親類付合いとしての往来がなければなりません。老人の話で、両家の間の冷たさが想像されます。

私は謙吉老人の案内で、父の生家の跡に行って見たが、そこには後に出来たという縁もゆかりもない農家が建っていました。

しかし、そこから眺める布部村の風景は、父のころとは少しも違わないわけで、私は寝物語の中の風景と、眼前の現実とを見較《みくら》べて見ました。

父が登ったと思われる山もあれば、メダカをすくったという小川も流れています。また、父がひとりで遊びに行ったという神社も、山峡《やまかい》に細まった道の向うにあるはずです。道には、薪を背負った農婦がのろのろと歩いていて、その上に寒げな雲が積み重なっていました。

私は厚く礼を述べて安積家を出ました。老人はその嫁といっしょに車まで見送ってくれたが、実をいうと、彼らと私との間には、なんの連帯感もないわけです。血筋の上から云えば、この老人は私の従兄半《いとこはん》に当るのだが、そんな気持の欠片《かけら》すら私には起りませんでした。懐《なつ》かしさもなければ喜びもないのです。あるのは、父の夢の中にあった風景に、いま私自身が足を踏み入れているという感動だけでした。

私は、このまま仁多郡の屋神村に行きたかったのですが、運転手はこの先から道が悪くなるといって尻込《しりご》みします。あとはけわしい山坂の峠道になるのだそうです。

「昔は、それでも人力車でここから中尾温泉まで行ったそうですがね」

「中尾温泉というと？」

「あの山脈を西に越した向う側です。そこから屋神村までは斐伊川《ひいがわ》沿いに三里です。人力車が自動車に代って、かえって不便になりましたよ」

運転手は笑って云いました。

国子は人力車であの山を越えて、この布部と屋神とを通ったこともあったと思われます。私には明治の古い俥《くるま》に揺られている丸髷《まるまげ》姿の若い祖母が眼に映るのです。峠は、あの辺りだと運転手に教えられた山嶺《さんれい》の上にも厚い雲が垂れ下っていました。

私は仕方がないので、一旦《いったん》、米子に引返すことにしましたが、途中、広瀬の町で車を下りて見ました。

この町は父が養子に行った先の黒井家があったところです。もとより、その家が何処《どこ》だか分るはずもないのですが、自分ではこの辺りがそのような気がして、見当をつけました。別段、それと推定する材料もないのですが、そこの裏通りは、昇すぼらしい家と農家とが入り混っていて、片側は竹藪《たけやぶ》や田圃《たんぼ》になっています。その狭い田圃の向うに低い連山があり、そこから見える大山《だいせん》は頂上を雲に隠していました。

大山といえば、父はよく云っていました。

「伯耆《ほうき》の大山はな。富士山よりも立派じゃ。高さは富士山ほどでもないが、因幡《いなば》や伯耆、出雲、三方から眺めて、これくらい立派な姿はないけんのう」

いま、その山を見ているうち、父の声が聞えてきます。

3

私は米子から山陰線に乗って宍道《しんじ》に出ました。そこから奥地に木次《きすき》線が出ています。ご承知のように、この線は広島県に入って備後《びんご》落合で芸備線につながります。宍道の町を出て三時間ぐらいすると、出雲《いずも》八代《やしろ》という駅に着きます。屋神村はここからバスで一時間ぐらいの山地にあります。

絶えず線路に沿って流れている川は斐伊川といいますが、この村にもその分流が流れていました。

この川の流域に砂鉄が出て、現に汽車の窓から見ても、砂を採集するために崩れた裸の丘や、赤い崖《がけ》が荒涼とした風景を見せていました。昔はこの近所に無数の鑪《たたら》工場が並んでいたとは米子の支局で聞いた話ですが、その中の一つに須地家があったと思うと、私の眼は茶色の崖に思わず注がれてしまいます。

一体にこの辺は牛の産地で、すれ違った貨車を見ても牛が夥《おびただ》しく積まれていました。斐伊川の水蝕《すいしょく》によって、この辺一帯に高原や山麓《さんろく》盆地が出来ているので、牛の放牧に適しているのです。

砂鉄工場も今は残っているのがY製鋼所のものだけで、それも年間微々たる真砂鉄《まさごてつ》を産するだけだということでした。

私はここに来るまで、前もって米子から土地の村役場に電報して、砂鉄の歴史を知りたいから、それに詳しい人がいたら二、三人集めてもらえないか、と頼んでおきました。返事を貰う暇はなかったが、とかく地方の人は親切だし、また新聞社の用事だと思って必ず集まってくれるものと期待していました。

八代の駅前から、たった二台しかないハイヤーのうち一台を借りてきた私は、運転手にここが屋神の中心地だと聞かされて降りましたが、家数にして三十戸ばかりの農家が路《みち》の両側に細々と並んでいるにすぎませんでした。なかには雑貨屋のような店もあり、郵便局もあったが、とにかく、想像以上にひどい寒村なのです。

「昔は、大阪や堺《さかい》あたりの商人がここまで砂鉄の買出しに入り込んで、そのため宿場町さえ出来ていたほどですがね。今はご覧のように廃村同様です」

と運転手は教えてくれます。

「この辺に須地という鑪工場があったはずだが」

と私は訊いたが、若い運転手にはむろん無い知識です。で、この辺でそんなことを一ばんよく知っている家はどこだと訊くと、やっぱり郵便局だと云うのです。田舎では特定郵便局長が最大の文化人とみえます。

私はその郵便局をのぞきました。すると、局長はいま村役場に出かけたばかりだという局員の答えです。ここでは、書留も、為替も、貯金も、保険の扱いも全部一しょに一人がやっているようでした。

村役場に行ったのは私の頼んだ座談会の用事だろうと思い、すぐに車を馳《は》せて役場に向いました。

路の片側はかなり深い所に川が流れ、向い側はちょっとした台地になっているが、それが山の斜面に二、三段ぐらい積み上がっています。

地層学者の云う梨棚《なしだな》式段丘です。だが、それを除くと、他は急な斜面になり、ところどころ赤土の禿《は》げた所が露出していました。

私は村役場に着きました。後ろにやはり赧《あか》い崖が見えます。ここには雑貨屋、食料品店、肉屋などといった店もあります。戸数三十戸ばかりで、ちょっとした賑《にぎ》やかさです。

役場の人に名刺を出すと、待っていたようにその人は役場の横にある学校に連れて行き、校長室のような部屋に通しました。先着の三人と名刺を交換しましたが、その一人が特定郵便局の局長で、一人は退職した前助役、あとの一人はこの学校の二代前の校長ということでした。前助役も、前々校長も七十近く、局長は五十四、五歳と見えました。

私は、今度この地方のことを新聞に載せる予定で取材に来た（実は口実なのですが）と云い、集まってくれた三人の郷土史家に礼を述べ、私が、聞き役と司会者を兼ねて話をすすめました。三人とも郷土史家を以《もっ》て任じているだけに、この地方の古代から現代に至るまでの歴史は相当詳しいようでした。

その席上で中心になったのは、やはり古代の出雲です。古くから出ていた砂鉄のことが話題になったが、私の聞きたいのは明治期にあった砂鉄工場の話です。

そこまで持っていくのに、かなり時間がかかったが、いよいよ私の望む話題に入りました。明治二十七、八年ごろのことです。

「あの頃の砂鉄工場は五つも六つもあったが、一ばん大きかったのは、やっぱり須地家だったな」

「そうだ、須地家が一ばん手広くやっていたようだ。尤《もっと》も、潰《つぶ》れるのも早いほうだったがのう」（笑）

「あれは後取りが駄目でね、すっかり家産を蕩尽《とうじん》してしまった。そこに砂鉄も不況となったから、二重にいけなくなったんじゃ」

——明治二十七、八年頃の当主の名前は何んと云っていましたか、と私は口を入れて訊《き》きました。

「須地綾造さんと云うてな、なかなかのやり手じゃった。須地の鑪が一ばん大きゅうて、採掘人夫の納屋《なや》がずっと鉱山《やま》に並んでいたものじゃ」

「そういえば、その綾造さんの女房は、評判の別嬪《べっぴん》じゃったそうなのう」

「ああ、わしらも微《かす》かに憶《おぼ》えとるがな、あれは能義郡の布部から来とった」

「なんじゃそうだな、あの女房は、若いときに一度須地家から離縁になったちゅうじゃないか」

「そりゃ本当じゃ。わしも死んだ親父《おやじ》から、そんな話を聞いたことがある。あんな別嬪をどうして須地の旦那《だんな》が離縁したか分らんちゅうてな」

「あんときは、女房が子供を実家《さと》に産みに帰ったと聞いとったが」

「そうじゃ、うちの親父もそんなことを云うとったな。あのあとすぐにまた旦那、その女房を元に戻したから、何のことやら分らんと親父も云うとった」

これはその席の年寄たちの言葉ですが、話がここに来たときの私の胸中をお察し下さい。私は興奮で耳が遠くなりそうでした。

遂《つい》に、父の利一のことが、この人たちに語られるのです。それに、祖母の国子のことが対談の中心になっています。

「綾造さんの女房が布部に帰って産んだ子は、どうなったじゃろう？　こっちには連れてこなんだがなのう」

「そうじゃのう。そういえば、後取りはそのときの子じゃなかったな」

「なんでも、布部のほうで、ぜひ、その子が欲しいちゅうて取ったそうで、あの女房も仕方なしに置いて来たということじゃったが」

「そいじゃ、二番目に生れた男の子が須地の後嗣《あとつぎ》ということになるが、布部に貰《もら》われたその子があっちで人きくなったと聞いたことがないのう」

「うむ。なんでも、その子は、安積の親戚《しんせき》が東京におって、そっちのほうに貰われたと聞いとる。それから消息がないけに、やっぱり村にはそれきり戻ってこなんじゃろう」

私はそれを聞いて、布部の安積家が父を広瀬の黒井家に養子に出したのをこの辺には知れないようひた匿《かく》しに隠していると知りました。東京の親戚に出したというのがその隠蔽《いんぺい》工作です。

私はここで、祖母の国子がなぜ須地家から一たん離縁になったのか、その辺が知りたくてなりませんでした。しかし、いま彼らの話を聞いていると、この人たちもその真相を知らないようです。不思議なことだと云《い》い合っているのです。

やはり、父の故郷には来てみるべきでした。ここに来てはじめて、父の半生を暗くした事情や、その母の国子の離縁のことが分ってきたのです。つまり、父の暗い生涯がそれからはじまったのです。

「そういえば、当時の須地は、日露戦争でもどえらい儲《もう》けをしたちゅうことだったがのう。あの頃は、軍人が盛んにこの鉱山にもやって来ていたということだが」

「そうじゃ。それは親父も話していた。だから、この辺は砂鉄景気で沸いとったちゅうことじゃった」

「つまり、ブームがあったわけだな」

「そのブームも、まもなく戦争が終ると同時に消えて、あとはどんどん安くて質のええ洋鋼が外国から入って来るけに、ここもどっと淋《さみ》しゅうなった。今まで手広くやっていた須地家が早く参ったのも、そのためじゃったのう」

「それでも、砂鉄は前から全国に知られていたぜ」

「そりゃそうや。この辺の砂鉄いうたら有名でな。そういえば、よく学者が来たじゃないか、調査にな」

「うむ。京都からも、東京からも来とったな。ほれ、東京の何とかいう偉い博士が若いとき、始終、この辺に来とったちゅうことじゃないか」

「ああ、あれは三浦健亮ちゅうてな、鉄や刀剣のほうで工学博士になったそうじゃ」

三浦健亮。——

このときまで、私はこの名前を知らないではありませんでした。いや、詳しいことは分らなくとも、有名な人だと知っていたのです。たしかに三浦健亮博士は明治の終りから大正にかけて鉱山学や刀剣の権威でありました。しかし、三浦博士がどのような業績を持っていたかということに至っては、門外漢である私には何も分っていません。ただ、名前を知っているという漠然とした常識しかなかったのです。

4

三浦博士が、若いころこの屋神の砂鉄工場にたびたび来たとは、はじめて聞く話でした。

——それはいつ頃でしょうか、と私は座談会の人たちに訊きました。

「そうじゃのう、あれは明治二十五、六年頃からということじゃったが、どうだな、あんたがた知っとるかな？」

「いや、くわしゅうは知らんが、その頃かもしれれん。なんでも、日清戦争が済んだ頃には、もう、三浦さんだけはこんようになったちゅうからのう」

「そんなら四、五年ぐらいの間かな。けど、たったそれだけしか通ってこないのに、よう砂鉄のほうの研究で、博士になったもんじゃのう」

「砂鉄はここばかりじゃないけんのう。奥州《おうしゅう》のほうの鉱山も歩いたらしいけんな」

「ほれ、郵便局の先代局長がこの土地のことを書くとき、三浦博士に当時のことを訊くため問い合せの手紙を何度も出したが、博士からは一度も返事がこんじゃったそうじゃな。のう、局長？」

「うむ。そう聞いとる」

「まあ、今は学者ちゅうても、ここまでは誰もようこんけんのう。せいぜい、米子にあるＹ製鋼所の砂鉄博物館に見学に来るのが関の山じゃ」

座談会はこれからまだつづきますが、私にはこの部分だけが重要でした。あとはどっちでもいいのです。また、この手紙に採録するのもこの部分だけで十分です。

私は、以上のことから、あなたの祖父の三浦健亮博士が、明治二十五、六年から日清戦争のあった七、八年の頃まで、屋神の砂鉄を調査に来ていたことを知ったわけです。そして、なおも彼らの話を補足すると、三浦博士は、主として須地家に泊ったと思われる節があるのです。それは、須地家がこの辺で一ばん大きな鉱山を持っていたことと、その家が一ばん広かったということで推定がつきます。

国子が利一を産んだのは明治二十八年です。父の戸籍を見ると、明治二十八年二月二十日生となっています。もし、この記載が正しいなら、国子が利一を孕《はら》んだのは前年の二十七年四月ということになります。

この辺は冬になると雪で閉ざされてしまいます。十二月の半ばになると、もう雪がちらつきはじめ、それが積って根雪となり、三月の末までは解けないのです。これは一つの重要な鍵《かぎ》だと思います。

なぜそれが鍵かということは、もう少しあとを読んで頂きとう存じます。

私があなたのご祖父三浦健亮博士の著書を探しはじめたのは、この山陰旅行より帰京してからです。

私には無縁な鉱山学の、殊《こと》にその中の鉄に関する著書をできるだけ多く集めました。しかし、私を失望させたのは、そのどれもが、当然のことながら学問だけの内容で、少しも私の参考にはならなかったことです。

私は、また博士の「刀剣」の著書も集めてよみました。集めるといっても、数は少なく、全部で三冊くらいでしたが、これにも私の探すものはないのです。

私は、一体、何を求めていたのでしょうか。それは博士の文章の中に、島根県の須地家が出ていないか、出ていればそれはどのように書かれているか、それを知りたかったのです。ただし、著書にはその部分が全く無いわけではありません。例えば、《島根県仁多郡の斐伊川流域は、古来、砂鉄の産地として有名である。現在は、真砂《まさご》銑鉄《せんてつ》工場が、同郡屋神村を中心に無数に集中しているが、銑鉄方法としては昔ながらの鑪《たたら》法によっている。そのため、全工場を合わせても年産八十噸《トン》にも達しない》

といったような記述です。

それでも私は、健亮博士がここに「屋神村」と原稿用紙に書いたとき、胸の中にどのような感慨が起っていたか、ひそかに想像するのでした。

それらの著書の中には、巻頭に健亮博士の写真が付けられたのもありました。それは多分、四十七、八歳から五十歳くらいの間のものと思われ、頭髪はようやく薄くなり、眼の下にもたるんだ皮が見られます。眼は大きいほうだが、眉《まゆ》はうすいようです。鼻梁《びりょう》は立派なくらいまっすぐに徹《とお》っていて、少し厚めの唇が、きりっと両端にちょっと力んだ具合で結ばれていました。鼻の両脇《わき》には、深くなりかけた皺《しわ》が入っていました。全体に肥《ふと》った感じですが、若いときはもっと痩《や》せておられたかも分りません。

なぜ、私は三浦健亮工学博士の若いときの顔を想像しているのでしょうか。実際、このようやく初老に近づきかけている顔を、私は二十二、三歳くらいのころにまで引き戻してイメージをつくっていました。この頃に、博士が砂鉄の研究に屋神村に入りこんでいたからであります。

私は、健亮博士に旅に関する随筆集が出ていることを他から知らされました。古本屋を探しても無いので、図書館に行ってやっと読む機会を得ました。

それは、博士が若いころから、南は九州から、北は北海道、樺太《からふと》まで、さらに朝鮮、満州に鉄鉱を求めて旅した記録でした。

私は心を踊らせて、その本を繙《ひもと》きました。ところが、何たることか、出雲の屋神村のことはその本に一行も出ていないのです。私は呆然《ぼうぜん》としました。著者にとって、この奥出雲の屋神地方の旅こそ、若いころの砂鉄調査で心に残っているべきではなかったでしょうか。

東北地方も、北海道も、樺太も、朝鮮、満州も、鉄の研究に関しては大事な所かも分りません。だが、その多くは、博士の中年期の調査活動で、若いときの調査はほとんど奥出雲だったと思います。随筆に書くなら、この思い出のある土地こそ絶好の材料ではなかったでしょうか。そこから博士は出発したのですから、さまざまな感慨があるはずです。

この旅の文集に出雲だけが外されているのは、不合理というよりも、私には故意に博士が除外したとしか思えないのです。

その理由は何でしょうか。

ここで、座談会のときに出てくれた土地の年寄の話の一つが泛《うか》びます。つまり、郵便局長の先代が郷土史のことを書くにあたって、三浦健亮博士に何度も手紙を出したが、一度も返事がなかったという一節です。

博士は忙しかったため、それに返事を出さなかったのかもしれません。また、尋ねてきた事項があまりに取るにも足らぬことだったので、返事を書く気が起らなかったのかもしれません。

しかし、私にはそれ以上の何かが博士の回答を渋らせたと思えるのです。

私は、健亮博士の子息、つまり、あなたにとっては厳父健爾氏の写真を何とかして、ぜひ見たくなりました。もし、厳父が祖父健亮博士の面影に生写しだったとしたら、——私は一目でもそれを確かめたかったのです。

私は社の調査部に行き三浦家の写真を探しましたが、健亮博士の写真はあっても、厳父のものは保存袋にありませんでした。厳父はつつましい人生を歩かれたとみえて、新聞社の保存写真の中に収められるようなお人柄ではなかったのです。しかし、「三浦」の項を探しているうち、思いがけなくあなたの写真が出て来たのであります。古代染色の権威であり、大学教授、文化財保護委員としての三浦健庸氏です。

それで私がつくづくと見たのは、健亮博士の孫に当るあなたの顔でした。私は、改めて、そこから何ものかの面影を探ったのです。

失礼ですが、似ていらっしゃいます。私の求めている幻影があなたの顔写真にありありと出ているのです。どんなに懐《なつ》かしかったか分りません。きっと、あなたは厳父の面影をそのまま享《う》けられたと思うのであります。

ここまで申上げると、もう私の云わんとすることは十分にお分りのことと思います。

しかし、蛇足《だそく》を付け加えさせていただきます。

——私の父の利一は、なぜ須地家で生れなくて、安積家で生れたのでしょうか。国子が、須地家から離縁されて帰されていたときです。明治二十八年二月でした。

あなたのご祖父の健亮氏が、砂鉄の研究のため、屋神村に入ってこられたのは二十五、六年ごろだと推定されます。いつも逗留《とうりゅう》されるのは須地家でした。そこには、近村でも美人で評判の若妻国子がいました。古い語でいえば、鄙《ひな》に稀《まれ》な、という形容になるでしょうか。当主の綾造の妻として、彼女が逗留客である健亮氏のお世話をしていたと考えても不思議はないでしょう。

国子の健亮氏に対する好意が、どのようなかたちをとって変化したかを明確に云うことはできませんが、国子の夫が彼女の妊娠と同時に離縁を申し渡した事実で一つの想像がつくと思います。利一は二十七年の四月に国子の腹に入りましたが、このひと月前は、奥山陰の雪が解けて、他国の人がこの地方に入ってくる季節でもあります。つまり、東京から健亮氏も来ていたと思われます。

国子の夫の綾造が妊娠と同時に妻を離縁したのは、彼がそれだけの理由を妻と健亮氏との間に見たからだと思われます。或《あるい》いは、もっと強い証拠があったのかもしれません。国子はおとなしく布部の生家の安積に帰りました。

恐らく、健亮氏も、このときを最後に屋神村を引き揚げ、それ以来、二度と同地を訪れなかったことと思います。後年になって、その著書に屋神村のことを詳しく記さなかったことも、地元の問い合せに返事を与えなかったことも、旅の思い出に屋神村を除外したことも、この理由によって初めて納得がゆきます。

国子は布部の実家で男の子を生みました。その顔は、夫の綾造に似たところはなく、或る人に生き写しだったと想像されます。いや、そう確信していいのです。というのは、私の父利一と、あなたとがとてもよく似ていらっしゃるからです。

あなたのお父さんのお顔は写真がないので分りませんが、やはり健亮博士に似ていたと思われます。孫であるあなたが健亮氏にそっくりですから。

私の父の利一も健亮氏の顔によく似ているのです。眉、眼、鼻、口、それぞれの部分的な特徴は異《ちが》いますが、全体の感じがそっくりなのです。

以上によって、私は、父の利一が、あなたのお父さんの健爾氏と兄弟であったと信じるのです。腹は異いますが、三浦健亮という同じ父を持った同胞《はらから》だと思うのです。

私の父が、あなたのお父さんの健爾氏より六つ年上です。

事実をかくしながら、あなたに遇《あ》った私は、あなたが懐かしくてなりませんでした。あなたはご存知ないのですが、私たちは従兄弟《いとこ》どうしに当るのです。

あの応接間に飾られてある健亮博士の礼服姿の肖像画に、私の眼がしばしば奪われたのも無理はありません。私にとっても祖父だからです。恋しくないとどうしていえましょうか。

父の利一はこの事実を生涯知り得ないで死にました。

「不義の子」として母国子の実家で生れ、そのまま貧乏な黒井家に貰《もら》われて行ったのであります。明治の話です。この養父は、或いは、うすうす事情を知っていて幼児を引取ったのかもしれません。

それでも、父は八歳のころまで、広瀬から布部の母の実家《さと》に遊びに行っていました。

ですから、利一は、養父母から実際の生家を教えられていたのでしょう。しかし、子供心に、暗い事情を感じて、やがて生家からも、布部からも足を遠ざけたと思うのです。父の幼時を知っている安積謙吉にそのおぼろな記憶があります。

しかし、私は疑問に思うのですが、利一は広瀬から布部の安積家にただ遊びに来ていただけでしょうか。広瀬と布部とは約二里ほどあります。七、八歳の子供が遊びに来るにしては少し遠いように思われます。尤《もっと》も、田舎の子供は都会の子供と違って遠い路《みち》には馴《な》れていますが、それにしてもこの年齢《とし》では無理なように思われます。

利一は自分勝手に布部の安積家に来たのではなく、誰かがこの子を連れて来たのではないでしょうか。私にはどうもそう思われます。

もし、そうだとすると、それは安積家から使いが黒井に行って、利一の養父母に事情を話し、子供を借りたのではないかと思われます。

ここで、養父の黒井がひどく貧乏であったことに思い当ります。安積家は当時は布部で一ばんの豪農でした。つまり、家の格式も、財産も、黒井とはずっと違うのです。そういう家から貧乏な黒井に利一を出したこと自体、彼の暗い出生の秘密があるのですが、同時に、この貧富の差が、安積家から黒井の養父に相当な金が渡されていたのではないかという想像になります。

そうなると、安積家が黒井から利一を借りにくるのも権柄《けんぺい》ずくだったのではないか。私にはどうもそう考えられます。

それは安積家の当主が孫の顔を見たいという気持もあったでしょうが、それよりも利一に会いたい別な人がいたからだと思います。

むろん、国子です。

国子は利一を産んでから、また須地家に復縁しています。

この辺の事情が私にはよく分らないが、おそらく、須地綾造は一たん妻の国子を離縁したものの、彼女に未練があり、再び自分の家に迎え入れたのではないでしょうか。〝罪の子〟である利一を赤の他人に貰い子に出したことで、須地綾造に一つの処置が済んだという段落感があったと思われます。

国子はその辺では評判の美しい女だったので、離縁した夫は再び彼女を求めたと思います。復縁してからの国子が、夫との間に男の子と女の子を産んだことは、前に書いた通りであります。

さて、国子は屋神の須地家に戻ったものの、彼女にとって一ばん気にかかるのは利一でしょう。この不幸な子が貧乏な黒井家でどのように苦労しているか、いつも悩んでいたと思われます。なんとかしてそっと利一に会って顔を見たい、そういう衝動が抑えきれず、国子は生家に帰るたびに、そっと利一を布部に呼び寄せさせて会っていたのではないでしょうか。

私は、父がその頃のことを微《かす》かに憶《おぼ》えているようにも考えます。もとより、それが自分の母だとは知らされていないが、布部の安積に遊びに行くたびに、きれいなおばさんが一日じゅう可愛《かわい》がってくれたことをかすかに知っていると思います。

だが、父はそのことを一度も私に話したことはありません。父は、記憶のいいほうでしたが、安積の人間関係には全然ふれないのでした。父もあのときのおばさんが自分の本当の母親だと知っていたように思います。父が安積家のことをあまり云《い》いたがらなかったことが、かえってこの想像を強めるのです。

私の眼の前には一つの情景が漂っています。それは、屋神と布部の間に横たわっている険しい山坂の峠を、人力車に乗って往復する国子の姿です。淋《さみ》しい山路を、丸髷《まるまげ》の婦人が一人で俥《くるま》の上に揺られています。——

彼女は朝早く屋神を発《た》ち、三時間ぐらいかかって布部に着きます。そこには生家で朝から呼んでおいた利一が来ています。一日中、国子はこの子を放さなかったでしょう。屋神から持って来た菓子や玩具《おもちゃ》などの土産物はこのときのために買っておいたものです。

同時に国子は、この利一の父親である人の面影を偲《しの》んでいたに違いありません。彼は、もう二度とこの地にはくることのない人です。国子が利一に会いに来るのは、わが子の顔見たさと、三浦健亮という恋人の思い出に浸るためだったと考えても、不自然ではないと思われます。

彼女は、おそらく、その日一ぱい生家に遊んでいたことと思います。そのうち日がくれかける。生家のほうでは早く屋神に帰れとすすめている。しかし、国子はぐずぐずしている。そういう場面が私の空想に泛んで来るのです。

国子は到頭思い切って待たせてある俥に乗ります。門口まで見送っている利一を振返り振返りして峠のほうに帰って行きます。

利一は、その丸髷を結ったきれいなおばさんの人力車が、白い細い路を次第に小さくなってゆくのを、いつまでも門口に立って見送っているのです。昏《く》れかかる山村の夕靄《ゆうもや》の中に、一台の人力車が遠く消えて行きます。――

人力車はまた三里の山坂を越えて屋神に帰りますが、その頃になるとあたりは暗くなっています。山峡《やまかい》の日暮れは早く、俥夫《しゃふ》は途中で提灯《ちょうちん》に灯をつけます。その灯が夜の山路にただ一つだけ浮んで走っている。……そういう情景も私は想像します。

父は間もなく養家の黒井夫婦について四国に渡ることになりました。父が自分の本当の母親は須地国子であると知ったのは、いつ頃のことか分りません。思うに、それは養父母のどちらかが最後に父に打明けたことと思います。しかし、すでにその時は四国の西の町に住んでいたので、父は出雲の母に会いに行くこともできませんでした。あるいは、その打明けられた時期が母の死んだのちだということも考えられます。私は今度屋神村に行ったとき、村役場で須地家の戸籍簿を閲覧しました。国子の歿年《ぼつねん》は明治四十年三月十一日でした。享年《きようねん》三十三歳。利一、十三歳のときに当ります。

父が奥出雲に関心を持ったのは、それからだと思います。須地家が砂鉄の工場を持っていたことも同時に養父母のどちらかに聞かされたに違いありませんから、父の意識は絶えず地図上の屋神村の一角に向っていたと思います。

国子は死ぬまで、再び会うことのない四国の涯《はて》のわが子のことが心に疼《うず》いていたと思われます。だが、この母子はすでにどうしようもなかったのです。

私の父は何かの機会に、三浦健亮という名前を新聞か雑誌の上で見たことはあると思います。

だが、鉱山学の権威である三浦工学博士の活字を見ても、父には無縁でした。おそらく、黒井夫婦も利一の本当の父が何者であるかは知っていなかったと思われます。父は、故郷への劣弱感を心の隅に一生抱いていただけでした。——

さて、ここまで書いてきて、過日の訪問の際、私があなたに質問したことを付け加えておかなければなりません。

お宅をお暇《いとま》するときに、

「健亮博士のお墓はどちらにございますか？」

と私がお訊《き》きしましたね。あなたは、

「多磨墓地にありますよ。場所はこういうところです」

と云って、その区劃《くかく》の番号まで教えてくれました。恐らく新聞記者に対して、単純な気持で云われたのだと思います。

私は、そのときは実際に多磨墓地のお祖父《じい》さんの墓に詣《まい》るつもりでした。もお祖父さんと呼ばせていただいていいのではないかと思います。あなたは直系だが、私にしても同じ血のつながる祖父です。

ただ、あなたがたは大そう恵まれた家庭におられました。あなたのお父さんもそうだし、あなたも同じです。おそらく、あなたのお父さんの境涯は、私の父のそれとは比較にならぬほど裕福な生活であったと思います。私の父は四国の西端の町で貧乏に苦しみ、他人《ひと》の蔑視《べつし》を受けていましたが、あなたのお父さんは何不自由なく育てられ、ちゃんとした学業を終えられ、三浦健亮博士の御子息として世間の尊敬を受けられたと思います。……同じ子でありながら、これだけの相違があったのです。

またあなたにしても古代染色という学問に進まれて、そのほうで名を成されましたが、これとても、才能を別にして、やはりお父さん譲りの豊かな経済生活が背景にあったからだと思います。私の場合は、この手紙の冒頭に書きました通り、やっと中学を卒業させてもらうと、あとは他人の援助に俟《ま》たなければ大学に進めませんでした。これが現在もつづいて、あなたはとにかく一方面の学問で世に出ておられるのに、私はしがない新聞記者にしかすぎません。

しかし、こう云ったからといって、私はべつにあなたと、あなたのお父さんに恨みつらみを述べているわけではありません。そういう気持は毛頭無いのです。ただ、健亮氏の同じ子でありながら、境涯の違いが、一人は恵まれた環境に置かれ、一人は卑屈感と貧乏とに塗《まみ》れて一生を過さなければならなかったという運命的なことを云いたかったのです。

とはいえ、私にとっては健亮博士は紛れもなく祖父です。肉親として思慕の情が起らないわけはありません。私はお宅を出ると、多磨墓地に向いました。

京王線の電車の窓から墓地を囲む武蔵野《むさしの》の木立が見えはじめたとき、ふいと、私の気持の中にはそれまでになかった複雑なものが起ってきたのであります。

電車を降りて、やがて墓地に足を踏み入れたとき、それがどうにもならない感情に育って来ていました。私の片手には、あなたからきいた三浦健亮博士の墓地の番号があります。管理所に寄って、その位置をたしかめ、教えられた方向に歩いたのですが、両側に一列に無数に並んでいる墓を見て行くうち、私はもうどうにもやりきれない気持になってしまいました。いま、自分の父を一生暗い運命に陥《おとし》れた一人の男を訪ねているのだ、という気がしてきたのです。すると、も早、祖父の面影は消えて無く、そこには父を追った憎いひとりの男しか残っていませんでした。

この人のために生れ故郷に一度も帰ることのできなかった父を思うと、私は途中から足を回してしまったのです。そして霊園を出てとぼとぼと歩いているうち、私の掌の中で皺《しわ》だらけになった墓地番号の紙片を、指先で細かく、細かく破り棄《す》てました。

……

ひとり旅

1

田部正一は早くから、遠い旅をしたいと思い、一種の憧《あこが》れをもっていたが、貧乏でそんな余裕がなかった。出来ないと分っていたから、憧れていたのであろう。

小学校の時は地理が好きであった。何県の何町の人口はいくらで、産物はこれこれ、というような教科書の普通無味乾燥な文句も、その遠い、見も知らぬ町の風景や土地の生活まで空想出来てたのしかった。九州に生れ、そこから一歩も出たことのない少年の頃の田部は、地図の上に、例えば、五城目《ごじょうめ》、鹿渡《かど》、能代《のしろ》などという東北の地名を見ると、寒風に吹きさらされた陰鬱《いんうつ》な町なみや、北の涯《はて》につづく荒涼とした道など眼に泛《うか》び、その道をとぼとぼと歩いている自分の姿を想像して、うら淋《さび》しい思慕の情さえ起した。

田部が大人《おとな》の本をよんだ最初のものは、田山花袋《たやまかたい》の紀行文であった。厚い本で、本屋の店頭では一度に読み切れず、何日も通って読了した記憶がある。花袋は各地を旅行して丹念に紀行文をかいているが、田部は本屋の棚から探し出しては、そういう種類の本を立ち読みした。その頃は花袋のそんな本があったものである。

田部は花袋が旅行記ばかり書く人と思い込んでいたが、後になって、「蒲団《ふとん》」や「田舎教師」などをよんで意外な気がした。

少年期の花袋につづいて、青年になった田部が愛読したのは、吉田紘二郎《よしだげんじろう》であった。紘二郎もよく旅の文章を書いたが、旅先で行きずりの少女に人生の別離を感じたり、路傍に脱ぎ捨てた自分の草鞋《わらじ》にさえ哀惜を覚えるという感傷は、若い田部の心を揺《ゆさぶ》った。彼は本気に遍路に出たいなどと考えたことがあった。

その後も、「土佐《とさ》日記」や「奥の細道」「卯辰《うたつ》紀行」などの古いのや、新しい紀行文をよんだが、要するに本をよむことや、地図をみて愉《たの》しむこと以上に出なかった。幼い時から貧乏に育った彼は、金のかかる旅行など縁のないことと諦《あきら》めていた。

戦争がはじまって、田部正一は補充兵として出された。連れて行かれたのは、韓国の京城《ソウル》である。この時が生涯はじまっての大旅行だが、京城からの行先はニューギニアということだったから、生きた心地もなく、沿線の風物をたのしむ余裕はなかった。

船が危くなって、結局、京城に残留となったが、生命がたすかったというだけで、星一つの彼はろくに外出も出来なかった。たまに出ても引率されて映画館に入り、そのまま兵舎に戻るという詰《つま》らなさだった。

田部が行きたいのは、楊柳《ようりゅう》の並木道に山羊《やぎ》が遊んでいる田舎の村だったが、もとよりそんな望みが果されるべくもない。独りで田舎道をぶらぶら歩き廻ったら、どんなにいいだろうと例によって空想しだすと限りがなかった。今更自由にならぬ身が情なかった。

敗戦になって、田部が還《かえ》ってみると、勤めていた会社は戦災で焼かれて、いつ建つとも望みがなかった。彼自身の家も焼失していた。

田部は職と家を失って、亡妻の実家に身を寄せた。彼は妻を喪《うしな》って以来、再婚していないので、そのまま妻の実家とは出入りがつづいている。そこは大分県の奥だった。

田部はそこで仕方なく百姓の手伝いなどしていたが、本線から岐《わか》れて支線に二時間も乗るこの地方にも北九州から闇米《やみごめ》の買出人が来た。彼らの話で、田部はふと商売に心を動かしてみたが、金もなければ、売る品にも心当りがなかったから、それなりになった。然《しか》し、いつまでも百姓の手助けをしている気持はなかった。

そういう矢先に一つの仕事を言ってくる者があった。

大分県は竹材の産地で、県下には竹を材料とした製産物が多い。その一つに熊手《くまで》や竹籠《たけかご》がある。近頃は買物籠の製造にかかっていた。田部の仕事というのは、その業者の外交となって北九州や山陽筋の問屋の注文をとって廻るのである。

今は注文をとらなくても、先方から頼んでくるくらいだが、次第に品物は出廻っているようだから、ぼつぼつ売り込みの競争がはじまる。今からその手をうっておくのだと、業者の杉岡は話した。

杉岡は六十過ぎて頭に一毛もなく、見かけは人の好《よ》い老人にみえたが、なかなか商売人であった。まあ、遊ぶ気持でやってくれ、と彼は田部に愛想のよい微笑でいった。

田部が激しく気持を動かしたのは、この仕事は旅が出来るという魅力であった。

2

田部は門司《もじ》、小倉、戸畑、八幡《やはた》という北九州の荒物問屋を杉岡の差図の通り廻り、下関に渡った。ここで二軒の問屋で注文をとると日が暮れた。

その夜の大阪行の汽車に乗って広島に行くのである。下関から先は、田部にとって未知の土地だった。

早春の寒い時だったが、夜汽車にはスチームがまだ通ってなかった。真っ暗い外を見ると寂しい灯が流れるだけで何も映らなかった。窓は凍るように冷たかった。田部は車内の寒気に睡《ねむ》ることが出来ず、外套《がいとう》を頭から被《かぶ》って、ようやく浅い睡眠をとった。

広島には未明の五時半に着いた。

駅前には屋台の飲食店がならんで、たき火をして駅の客を寄せていた。燃えている火の色が煖《あたた》かった。田部は火の傍で、うどんを喰《た》べた。喰べ了《おわ》ったら、そこを離れねばならない。食っている間だけの席だった。町に足を運んでみたが、どこも深夜のように戸を閉している。田部は寒いので前の場所にもどり、また火の傍に坐《すわ》ってうどんをとった。

そこから朝の始発の電車が出た時は、ほっとした。どこでもよいから行って、早く明るくなるのを待ちたかった。

着いたところは宇品《うじな》であった。海に突き出たところに小さい丘があった。ここまで来ると潮の匂《にお》いが強かった。

朝の太陽が正面の海から上った。

夜のあけた景色は急に忙しいように田部に見えた。工場勤めの人が流れていた。四国通いの船着場にも多くの人間が群れていた。小舟や小さい汽船が動いていた。

田部は心がはじめて落ち着いた。丘の裾《すそ》を海に沿って一周りした。誰にも会わなかった。四国通いの船が、田部に淡い旅情を与えた。

広島の街はバラックばかりだった。原爆が落ちて足かけ三年目であった。

田部は三軒の問屋を廻った。どこも注文を出してくれたので心が軽かった。

ここから十一時の下りの汽車に乗るのだ。杉岡は旅費がかかるという理由で、宿泊を好まない。なるべく夜行を利用してくれと田部にいった。

十一時に広島を発《た》って、二時に柳井《やない》の町につく。この町の問屋で一時間過して三時の汽車に乗る。二時間の後に防府《ほうふ》の町に着く。七時の下りがあるから、それまでこの町の問屋を廻る。この汽車は門司に着いた時は深夜に近い。最終の日豊線《にっぽうせん》に乗り換えると、翌朝のあけがたに帰着するのだ。杉岡はこういうスケジュールをたてた。

広島、柳井、防府、下関、北九州と往復させて一夜も旅館につかせないのだ。杉岡が自身でそういう商用旅行をしてきた。宿つきで商売に歩いていたら儲《もう》けがないというのである。

田部正一がその無理を承知したのは、ただ知らぬ土地を旅してみたいからだ。

柳井は旧《ふる》い町だった。商家も土蔵造りの家が多く、川ぶちに白壁の家が重々しくならんでいた。問屋がその一軒だった。

家ばかりではない、その屋根の下に住《す》まっている人間がまた旧かった。店主は紺の前垂れをかけていた。格子《こうし》で囲った黒い机があり、大福帳がかけてあった。インキに用事はなく、重い硯箱《すずりばこ》のふたをあけるのだ。家の中の暗さを除いたら、浜松屋の場か何かの芝居の舞台をみるようだった。主人は色の白い老人で鶴《つる》のように痩《や》せていた。

田部は柳井の町はずれを歩いた。

小さい桟橋があって、大島通いの船が出た。せまい海峡で、眼の前に山のような島が屹立《きつりつ》している。潮の流れが見た眼にも急流のように疾《はや》く渦巻がいくつもあった。暗《あん》礁《しょう》があるとみえ、海面を抜いて灯台が立っていた。

田部は防波堤のコンクリートの段を降りた。波の飛沫《ひまつ》が顔にかかった。濡《ぬ》れるために降りたようなものである。何故《なぜ》そうしたか分らない。旅での不可解な昂奮《こうふん》だった。杉岡の強いた無理な時間詰めの予定も苦にならなかったし、疲れもしなかった。

3

一年近くもそうすると、同業者も競争のように広島まで出るようになった。

値も下げなくてはならなかった上、注文も数が減った。田部が廻っても、品物の苦情をいわれたりして、今まで通りには楽でなかった。

「大阪に出してみたら、どんなものじゃろうかな、田部さん」

と杉岡はいった。人手も揃《そろ》ったし、材料も豊富になり、製品はどんどん出来るので、杉岡も気が気ではなかった。

田部は大阪ときいて、たとえうまくゆかなくても行ってみたいと思った。

「一晩か二晩くらい宿につくつもりでな、田部さん」

と杉岡はいった。彼にしては田部を旅館に泊めることが思い切った覚悟であった。

田部は小倉や門司を廻って、その夜、大阪へ発った。

翌日、地理不案内の大阪の街を田部はリュックをかついで歩いた。リュックの中には商品の見本が入っていた。

苦労してたずね廻った問屋もやすやすとは注文を出さなかった。

「九州からかいな。えらい遠方から勉強だんな。ほな、一梱《はこ》送ってんか」

というのがせいぜいだった。大阪商人の堅さだった。

天王寺《てんのうじ》の方でちょっとまとまった注文をとっただけであった。

田部は天満《てんま》から京都へ向った。大阪が駄目なら京都でもと思ったのである。

京都は更に悪かった。東本願寺の横の店で一軒話が出来ただけだった。

その夕刻、田部は大津へ出た。

琵琶湖《びわこ》を生れてはじめて見た。風のある日で、波が立っていた。遠い連山が寒い色をしている。比良《ひら》の頂上が雪で白かった。

田部は同じ泊るなら、湖岸の坂本で宿をとろうと思った。電車で坂本についたときは、日が暮れて、空だけ明るさを残していた。

暗い道に子供が輪をつくって唱《うた》っていた。うすい橙色《だいだいいろ》の電灯の光が家から道路に洩《も》れている。田部が声をかけると、内から無愛想《ぶあいそう》に宿屋の所在を教えた。

宿の暗い部屋で晩飯をすまし、うすい蒲団の上に横になった時、田部は明日は奈良に行こうと思った。旅のしずかな愉しさが、水のように湧《わ》いていた。

朝、田部は早く起きて大津に引き返し、京都へ出て、奈良に向った。

田部にとっては、やはり商売の方が気がかりである。奈良に降りると、観光道路の方には向わず、南側の商店街に入った。賑《にぎ》やかな通りを抜けると、新薬師寺の方に行く落ち着いた町なみに出る。問屋が一軒、古い店構えで在った。そこでは二梱の注文を出した。

別に商店街の小売店でも二梱の注文をくれた。とにかくこれだけで、奈良に来る足がかりが出来ると思うと、田部はうれしくなった。

田部は新薬師寺の前から北に折れる、原始林のように鬱蒼《りつそう》とした樹林の道をくぐって、春日《かすが》神社の方へ歩いた。貧しいが、旅人としての心は弾んでいた。

それから一年近くの間に、田部正一は、大阪、京都、岸和田、堺、大津、奈良、神戸の問屋との取引を開拓した。思ったほど大きな取引ではなかったが、とにかく、受注と集金に一か月に一度出向いても、充分採算はとれた。製品を捌《さば》かすだけでもよかった。

「田部さんは働き者じゃけ、助かる」

と杉岡はよろこんでいた。

「うちが上方《かみがた》へ荷を出すので派手に見えるんじゃろうな、同業者の間で、大阪方面に外交を出すちゅう奴《やつ》が出てきたよ。すぐ人の真似《まね》をするでな。あんた、負けんように頼むよ」

といった。

田部は、内心そんな売り込み競争に熱はなかった。時間があれば、出来るだけ知らぬ土地を観《み》て歩きたいだけだった。

4

田部正一の足跡は京都の近郊から、奈良、大和《やまと》まで及んでいる。出張の度に少しずつ変った所を見て廻るのだ。この地方は郊外電車が発達しているので都合がよかった。法隆寺に行った時は秋だった。白い砂に、眩《まぶ》しいほど陽ざしがあかるかった。松林に風がわたっていた。休んだ茶店の横に子規の句碑があった。夢殿では頭の上で露盤《ろばん》の宝珠《ほうしゅ》の鳴る音をきいた。

薬師寺から唐招提寺《とうしょうだいじ》の道も歩いた。崩れた築地《ついじ》塀《べい》や、大和の民家らしい切妻《きりづま》の白い壁におだやかな陽が当っていた。寺の廃門に伸びた草が青く、桜が残っていたのは、遅い春の記憶だった。あたりはしずまって、慵《ものう》いほど人の影がなかった。

飛鳥路《あすかじ》を歩いたのは夏のさかりだった。電車を降りて、炎天の下を橘寺《たちばなでら》まで辿《たど》った。巡礼の振る鈴が石段の高い本堂の前に聞えていた。それから法興寺《ほうこうじ》に廻った。田部が寺の庭の木蔭《こかげ》で汗を拭《ぬぐ》っていると、寺僧の妻が冷たい井戸水を汲《く》んでくれた。外のはげしい陽に馴《な》れた眼には、寺の建物は暗く、まして光線の入らない本堂の奥に安置した特徴のある飛鳥大仏の面相が暫《しばら》くさだかに見えなかった。

白壁の多い村落に入って、「飛鳥」という看板をみた時、田部は炎天をここまで歩いた甲斐《かい》を感じた。「古代」への感傷だった。村を出はずれると、巨大な前方後円墳があり、墳丘《ふんきゅう》の樹木の茂った奥から蟬《せみ》が暑そうに鳴き、濠《ほり》の水は油のように淀《よど》んで動かなかった。

そこから海のような夏の青い田の向うに天香久山《あまのかぐやま》がもり上って見えた。

田部は年少から旅したい心をかなり満足させた。一度だけでなく、行ってみたい処《ところ》はわずかな時間をぬすんで二度も三度も同じ場所を訪れた。

しかし、次第に月日に馴れると田部はこのような旅の什力にある焦燥《しょうそう》を感じはじめた。何の苛立《いらだ》ちであろうか。旅の虚《むな》しさかも分らなかった。

田部は旅心を満足させながら、一方では空虚を覚え出した。

旅をし、知らぬ土地を歩きながらも、へんに憂鬱になった。

旅することに飽いたのであろうか。

それは晩秋の日だった。

田部は大津の駅前の食堂に、遅れた昼食をとるため入った。時間外れの時だったので、食堂の内はがらんと空《す》いていた。田部の他には一組の男女が離れた卓に居るだけであった。

田部は見るともなくその方を見た。

男は三十二、三位だった。女はもう少し若かった。二人とも相応の身装《みなり》をしていた。きれいなボストンバッグが二個、隣の空《あ》いた卓の上にならんで置かれてあった。

女が絶えず食事の合間に男に話しかけていた。女のその表情は愉《たの》しくてならないという顔だった。愉しさが女を少し媚《こ》びさせ、饒舌《じょうぜつ》にしているという風だった。

男は言葉少なに、それを受けていた。然《しか》し男の顔にも、やはり同じ愉しさが鷹揚《おうよう》に漂っていた。

田部は今まで、これに似た一組の男女を何度見かけたか知れなかった。ついぞ気にも止めたことがなかった。

だが、この時ばかりは、不意に自分の孤独を自覚した。

自分の旅のみすぼらしさが分った。

旅とはこんなものではないのだ。商用のわずかな時間をぬすむ自由のない卑屈さが嫌《いや》になった。もっと自分だけの縛られない身体《からだ》で行ける気儘《きまま》な、自由自在の旅が欲しかった。

自分が独りで歩いている気安さと感じていたのも、本当は心の奥に侘《わび》しさがひそんでいたのだった。それが、眼にふれた行きずりの男女に、理由のない嫉妬《しっと》と反撥《はんぱつ》を向けさせたのだ。

田部は心が沈んだ。

こんな旅が空虚になった。

焦躁は、その空虚が埋らぬためであった。

田部はこの仕事をつづける興味をなくした。

5

三年の後、田部正一は名古屋のある無尽《むじん》会社の外務係になっていた。もっとも、彼の入社した翌年、無尽会社は相互銀行と名が改まっていた。

田部は外務係として社内ではかなりの存在になっていた。実力本位のこの世界では、社歴よりも契約の実績がモノをいう。

社内には、係員の契約高が一月《ひとつき》ごとにグラフになって掲示される。田部は三番以下に下ったことがなかった。

田部のは努力だった。

一度、契約者に好感をもたれたら、次々に客を紹介してくれるものだ。

遠藤ユキがその一人であった。彼女は店員を何名か使って洋裁店を営んでいたが、一度田部が貸付のことで便利を図ってやったので、それ以来、契約を何口か世話してくれた。

田部はその都度、礼を出した。

遠藤ユキは夫と別居していた。夫は別の女と暮している。金は一文もくれなかった。女手一つの店は容易でなかった。商売も前のように景気がよくはなかった。借金が嵩《かさ》んでゆくようだった。

苦しさからユキは田部に金の融通をたのんだ。

田部も無下《むげ》に断りかねた。契約の紹介をもらった義理がある。

田部の手から給付の名目で金が出て行った。二回になり三回になった。不正貸付といわれても仕方のない金だった。

「ご迷惑をかけます。ご恩は忘れません」

と遠藤ユキは白い頰に泪《なみだ》を見せていった。

ユキが何かと頼るようになった。

田部は下宿住いである。味気ない独居に帰るよりも、ユキの家に足を向けることが多くなった。行けば馳走《ちそう》して歓待してくれる。下宿の食べ物と違って、料理に誠意がこもっている。

田部は下宿の味けなさにくらべ、ユキの家庭的な部屋に坐《すわ》るのが心に和《なご》めた。二本の銚子《ちょうし》をあけて、十一時頃酔って帰ってゆく。

田部とユキの噂《うわさ》を立てる者があった。

実際にその関係になったのは、噂が立った後だった。

ユキは夫と正式に別れて、田部と一緒になろうといった。が、この時になって、ユキと別居の夫が女と手を切ったといって、家に帰ってきた。女に逃げられたのか、田部との噂をきいてユキに未練を起して戻ったのか、分らなかった。

ユキは夫を罵《ののし》り、家に帰ってくることを拒んだ。夫はせせら笑った。ユキは近所に救いを求めた。

世間は常識の枠をつくっている。この枠にはめられたらどんなことでも単純に公式化してしまう。ユキと夫とは夫婦なのだ。夫婦が元の鞘《さや》にかえれば、これが一番だという。救いを求めたユキが、まあ、まあ、と常識に説得されるのである。

夫は毎晩、ユキに田部との関係を白状せよと責めた。庖丁《ほうちょう》を持ち出すのだ。嫉妬に狂って何をされるか分らないとユキは恐れた。

いずれ田部のところにも挨拶《あいさつ》に行く、と夫は喚《わめ》くのだ。

田部は地獄を感じた。ユキが毎晩、どんな風な肢体で夫の加虐をうけているかと思うと、じっとしていることが堪えられなかった。

それに、社内に費《つか》い込みがあって、急に監査が厳しくなった。田部がユキに出した不正貸付が早かれ晩《おそ》かれ摘発されるのだ。

田部とユキとは、どちらともなくいい合せた。

万一の眼を考えて、田部は熱田《あつた》駅から乗り、ユキは岐阜《ぎふ》駅から乗った。

夜の下り急行だった。

6

ユキは厳島《いつくしま》が見たいといった。二人は宮島口で下りた。

ユキは自分のデザインのスーツを着ていた。臙脂《えんじ》と黒の取り合せで、年齢より若く見せた。連絡船の上で、ユキは躁《はしや》いだ。海の大鳥居を見て、写真の通りだとよろこんだ。

朱塗りの廻廊《かいろう》を歩いた。団体の客で混雑していた。宝物殿《ほうもつでん》では疎《まば》らな人だったので、ゆっくり出来た。田部は、陳列ケースの中の、平家納経絵巻《へいけのうきょうえまき》の華麗さに見入っているユキの横顔のあどけなさを眺めた。数日の後の運命に対決する顔ではなかった。

灯籠《とうろう》を背景にして、写真屋に撮らせた。どこから見ても夫婦のポーズであった。写真の送り先をどこにするのかと田部が思っていると、ユキは青森の姉の住所を書いた。写真が出来上って届く二週間の後を考えているらしかった。その時は二人の生命はこの世にないかも知れなかった。

その夜は宮島で泊り、次の夜は九州の博多で泊った。

次の朝、鹿児島行に乗った。

車中では、やはりユキが何かと話しかけた。とりとめのない話題だ。愉しげに声に弾みがついていた。

田部がふと見ると、前の席の三十あまりの男が大きな折鞄《おりかばん》を台に、小さい算盤《そろばん》を弾《はじ》いては、しきりと請求書か何かを書いていた。

それは、かつて竹製品を京阪方面に売り込みに行った頃の田部自身の姿だった。

田部は、ふと、この男は、自分達をどう思うだろうかと思った。あの時、自分が大津の食堂で一組の男女を見た際のように、羨望《せんぼう》と軽い嫉妬を覚えるであろうかと思った。

男は計算の仕事が済んで鞄におさめた。煙草《たばこ》をとり出して、マッチを探しはじめた。

田部が火を擂《す》ると、恐縮して、

「どうも」

と頭を下げた。

それから田部とユキを遠慮がちに等分に眺めるようにして、

「どちらへご旅行ですか？」

と煙草の煙を吐いてきいた。

人吉《ひとよし》へ、と田部は答えた。そこまでは本当であった。

その男は人吉の温泉や球磨川《くまがわ》の流れを説明しはじめた。自分も以前に行ったことがあるといった。

「今頃、お遊びに旅行とは羨《うらやま》しいですなあ」

と笑いかけた。

田部は、その眼を見返したが、ほんとにそう思っているかどうか、見定めがつかなかった。

その男は熊本駅につくと、鞄を下げて席を立った。

「では、ご機嫌よう」

男がそう挨拶して、ちらりと視線をユキに走らせた。田部は、この男がやっぱり軽い嫉妬をしているのだと思った。

が、幸福に見えるのは、こちらだろうか。

抜き差しならぬ羽目になって、この旅行の涯《はて》は女との死が見えているのだ。

空虚と孤独に思えたひとり旅の頃が失った宝石のように思い返された。

田部正一はホームを改札口に歩いてゆく鞄の男の単身を羨望をもって見送った。

絵はがきの少女

少年のころ、小谷亮介《りょうすけ》は、絵はがきをあつめるのが好きだった。

父は官吏だったから出張することが多く、亮介のために各地から絵はがきを送ってきた。のみならず、叔父も、従兄《いとこ》も、亮介に送ってくれた。従兄は京都の学校に入っていたので、京の舞妓《まいこ》や大原女《おおはらめ》などを寄越した。奈良、吉野《よしの》、飛驒《ひだ》あたりに旅行したといっては、その地方の絵はがきを送った。考えてみると、従兄のものが一番多かったようである。

絵はがきは亮介の本箱の抽出《ひきだ》しに一ぱいになる位に集まった。北海道のも、九州のも含まれていた。亮介は、退屈すると、抽出しの中に積み重なった絵はがきをとり出し、未知の風物と遊んだ。

少年のときから亮介は、知らない、遠い土地に憧《あこが》れるくせがあった。さまざまな絵はがきは、その夢を充《み》たしてくれた。大てい、それは名所や旧蹟《きゅうせき》といったものが多い。松島や日光、阿蘇《あそ》、宮島、三保の松原、兼六公園、琵琶《びわ》湖などといった類《たぐ》いである。

それらを何度も眺めているうちに、それぞれの景色は頭の中に滲《し》み入り、まるで旅したことのある土地のように彼には馴染《なじ》み深いものになった。何回、くりかえしても、少しも飽かなかった。

小学校のときは地理が一番好きだった。ことに教科書に嵌《は》め込んである挿絵《さしえ》の銅版画風景は、こよなく学科を愉《たの》しいものにした。添景《てんけい》的な小さな人物にさえも親しみを感じ、退屈しなかった。

しかし、亮介が大きくなるにつれ、絵はがきは次第に散逸して減っていった。それが幼稚に思えてきたせいもあるし、送ってくれる主が居なくなった為《ため》でもあった。従兄は、学校を卒業し、満州の会社に就職したが、二年日に死んだ。父は官吏をやめて老い、絵はがきは誰からも送られて来なくなった。本箱の抽出しの中は、受験用の参考書が交替するようになった。

そんなわけで、蒐集《しゅうしゅう》した絵はがきは殆《ほとん》ど失って了《しま》ったが、その中で、一枚だけ亮介が大事にとっておいたぶんがあった。それだけは、失いたくなくて、少し大げさない方をすると、肌身離さない気持で保存していた。

それは富士山の絵はがきだった。他愛《たわい》ない写真である。ただ、絵はがきの富士山といえば、田子ノ浦からの遠見とか、芦ノ湖《あしのこ》の倒影とかの類いが普通だったが、その富士山の角度は、少年の眼に、すこし変って映った。

その富士山はあの裾拡《すそひろ》がりの底辺を全くほかの連山にかくされ、およそ八合目から上の方が覗《のぞ》いていた。遠望ではなく頂上はかなり近い距離で写っていた。そのため、富士山が少しも高くは見えなかった。

絵はがきの説明によると、「山梨県K村付近より見た富士の偉容」とあった。偉容という印象はなく、富士山が具合悪げに低い頂上を連山の上に据えている感じであった。後年、亮介は、それが北斎などの絵にある甲州から見た、いわゆる「裏富士」と呼ぶべき名であると知った。

だが、亮介が少年のころに、その絵はがきに愛着を覚えたのは、裏富士のせいではない。その写真に、添景物として写っているひとりの少女が心を惹《ひ》いたからであった。

風景をいうならば、それは寂しい田舎道で、藁屋根《わらやね》の貧しそうな民家が道の両側にならんでいる。ひょろ高い松が四、五株、道ばたに立っていて、その一つは斜めに傾《かし》いでいる。富士山は、その街道の正面に立っているという構図だった。

問題の少女は、道の片側に、ちょこなんとこちらを見て佇《たたず》んでいた。七つ八つくらいのお河童《かっぱ》あたまで、裾の短かい着物をきていた。早春か、晩秋ごろらしく、袖《そで》無しをきて、両手を脇《わき》に入れていた。おそらく、近所の農家の児《こ》が、偶然に立っているところを、写真屋が撮ったといった格好だった。

それだけでは仔細《しさい》はないが、亮介が眼を惹かれたというのは、その幼女の顔だった。それは近景にうつっていたから、目鼻立ちまで、はっきりと判《わか》った。顔の輪郭は下《しも》ぶくれで、ぱっちりとした大きな眼と、小さい唇がついていた。尤《もっと》も、それは微小な黒い点としか見えなかったが、可愛《かわい》い顔だちの子であることは間違いなかった。

少年の亮介は、その少女の顔に、強い印象を覚えた。その絵はがきは、誰が送ってくれたのか忘れてしまったが、妙に低い富士山を背景にした貧しい田舎の少女は、子供心に他の絵はがきのいかなる人物よりも幻影を残した。少女の小さい顔には、自分の空想でいろいろな補足を加え、その想像にこっそり陶酔したものだった。

亮介は、その絵はがきだけは、大きくなっても捨てかねて、本の間に栞《しおり》のように挟んでおいたりした。尤も、青年になってからは、さすがに幼稚な憧憬《どうけい》は無くなって了ったが、その代り、了供のころをなつかしむ気持で、たまにその絵はがきを発見しても、何となく破るに忍びなかった。

そして、いつか機会があったら、裏富士の見える寂《さび》れた絵はがきの村を訪ねてみるのも悪くないな、と思うようになった。無論、そのころは、少女はその村に居ないかもしれない。撮影の年月が判っていないので、亮介よりはずっと年上かもしれないし、そうなると、いい加減な小母《おば》さんかもしれない。或《あ》るいは死んでいるかも分らなかった。

他人にいったら嗤《わら》われる話だが、亮介はそんな意識をもちながら、古ぼけた一枚の絵はがきを何処《どこ》かに忘れたように納《しま》い込んでいた。裏富士の見える甲州の淋《さび》しい村、というのは奈良や北海道と同じように、亮介が一度は訪れてみたい未知の土地であった。

○

小谷亮介は学校を卒業すると、或《あ》る新聞社に入った。所属は学芸部の記者だった。三年が忽《たちま》ち経《た》ち、彼は仕事に慣れると同時に、この時期は、いくらか退屈と疑問を覚えるころだった。

その年の早春、亮介はデスクから作家のB氏とY氏を訪ねて、その近況を記事にするよういいつけられた。この二人とも東京を離れて、B氏は甲府の近在に、Y氏は信州上諏訪《かみすわ》に、仕事のため、かなり長い間、滞在していた。

「Bさんには今年の秋ごろから連載を頼みたいと思っている。それとなくスケジュールを聞いておいてくれ」

デスクはそんなことをいった。

亮介は甲府は初めてであった。甲府ときいて忽ち心に泛《うか》んだのは、あの少女のついた絵はがきだった。いい機会である。時間があったら、あの村を訪ねてみたい。いや、時間が無くても、何とか都合をつけて行ってみようと思った。一方では、少々、ばからしい気がしないでもなかったが、心は弾んだ。少年のころから馴染んで憧れていた絵はがきの風景の中に、実際に自分が立ち、この眼で実景を見るのだと思うと愉しさが湧《わ》き上った。

亮介は、本棚を掻《か》き回して、例の絵はがきを捜した。どの本の間に挟めていたか忘れるくらい長いこと見たことがなかったが、ようやく探し当てた絵はがきは、やはり昔のままの古ぼけた色で木の間から落ちた。

さびれた街道、藁屋根のならび、数本の松、その向うに見える低い富士山、それから両手を脇下からふところに入れて佇んでいるお河童頭の少女——大きい眼と小さな口は、下ぶくれの顔に、小さな黒点でしかなかったが、子供のころは、それを空想でふくらませたものである。亮介は、煙草《たばこ》を喫《す》いながら、しばらくそれを眺めていた。少年の日の夢の追憶であった。

亮介は、翌日、中央線に乗って甲府で降りた。途中、盆地を走る汽車の窓から眺めた富士山は、なるほど絵はがき通りに八合目から上だけを覗かせていた。近景の連山が裾を屛風《びょうぶ》のように立て回して隠しているので、頭だけの低い富士山になっていた。盆地の遠くには霞《かすみ》が立っていた。

B氏は甲府のはずれの温泉場で仕事をしていた。亮介とは四、五回会ったことがあるので、訪ねて来たことを喜んでくれた。

「いま、二時間ばかり手がはなせないんだがね。それが済んだら、飲みましょう」

酒の好きなB氏は、眼鏡の奥の眼を細めていった。

二時間なら、あの村を訪れるのに、ちょうどいい時間であった。亮介は、それでは、それまで遊んで来ます、といってB氏の宿を出た。君、悪いな、と何にも知らないB氏は、まるい童顔を気の毒そうにした。

宿で訊《き》くと、K村は車で三十分ばかりの所だった。

自動車は、甲府盆地の北隅を走った。釜無川《かまなしがわ》を渡ったが、川堤は始終道路と並行して見えた。富士山は左に姿を出していた。そうだ、この位置だ、と亮介は富士を見て思った。かれはK村が、間もないことを知った。

運転手が、車をとめて、此処《ここ》です、といった。その前から、前の硝子《ガラス》にうつる景色で亮介はすでに気づいていた。絵はがきと、そっくりな村が近づいて来ているのだった。

亮介は道の上に立った。ポケットから絵はがきを出して見くらべると、寸分も相違がなかった。古い藁屋根が少なくなって瓦《かわら》ぶきの家に建て変っている以外、寂しい道路も、富士山の位置も全く同じであった。松の数株も、絵はがきの通りに残っている。ただ、斜めに傾いた松はいつ切られたものか、そこには無かった。

亮介はしばらく道の真ん中に佇んで眺めていた。遠い子供のころの夢の景色が、実際に其処《そこ》に在った。絵はがきの通りなのである。それから、その実景さえも、絵はがきと同じように古ぼけて、荒廃していた。物音一つ聞えなかった。人の影も見えなかった。少女が佇んでいたと思われるあたりには、鶏が遊んでいた。

これは絵の中の景色でもなければ、幻覚でもなかった。自分が靴でふんで立っている実際の光景であった。松の木も、家も、手を触れたら、固い手応《てごた》えが返ってくるのである。風も顔に吹いて冷たいのだ。——亮介は泪《なみだ》がにじみそうになった。来たよ、と声をかけたいくらいだった。富士山にも、藁屋根にも、松の木にも、それから少女が立っていたあたりにもである。そこには鶏の糞《ふん》が黒々と転がっていた。

近くの家から、六十ばかりの老婆《ろうば》が出て来た。咄嗟《とっさ》だったが、亮介は近づいた。殆ど前後の考えがなかった。少しでも考える余裕があったら、そんな真似《まね》は出来なかったことは確かだった。

亮介は絵はがきを老婆につき出したのだ。

「おばさん、この子は、この村の子かね？」

そういってから、亮介は初めて身体《からだ》に汗を感じた。老婆はおどろいたような顔をしたが、それでも、へえ、といって眼を絵はがきに落した。赤くただれたような瞼《まぶた》をしていたが、視力は案外正確のようだった。

「こりゃ岡村の、えみ子ずら」

老婆は、珍しいものを見たようにいった。

「ふんに、小せえときの写真があったもんじゃ。こりゃ、たまげた」

絵はがきを、ためつすがめつといった格好で眺めていた。

岡村えみ子――亮介は少女の名を初めて知った。

「おばさん、このひとは、まだ、この村に居るかね？」

老婆は、歯のない口で笑って首を振った。

「昔のことでやすがな、とうに嫁に行ったじゃん。容貌《きりょう》をのぞまれてな、茅野《ちの》の寒天問屋の高崎屋の若旦那《わかだんな》と一しょになりやした。もう、十四、五年も前になるずら」

○

亮介は、その晩、B氏にすすめられて宿に泊り、翌朝、上諏訪にY氏を訪ねて行った。

途中で、汽車の窓から見ると、茅野の駅から八《やつ》ケ岳《たけ》が正面に見えた。駅の付近には、かなりの家が密集していた。

Y氏の家は諏訪湖を見晴らす高台の上にあった。花梨《カリン》の畠《はたけ》に囲まれ、近くに石器時代の遺跡があった。

Y氏の家では、ちょうど、同じ新聞社の諏訪通信員が来合せていた。通信員は小田といって四十年配の、人のよさそうな瘠《や》せた男だった。亮介とは無論、初対面だった。

Y氏から談話をとる亮介の仕事はすぐに終った。ちょうど、昼になったので、昼食など小田通信員と一しょに馳走《ちそう》になった。小田は本社をはなれて十年になるとかで、この地方では、いい顔のようだった。

亮介がY氏に別れの挨拶《あいさつ》をすると、小田も一しょに腰を上げた。

「このごろは、たまに東京に出ても怕《こわ》くなりましたよ」

畠の中についた、だらだら坂を下りながら小田は自嘲《じちょう》的にいった。本社の整理部の机に八年間すわっていたとかれは話した。そんな都会生活を経験したとは見えない泥臭さが、かれの風采《ふうさい》についていた。

「この辺では顔が広いんじゃないですか？」

亮介は挨拶に困っていった。

「そりゃね、十年もいれば、諏訪ばかりでなく、岡谷《おかや》から茅野の方も一応の顔は利《き》きますよ」

小田は、すこし元気にいった。亮介はかれが茅野の名を口に出したので、はっと思った。そうだ、この男に訊けば分るかもしれない、と考えついた。

「茅野に、高崎屋という寒天問屋がありますか？」

亮介は、悪いことを尋ねるように訊いた。

「あります。大きな商売をしていますよ」

小田通信員は即座に答えた。

「そこの若旦那は」

亮介は何となく唾《つば》をのみ込んだ。

「いや、もう若主人じゃないかもしれませんが、十四、五年前、甲府の近くから奥さんを呼んだひとじゃありませんか？」

「それは利一郎です。いま、主人ですがね。僕よりちょっと若いでしょうか。そうそう、あなたの仰言《おつしや》るのは前の女房ですよ。たしか甲府の在から来ていた」

小田はそう答えると、

「ご存じなんですか？」

亮介を見た。

「いや、直接には、無論、知りません。ただ、僕の知人で、その奥さんの様子を知りたがっていた者がいるものですから」

亮介は嘘《うそ》をついた。動悸《どうき》がうったのは、嘘をいったからではなく、あの絵はがきの少女の変遷《へんせん》が、この通信員の口から聞き出せそうだったからである。

小田の洩《も》らした、前の女房という一語が亮介の耳にひびいた。

「別れたのですよ。六年前にね。それが妙な別れ方でしてね」

小田はこの地方の事情に通じているのを誇るようにいった。

二人は商店街に出て喫茶店に入った。薄暗い隅で、小田は、その妙な別れ方の事情を話した。

「六年前です。高崎利一郎に女が出来たのです。相手は、この諏訪の温泉芸者です。私は高崎利一郎を知っていますが、ちょっとした好男子ですよ。その女房の方、さあ、名前は何といいましたかな」

「えみ子、というんじゃないですか」

亮介は確かめてみるようにいった。

「そうそう、そんな名でした。あなたの方がよくご存じだ。この女房も、器量を望まれて貧しい農家から縁づいてきただけに、なかなかの美人でしたよ」

「いま、年齢《とし》はいくつくらいですか？」

「そのときが三十くらいと思いました。今は三十五、六でしょうかね」

亮介は初めて絵はがきの少女が自分より十歳の年上であることを知った。絵はがきを見たとき、少年の亮介は、ほぼ自分と同じ年ごろと考えていたのだが、実は、絵はがき写真の撮影は十年も古かったのである。

「ところが、その諏訪の芸者というのは変な顔つきの女でしたよ。それが利一郎に血道を上げたので、利一郎も、すっかりのぼせてしまったのです」

小田は、珈琲《コーヒー》をのみながら先を話した。

「両人はとうとう駆落ちをしました。そのときは利一郎の親父《おやじ》も生きていたわけです。高崎屋というのは、茅野でも裕福な寒天屋でしたから、利一郎も相当な金をもって出奔したのです。それから騒動になって、いろいろ行方を捜すと、駆落ちの両人は九州の熊本にひそんでいることが分りました。何でも、そこの取引先の羊羹屋《ようかんや》を頼って行ったらしいのです。そこで、親の方では、どうしても利一郎をひき戻さねばならんというので、嫁の、つまり、利一郎の女房のえみ子を九州に迎えに遣《や》ったわけです。女房の方でも亭主の出奔以来、悲しんでいたのですから、亭主の迎えに喜んで行ったのでしょう。親の方では、女ひとりでは道中が心もとないというので利一郎の弟を嫁につけてやりました。ところが、ここに一つの間違いが起りました」

小田は煙草を喫うために一度、言葉を切った。

亮介には、その間違いというのが、大体、想像出来るようだったが、小田のあとの言葉を、声を呑《の》んで待った。

○

「女房と弟とが、九州の熊本に着き、利一郎のかくれ家を探し当て、彼に会ったところ利一郎は両人の誘いを断わりました。まだ、芸者の方に未練があったわけです。女房のえみ子がどのように泣いて頼んでも、また弟が言葉を尽していっても、利一郎は頑として女と別れて帰ることを承知しなかったそうです。そこで、えみ子と利一郎の弟とは止《や》むなく一応、茅野に帰ることになりました。そこで、両人は無事に真直《まっす》ぐに帰ればよかったのですが……」

小田は、鼻に皺《しわ》をつくって、すこし笑った。「途中、京都に降りたのです。その晩、宿で、どちらが誘ったか分りませんが、遂《つい》に出来たのですな。まあ、弟にすれば嫂《あによめ》への同情もあったでしょうし、えみ子にしても亭主に断わられたあとですから、複雑な気持になっていたと思います。今度は、えみ子と義弟とが、京都や奈良を三晩、泊り歩いて茅野に帰ってきました」

話は亮介が予想した通りだった。しかし、亮介は少しやり切れなかった。

「茅野に帰って来ましたが、その不都合が親父にいつまでも分らないはずはありません。親父は、以《も》ってのほかだと怒って、えみ子を離縁したんです」

「その亭主の弟というのは、どうしたんですか？」

「これは年齢《とし》が若いから、無論、謹慎です。嫂と一しょに出る勇気はありません。えみ子にしても一時の出来心ですから、夫婦になるつもりは無い。その弟というのは、今では東京の会社につとめていますがね」

「えみ子さんは、実家に帰ったのですか？」

「ちょっと、帰っていたそうですが、そこにも永く居られなくて、何でも静岡の方の料理屋の女中になったそうですよ」

亮介は黙って茶を呑んだ。

「あなたのお知り合いの方は」

と小田は亮介の表情を見ながらいった。

「高崎屋の前の女房の消息を知りたいとおっしゃってるのですか？」

その口吻《くちぶり》は、調べたら判《わか》りそうないい方だったので、亮介は新しい気持が動いた。

「調べましょう。あとで手紙を出しますよ」

小田は受け合った。

「その利一郎さんの方はどうなりました？」

亮介はついでに訊《き》いた。

「利一郎ですか。今では当主になって家業に励んでいますよ。芸者とは別れて、別な女房をもらっています。町会議員になったりしてね。そうなると、前の女房というのは、運が悪かったわけですな」

亮介は、小田と別れると、新宿行の汽車に乗った。

帰りの汽車の窓から、茅野の町を気をつけてのぞくと、古いだけで、あまり活気のある町とは思えなかった。それでも、大きな屋根が目立って多い町だった。亮介は、その屋根の一つが、多分、高崎屋のように思われ、その奥でひっそりと暮していた絵はがきの少女の若妻姿を想像した。茅野駅のホームには寒天の出荷物が積まれてあった。運が悪かったのですな、という小田の言葉が、亮介の耳に残っていた。

八ケ岳の長い裾野《すその》がゆっくり動いて見えなくなると、汽車は高原を下りて甲府盆地に入った。車窓から見ると、K村のあたりは一点の小さな森になっていた。夕方が近づき、八合目から上の、低い富士山の頂上には、淡い赤い陽が射《さ》していた。

それから一週間くらい経《た》って、亮介の机の上に諏訪通信部の小田からのはがきが載っていた。

——先日は失礼しました。例の、高崎屋の先妻の件、本人は、静岡市××町、「角屋」という割烹《かっぽう》料理屋の女中になっているそうです。但《ただ》し、これは四年前の話で、現在、まだそこにいるかどうか分りません。右、要用まで。

亮介は、住所を手帳に書き取った。その文字を写してから、彼は、ふと、静岡に行って、えみ子に会ってもいいな、と思った。料理屋なら客に化けてその家に上れる。それとなく、絵はがきの少女の現在に対面するのは、愉《たの》しいことに違いなかった。亮介は、そのとき、かなり心が動いた。しかし、わざわざ出かけるのも、やはり大儀だった。静岡まで、そのために四時間の汽車に乗って行くのは、少々、酔狂めいて心が咎《とが》めた。それに、小田が葉書に書いた通り、彼女が現在、そこに居るかどうかも分らなかった。

だが、彼女の現在を知りたい気持は、相変らず、心の中に絶えず動いていた。

数日経って亮介は、静岡の通信部に友人が居るのを思い出し、それに問い合せの手紙を書き、原稿便の封筒に入れて送ったのは、その気持が落ちつかなかったからである。

十日も経ったころ、静岡からは返辞が来た。ザラ紙に荒い鉛筆文字で、書き流してあった。

――問い合せの女は、「角屋」には居ない。そのお座敷女中は、角屋ではすみ江という名で勤めていた。なかなかの美人だったそうだが、一年半くらいでやめた。つまり、今から四年前だ。止《よ》した理由は、客に見そめられて岡山に引き取られたという。客は岡山の果樹園主だったというが、勿論《もちろん》、二号だろう。噂《うわさ》では女の子が出来たそうだ。当時、朋輩《ほうばい》に来た便りによって、住所を書いておく。岡山市××町、須藤方、岡村えみ子。……

○

「それで、君は、また岡山支局に手紙を出して問い合せたのか？」

と先輩の友人は小谷亮介の顔を見ていった。新しく九州の支社に赴任してきた小谷亮介は切れ長の眼を眩《まぶ》しそうにしかめながら煙草《たばこ》を喫《す》っていた。この、ふぐ料理屋の窓からは冬の関門海峡の海が見え、クレーン作業の鈍い音が絶えず汽笛に交って聞えていた。

「そうです」

小谷亮介は、吸殻を灰皿に捨ててうなずいた。

「その住所には、彼女は居なかったろう？」

「いませんでした」

友人は、小谷亮介が、予想通りの答えをしたので微笑した。

「今度は何処《どこ》だね？」

「四国の松山です」

「なるほど、瀬戸内海を渡っていたのか。やはり、また、愛人が出来たのかね？」

「そうなんです」

小谷亮介は真顔で説明した。

「そこの若い外交員と仲よくなったのですね。えみ子は女の児《こ》を連れて夫婦になったのです。果樹園主は自分の子ではないといって、えみ子を追い出したそうです。そこで、新しい夫と、その郷里である松山に行って、小さな雑貨屋のような店をひらいていたそうですが……」

「君は、松山支局に、やはり手紙を出したのだな？」

「出しました」

小谷亮介は笑いもせずに答えた。

「今度は、幸福を摑《つか》んだのだろうと思いました。それをたしかめてもらいたかったのです。それとなく様子を見てくれといってやったのです。ところが、その雑貨屋は二年前に潰《つぶ》れて了《しま》い、えみ子は居ないということでした」

「残念だ」

先輩はいった。

「今度は、どんな運命が来たのだ？」

「亭主が死んだのです」

小谷亮介はいった。

「なんでも、その亭主は肺病で寝たり起きたりだったそうですがね。えみ子は、ひとりで働いていたということですが、亭主が死ぬと、その親父や兄貴というのが、店をとりあげてしまったのです。えみ子は、そこを追い出され、女の子を連れて、山口県の柳井《やない》という町に行きました」

「その土地は、どういう因縁で行ったのだね？」

「亭主の親父も無下には追い出すわけにはいかないので、自分の友だちだというやものところへ無理に後妻にやったのですな。だから年齢は三十近く違っていたでしょう。ふれ込みは大きな魚屋だとのことでしたが」

「そうではなかったのだね？」

「魚屋といっても、天秤棒《てんびんぼう》をかついで回る触れ売りでしたよ。探しても容易に分らないような、路地の奥でした。六畳が一間くらいの粗末なバラックです。一体柳井の町は大きな白壁の家がいくつも軒をならべ、それが川に映って、とても古めかしい感じのする奥床しい町なんですが、えみ子が住んでいた家は、家とはいえないような路地裏の悲惨な小屋でした」

「なんだ、君は柳井まで訪ねて行ったのか?」

先輩は眼をみはった。

「行きました。こちらに転勤になってくる途中、汽車を柳井駅で降りて、寄ってみたのです」

小谷亮介は答えた。

「これは、ほんものだ。なるほど、物語の結末はそう来なくちゃいけないね。そこで、いよいよ、絵はがきの少女のなれのはてを見たのかね?」

「それができませんでした」

「やれやれ、また、すれ違いか。人生不如意《ふによい》齟齬《そご》多し、今度は何処に飛んで行っていたのだ?」

「自殺していたのです」

小谷亮介は、いくらか伏し眼になって答えた。

「ふうむ」

友人は、口から煙草を離して、亮介の顔を見た。

「と、それは、どういう……？」

「その亭主というのが六十くらいの老爺《ろうや》でしてね、怠け者で大酒飲みでした。その近所で聞いた話ですが、えみ子は朝早く起きて魚の買出しをし、荷をかついで五、六里もある山奥の村を歩き回って商売をしていたそうです。亭主は、えみ子が来てからは彼女だけ働かせ、一ん日《ち》、家の中でごろごろしていたんです。それだけなら、まあいいのですが、博奕《ばくち》が好きで、えみ子の稼ぎの金を奪っては賭《か》けて、スッてくる。年中、家の中は無一物です。なにしろ、魚の仕入れの金が払えないので、その方も滞ってくる。ところが、仕入れ先の魚問屋の方では、悪い顔をしないで、貸してくれるんです。問屋のおやじが、えみ子に下心があったらしいのです。それを、問屋の女房が嫉妬《しっと》して、えみ子の家に押しかけて来ては、イヤ味をいう。亭主はそれを聞いて、今度はえみ子に嫉妬して、毎晩のように殴るんです。えみ子は始終、顔が腫《は》れていたそうです」

「いやな話だね」

先輩の友人は、ため息をついた。

「そんな家は、とび出せばいいじゃないか？」

「何度とび出しても、彼女にどんな新しい世界があるでしょうか」

小谷亮介は抗議するような眼をした。

「生きる望みも力も彼女は失ったんです。ある朝、線路の上にうずくまって汽車に轢《ひ》かれました。去年の冬だったそうですが」

友人は、眉《まゆ》の間に皺《しわ》を立てて沈黙した。

「でも、僕は、その土地を訪ねて行って、絵はがきの少女に会いましたよ」

小谷亮介は、突然、いい出した。

「えっ、どういうのだ？」

友人は眼を挙げた。

「えみ子が遺《のこ》した女の児ですよ。四つくらいだったでしょうか。近所の土蔵の前で、ぼんやり立っていました。話をきかせてくれた人が、あの子がそうだと教えてくれたのです」

「それが、絵はがきの少女にそっくりだったというわけだね？」

「これが、そうです」

小谷亮介はポケットから一枚の写真と、古ぼけた絵はがきを出した。写真はかれが撮ったもので、白い土蔵の前で、粗末な服をきた女の児が立っていた。絵はがきは、色が褪《あ》せ、よれよれになっていたが、低い富士山を背景にして、寂《さび》れた村道に、裾《すそ》の短かい着物をきた女の子が佇《たたず》んでいる。

「どうです、似ているでしょう?」

小谷亮介はいったが、友人は二人の幼女が別段似ているとは思わなかった。

「この話、小説になりませんか?」

先輩の友人は新聞記者だったが、同時に小説も書いていた。

「ならないね」

友人は絵はがきと写真を小谷亮介の手に返して、ぼそりといった。

河西電気出張所

1

高等小学校をその年の三月に卒業したが、信一には就職先がなかった。家は、うどん屋に毛の生えたような飲食店をしていたが、一人息子でも彼を遊ばせておく余裕はなかった。

父の宗太郎は一張羅の銘仙の羽織をつけて信一を伴い、市の職業紹介所に行った。係員は蒼白《あおじろ》い顔をしている信一を窓口からのぞき、手もとのうすい書類綴《つづり》を繰った。求人の申込書らしかったが、こっちから眺めても十枚そこそこのようだった。

「鉄工所の見習職工とか自転車屋の住込み店員とかいうのがあるが、身体《からだ》が丈夫でなさそうだから無理でしょうな?」

係員は宗太郎にきいてから、

「電気会社の出張所の給仕というのがあるが、そこにでも行ってみますか」

と、印刷された紹介状に必要項目を書き入れて茶色の封筒に入れた。五十一歳の宗太郎は窓から出されたその封筒を押しいただいた。表には「河西電気株式会社小倉出張所長殿」とペンで書いてあった。

河西電気という名は信一も知らなかったし、わりともの識《し》りの父親も知らないふうだった。宗太郎はその出張所のある町に、羽織の裾《すそ》をなびかせて歩きながら、

「うまいこと決まるとええがの」

と、ひとり言のように呟《つぶや》いた。不景気で失業者が多かった。

宛先《あてさき》のところに行ってみると、それは遊廓《ゆうかく》の一つ南に寄った通りで、間口はひろいが低い古びた日本家屋だった。会社らしい建物ではなかった。入口をガラス張りの扉にしたのと、鉄柵《てつさく》窓の内側がガラス戸に直してあるだけで、もし入口の横に「河西電気出張所」の看板が下がってなかったら、呉服屋の倉庫と間違われそうだった。

中に入ると土間の通路がずっと奥の突当りまで伸び、その横の上がり框《がまち》に畳を敷いた部屋が二つほど、奥にむかってつながっていた。昼間から電灯が点《つ》いていて、笠《シエード》の下から眩《まぶ》しい光を二列にならんだ事務机にふりそそいでいた。

「それでは、明日から来てみてください」

と、頭の大きな、頰のすぼんだ星野という四十ぐらいの出張所主任が、机の横の椅子《いす》にかしこまっている宗太郎と信一に言った。そのとき社員が三人ぐらい机の上で仕事をしていた。

「よかったな、すぐにきまって」

帰り途《みち》に宗太郎は羽織を翻《ひるがえ》し元気よく下駄《げた》の音を鳴らしながら十六歳の息子に言い聞かせた。

「初任給は十一円じゃ。そのうちに上げてくれると主任は言うとった。辛抱するんじゃぞ。三年ぐらい辛抱したら、おおかた事務員にしてもらえるけんのう」

宗太郎はくわえた「敷島」の煙を道にたなびかせた。以前に空米《くうまい》相場をして食っていた宗太郎は、ちょっとした外出でも光りものの着物を着たがり、金がなくても「敷島」を吸いたがった。

職業紹介所の窓口の係員が択《えら》び出した一枚の書類から信一の五年間の生活がきまった。その一枚で運命が決まったとまではいわないが、少なくとも十六歳から二十歳までの一生で最もフレッシュな、そして生涯の基礎となるような時代を河西電気小倉出張所の給仕に埋めたのだった。

河西電気の本社は大阪の堂島にあって、第一工場は放出《はなてん》に第二工場は十三《じゅうそう》にあった。カタログには四階建て洋館の本社と、煙突から煙を空に棚引《たなび》かせている数棟の工場俯《ふ》瞰図《かんず》とが写真になっていた。同じ面には功労章か何かの勲章を燕尾服《えんびふく》の胸に下げた社長河西良男氏の白髪を分けたやさしい顔と、工場内を先導しているモーニング姿のその社長と軍服姿の宮様の写真があった。

小倉出張所は見すぼらしくても、本社も工場も立派なんだなと信一はカタログを見て安心した。出張所の建物が呉服屋の倉庫のように見えたのも道理で、これは廃業した料理屋のあとを借りたのだった。主任の席の横には床の間がそのまま残って、懸け軸をはずした鼠色《ねずみいろ》の壁には無数の搔《か》き疵《きず》と汚点《しみ》がついていた。その前には金庫が置かれていた。

対《むか》い合せに八つならべた事務机のため座敷はせまく、土間側の畳にある椅子は上りがまち近くまできていた。通路の奥は料理屋だったころの調理場で大きな井戸があって漆喰《しっくい》の土間にあった。冬はそこからくる湿った冷たい空気が社員たちの背中を撫《な》でた。朝から電灯をつけておくほど暗い家で、わずかに主任の椅子のうしろにある狭い中庭が昼の明りを小さな石組みに落していた。

社員は主任を除いて七人居た。販売外交係が二人、会計係が一人、工事係一人、補助係一人、倉庫係一人、庶務係一人で、この定員はこの会社が瓦解《がかい》するまで変らなかった。

河西電気株式会社は、モーターや変圧器などの重電機と、扇風機や電熱器などの家庭電気器具とを製作していた。とくに扇風機は蔽い《ガード》に特徴があって、ほかの電機会社のがたいてい蚊とり線香のように渦巻型だったのに対し、河西のは同心円型の渦で、これが瀟洒《しょうしゃ》に見えて好評だった。

こうした製品は社ぜんたいの販売なのだが、小倉出張所では土地の電気会社の下請けで屋内配線工事と高圧線の架線工事とを行なっていた。屋内配線工事は腰の曲りかけた老人が、黒い作業服に巻脚絆《まききゃはん》、地下足袋をつけて肩には輪にたばねた被覆銅線をかつぎ、腰には碍子《がいし》を鈴のように吊《つ》って毎朝現れ、工事補助係からその日の伝票をもらっては需要家先に出て行っていた。高圧線の架線工事は河西電気のまた下請けの組があった。いつも工事現場が田舎の山の中になるので、その親方というのがときどき顔を出していた。

給仕の信一の仕事は、朝八時までに行ってまず七輪に火を起して薬缶《やかん》をかけておき掃除にとりかかる。椅子をとり除いて事務室の畳を掃く。畳の目がささくれ立っていて、ゴミは容易に除《と》れなかった。八つの事務机の上に雑巾《ぞうきん》をかけ、畳を拭《ふ》き、奥深い通路の長い土間を掃き水を打ち、表のドアや鉄柵窓の下の長い腰板を拭き、最後に前の道路を竹箒《たけぼうき》で掃いて水を撒《ま》く。そのころになると社員がぽつぽつ出勤してきた。沸いた薬缶から急須《きゆうす》に湯を注ぎ、各自の湯呑《ゆの》みに入れて机の上に配る。そのあと郵便物が配達されるとその一つ一つを「来信簿」に番号入りで記入して庶務係のところに持ってゆく。夕方には発送の手紙やハガキを「発信簿」に番号入りで記《つ》けてひとまとめにし、郵便局に自転車で走る。

来客があると茶をくんで出す。自転車で使いに出るが、銀行や電灯会社が多かった。そのほかに扇風機や電熱器を注文先の家庭に配達した。月末になると集金に回る。そうした使いの合間には社員たちの私用でその家に行かされた。

五年間、信一の河西電気出張所での仕事はほとんどこれに尽きた。それ以上新しい仕事に回されることもなく、また負担を軽くされることもなかった。

「お前のような子でも、仕事がようつとまるかや？」

と、はじめのころ母親のイネが信一に言っていた。

一人息子だったので、信一は大事にされて育った。彼は宗太郎が三十五のときに生れた子だった。七つになるまでイネは箸《はし》で魚の骨を除って彼に食べさせた。風呂《ふろ》に入れても風邪をひくといって頭から汗が流れるまで湯に長く沈ませた。冬は古い木綿蒲《ぶ》団《とん》を何枚も彼の上に重ねた。市役所に出ているイネの弟辰次郎は姉《あね》さん、あんたアこの子を蒸し殺す気かいの、と叱《しか》っていた。辰つぁんには子が無いけんのう、子供の可《か》愛《わい》さが分らんのじゃ、とイネはかげで反撥《はんぱつ》したが、辰次郎は、姉さんのはほんまの可愛さじゃのうて猫可愛がりじゃ、と言った。

だが、信一が十八歳を過ぎたころになるとイネも、彼に掃除や火起しなど給仕の仕事がつとまるか、などとは心配しなくなった。彼はときどき使いのついでには家に寄ったが、傭《やと》われた十六のときに会社で造ってくれた給仕の詰衿《つめえり》服は、伸びざかりのことで、袖《そで》は肘《ひじ》近くまでたくり上がり、ズボンの下は足くびの上しかなかった。上衣《うわぎ》が短くなって、ズボンに喰いこんだまるい臀《しり》がまる見えだった。その濃紺だった服は埃《ほこり》と汚《し》みとで剝《は》げたように褪《あ》せていた。掃除、使い、荷物の配達などで服の型はなくなっていたが、会社では知らぬ顔をしていた。

「お前の月給をもう少し上げんもんかのう」

宗太郎は不服そうに言った。初任給十一円は三年経《た》って十五円になっていた。が、宗太郎も息子をほかに転職させる当て先もなく、信一にもよそのことが分らなかった。不景気は年々すすんでいた。

「お前も三年経ったから、ぼつぼつ社員見習にしてやろうと主任さんが言わんかいや？」

とも宗太郎は信一に訊《き》いた。宗太郎は、給仕を社員の卵のように思っているらしかった。社員見習に採用されたら月給が二十円台になるぐらいに考えていたようだが、それには宗太郎の思惑《おもわく》があった。飲食店の商売が思わしくなく、信一の給料はそのまま家賃の払いに回されていた。信一はときどき母親から小遣をもらう程度だった。月給が二十円になると家賃の払いがずいぶん楽になると宗太郎は考えている。火鉢の灰につき立てた火箸二本を両手で握って、その火箸の丸い頭に額を乗せて考えこんでいる宗太郎は、いつもやりくりに追われていた。商売用の酒は酒屋の借金がかさんで一升瓶の現金買いで、ウドン玉の仕入れも同じだった。イネは客が入ってこないかと表を通る足音ばかり聞いて煙管《きせる》を握りながら坐《すわ》っているが、うつむいて思案している宗太郎はいつの間にか居睡《いねむ》りして火箸に洟《はな》を伝わせることが多かった。

給仕を社員見習に登用させる余裕は河西電気出張所になかった。七人の社員でも多すぎた。また、信一を社員に採用すれば昇給ぶんだけ出さなければならないし、代りの給仕を新しく傭わなければならなかった。

主任の給料が百十円、外交係の先任が八十円、いちばん下位の倉庫係と工事係補助と庶務係とが三十五円と二十五円であった。

2

主任は、信一が給仕になってから二年目に替った。星野は腕のきれる男で、会計係を兼ねていたが、福岡支店の営業部長になって去った。彼は四国訛《なま》りのある律義者《りちぎもの》で、信一が給仕になったときから、その鈍感で不馴《ふな》れな様子に、夕方六時半になると、もうええから帰んなはれや、と言ったり、信一がくたびれたり風邪を引いたりして自分で公衆電話をかけると、その声のはじめだけを聞いて、杉本さんやな、と先に言い、よっしゃ、休みなはれ、とやさしく承知した。その代り、信一の気の利《き》かなさを、人にむけて辛辣《しんらつ》に皮肉る性格だった。

新しい主任は大阪の工場から来た。小浜健太郎といって高等工業卒だったが、年は三十になるかならずだった。どういうわけで本社が工場技術者を小倉の出張所主任にしたか分らないが、河西電気では芝浦や明電舎と競争してモーターや変圧器などの重電販売に力を入れはじめ、そのために技術の分る主任をさしむけたのかもしれない。小倉は地元に九州電気軌道会社があり、また北九州の工場群を東西に持っていた。とくに筑豊《ちくほう》の諸炭坑にむけて排水ポンプの売込みを重点にしたようだった。松尾という三十すぎた先任の外交係は肺病で蒼い顔をしていたが、浅野セメント門司《もじ》工場、門司鉄道局といった購買係を毎日回っていた。彼は四時には出張所に戻り、六時にはきっちりと帰った。原田という二十五歳の若い外交は筑豊の炭坑回りだったが、小浜新主任はこの原田について三日も四日も出張しては炭坑の売込みに歩いた。

小浜健太郎はイガ栗《ぐり》頭の長顔で、鼻梁《びりよう》が隆《たか》かった。年長者にみせるために鼻髭《はなひげ》を生やしていたが、学生気質がそのスポーツで出来上がった長身にどこか残っていた。機械屋の彼は営業のことを早く身につけようと努力していた。彼の学生気分は、前から居る所員たちに好意と軽蔑《けいべつ》とを持たれた。

「おい、お前、生意気やな。髭なんぞ生やして」

小浜主任は信一のうす黒くなった鼻の下に指先を当てたりした。

信一は十八になっていた。濃い生毛《うぶげ》のような髭が口のまわりにも頰の下にも生えていた。小学校のときの級友で、福岡とか熊本とか山口とかの高等学校に行っているのが帰省して街で遇《あ》うことがあるが、彼らは学校スポーツで鍛えているせいか、信一よりはもっと逞《たくま》しく、無精髭もずっと濃かった。彼らは大学の受験準備の話など健康そうな皎《しろ》い歯を見せて信一に語った。

いったい自分はこの先どうなるのか、と信一は十九になって不安だった。いつまでも給仕のままで置かれるのにあせりも生じてきた。が、もうどこの会社も自分など受け入れてくれそうになかった。高等小学校でも卒業早々なら入れる先もあるが、よその小さな会社で四年間も給仕をした十九の青年を傭ってくれるところはなさそうであった。

「手に職をつけたほうがよかったのう。手に職をつけると、一生食いはずれはないけんな」

イネは信一に今ごろになって言った。飲食店の商売はさびれるばかりだった。宗太郎には金の才覚がつかず、イネは仕込んだ材料の始末に疲れ切っていた。五十すぎたイネが青い手絡《てがら》の大丸髷《おおまるまげ》を結っているのも、居つかない女中の代りに少しでも客を呼びこみたいためだった。宗太郎は忙しそうに家を出て疲れて帰るが、戻ると銅壺《どうこ》の沸《たぎ》っている長火鉢の前につくねんと坐って溜息《ためいき》を吐《つ》いていた。

「大工の弟子か印刷屋の見習でもせんかいや。いまの会社に居《お》っても先の見込みはなさそうじゃけえのう。おとっつぁん、あんたは知った人が居ったら、この子のことを頼んでみてえな」

大工の弟子も印刷屋の見習も十九歳の若者を住込みで使うところはなかった。

信一は、自分が一人前に生活できる人間になれるかどうか不安がますます募った。

飲食店は店をたたむことになるだろうし、両親も老いこんでくる。親を養い、自活してゆける見込みも自信もなかった。

市役所に出ているイネの弟辰次郎は、姉《あね》えが信一に甘いけえこねえな中途半端《はんぱ》な人間になった、とイネを叱ったが、実は義兄の宗太郎に文句をつけているのであった。宗太郎と辰次郎とは気が合わなかった。なんじゃい、辰つぁんはおれの世話で市役所の日雇になったくせに、少し景気がようなったかと思うと人けな口を叩《たた》く、と蔭《かげ》でイネに怒った。辰次郎は勤勉者で仕事が出来たから日雇から雇員になり、今では書記となり戸籍係の主任になっていた。もとは炭坑にいたがそこで食えなくなって三十四のとき小倉に来たのを、宗太郎が市役所の知合いに口をきいてやったのだった。

そのうちに信一にも宗太郎にも希望の持てそうな機会がきた。河西電気福岡支店から早川源輔という会計係が小倉出張所に転勤してきて、宗太郎の飲食店の近所に借家して入ったのである。

前任の星野主任は会計係も兼任していたが、機械屋の小浜健太郎ではそれができず、専門の会計係が着任したのだった。早川源輔は、色が白く、眉《まゆ》と眼の細い、おちょぼ口の、顎《あご》の長い、のっぺりした男だった。彼は三十五だったが、五つぐらいは若く見えた。髪を七三にして撫でつけ、細い金縁眼鏡をかけ、鼻下にちょび髭を持っていた。

丈も低く、小さな身体《からだ》だったが、にやけたその風采《ふうさい》にもかかわらず、闘志があって、なかなかのやり手であった。

早川の弁舌のうまいのには誰もが驚歎《きょうたん》した。それはまず電話の応対に現れた。よくもあんな上手なお愛想がきれいな言葉で滑らかに言えるものだと信一などはびっくりした。その声は甘く、調子に張りがあった。

早川は忽《たちま》ち出張所の中を抑えてしまった。若い小浜主任は早川に煙《けむ》に巻かれた格好で、会計のことは一切早川に任せきりだった。高工を出て工場に四、五年ぐらいしかいなかったらしい小浜は経理事務がまったく分らない上に、会計係というよりも熟練した商売人の早川の前に一歩も二歩も退った。実際、早川は販売のことにも口を出した。先任外交係の松尾は肺病の身体をいたわるだけで眼を瞬かせながら早川の言うことを黙って聞いていた。工事係も庶務係も、早川にさからわなかっただけでなく、その機嫌をとるようにした。金を握っている強味もあって、新来の早川源輔は忽ちにして出張所の副主任のような実力を持った。

「なに、小浜君なんぞは若僧ですから、わたしの言う通りにどうにでもなります。お宅の息子さんのことはわたしに任せてください」

近所に来た早川がそういったと宗太郎はよろこんで信一に言い聞かせた。

「早川さんを大事にせいや。あの人がお前を早く社員にしてくれるかも知れんけえのう」

早川は家に宗太郎の飲食店からいろいろなものを出前に取った。ツケだったが、はじめはきれいに払っても、だんだん払いが悪くなった。早川の妻は痩《や》せぎすのおとなしそうな女であった。その妹は十七ぐらいで色の浅黒い眼のきつい女だった。

信一は自転車で、社員たちの自宅に私用で行かされたが、それはたいてい今夜急に宿直になったとか出張になったとかいった連絡だった。八十円の月給社員はそれらしい家に、三十五円の者はそれなりの家に住んでいた。月給の少ない者は、ごみごみした裏長屋や、遠くはなれた百姓家の裏を借りたりしていた。小さい子供が多い家も、夫婦者だけの家もあった。

工事係の補助をしている津久見は四人の子持ちだったが、背の高い妻はいつもやつれ果てた顔で出てきた。津久見さんは今晩から出張です、と信一がいうと彼女はきまって疑わしそうな表情をした。津久見は淫売婦《いんばいふ》に馴染《なじみ》ができているという噂《うわさ》だった。

主任の小浜は新妻といっしょに裁判所裏の住宅街に住んでいた。その近くには官吏や弁護士の家が多く、小浜の家はそれほど大きくはなく、また古くもあったが、門もついていて体裁がよかった。顔の細い若い妻は信一が行くといつも玄関に手を突いて夫のことづけをおとなしく聞いた。ときには郷里から送ってきたらしい二十世紀の梨《なし》を二つばかり包んでくれることがあった。小浜は鳥取県の東郷というところの生れだった。

信一は、だが、こうした使いに自転車で出ることは好きだった。その間だけ天井の低い、暗い事務室内の雑役から解放された。頭の上に空が明るくひろがり、見馴れた街だが、知らぬ人々がいつも変って流れていた。彼はその使いが遠ければ遠いほどよろこんだ。そのときだけは自転車が自在に疾走するように自由が駆けていた。彼は使いの帰りにはそのささやかな自由を伸ばすために回り道をした。

自由といっても、それはその間だけ絶望的な気持を紛らわすことだった。信一は、叔父の言うように中途半端な人間になりそうな仕事についたのを悔やんだが、それ以上に両親を扶養する義務を呪詛《じゅそ》した。一人でも生活できそうにないのにどうして両親が養えるだろうか。それが現実の破綻《はたん》になる将来はそれほど遠くなかった。胸の中に鉛を詰めたようだった。一人子として甘やかされた幼時の代償を、父も母も要求しているように思えた。

信一は小説を読んでいたが、それは文学でも娯楽でもなく、苦から遁《のが》れるための阿片《アヘン》だった。使いに出て疾走する自転車の上から眺める見知らぬ人々の流れのように、小説は未知の風景をうっとりと見せてくれた。信一は銀行の使いで呼び出しを待っている間も、集金に行った先でも小説本を読んだ。
《荒寥《こうりよう》とした壁、うっとりとした眼のやうな窓、生ひ繁《しげ》つた幾株かの萱《かや》、幾本かの朽《く》樹《き》の白い幹――かうした光景を見た私の心持はまるで鬱陶《うつとう》しさに包まれてしまつた。阿片に酔ひしれた人がその夢から覚める心持のほか適当にかうと比べるものも無い。その夢心地から平生に復《か》へる時の苦がさ、覆面を脱ぎ棄《す》てる時の恐ろしい様な、いとはしい様な心持だつたのである。一帯の景色が冷酷で、打ち沈んで、傷《いた》ましげで、心を和らげる事もできない様な寂しさであつた》
こういったような文章を記憶しては、使いに自転車を走らせて回った。

3

会計係の早川源輔が、来てから八カ月くらいで会社の金を使い込んだ。

早川は宿直とかときどきの居残りで、出張所裏の遊廓《ゆうかく》から聞えてくる三味線や唄声《うたごえ》をたのしんでいた。

「この事務所はボロですが近所の雰囲気が色っぽくていいですな。夜勤で三味線の音を聞くのは何ともいえません」

と、昼間から皆に言っては悦に入っていた。倉庫係の山本などは、早川さんの顔は枕絵《まくらえ》の殿様やがな、とモーターや扇風機の箱を積み上げた倉庫の中で、蔭口していたが、その形容は早川の色白で、のっぺりした顔にぴたりであった。細い眉と眼とに金縁眼鏡をかけた彼は長い顎をつき出し、肩を振り振り、博多柳町の色話をした。

そのうち早川の夜勤が多くなり、朝の出勤が遅れはじめた。彼は皆が帰る夕方に大島か何かの着流しで事務室に現れ、明け方まで帳簿の整理など経理の仕事をするのだと言っていた。

小浜主任はそういう早川に文句も言えず、しぶしぶうなずいては黙っていた。

「小浜さん。夜中のほうが能率が上がりますね。だれも居なくて、しんと静まっていますから頭が冴《さ》えます。ぼくは昼間だとどうも頭が濁っていけませんから、これから当分の間、夜だけ仕事をします」

早川は一方的にそんなことを言い出した。それでも小浜は抵抗ができず、早川に押し切られていた。

小浜君はぼくの言いなりになります、息子さんのことはぼくに任せてください、と早川は言って宗太郎をよろこばせていたが、その言葉通り小浜は早川に遠慮してその言うがままになっていた。しかし、信一を社員にする話はなかなか運ばなかった。

それだけでなく、早川は宗太郎に、

「お宅の息子さんはぼくが絶対にクビにはさせません。それはぼくが社にいる限りは頑張りますから」

と言うようになった。

「おかしいのう。早川さんの話が変った。会社ではお前をやめさせるような話が出とるのかのう」

宗太郎は不審がった。社員に早く採用するという話が、給仕をクビにしないというところに後退した。が、そう聞くと信一にも心当りがないことはなかった。十九にもなったので給仕では使いにくくなった、だが社員にもさせられない、といった出張所の空気を日ましに感じるようになっていた。いま、クビ切られても就職の当て先はなかった。不況から人員整理の話はこっそり進行していたようで、社員たちの顔も暗かった。

早川は宗太郎に話したようなことは信一には何も言わなかった。彼はそんなことには知らぬ顔だが、自分の仕事の宣伝はなかなか熱心であった。彼は夜間の執務がいかに能率的であるかを繰り返し他の社員たちに語った。

「どうせぼくは明け方まで仕事をしているのですから、宿直の代りもしますよ。諸君は宿直の必要はありません」

早川は張りのある澄んだ声で皆に宣言した。夫婦者も多く、宿直はだれもが嫌なので、この提案は彼らに渡りに舟だった。しかし、実際の好都合は早川の側にあった。宿直の夜、彼は大島のぞろりとした身なりで自由に裏通りの遊廓に通った。

早川源輔がどのくらいの社金を費消したかは信一には分らなかった。が、彼の姿が出張所から消え、信一の近くの家からも家族ぐるみ見えなくなると、出張所とは目と鼻の先の同じ町内に「早川電気商会」が出現した。その店先には早川源輔が小さな身体に肩を聳《そび》やかすようにして懐手《ふところで》で立っていた。店の中にはおとなしそうな妻と、眼のきついその妹とが、馴れない様子で働いていた。そのころになって早川は妻の妹とも肉体関係があると言われだした。信一は妹に好感をもっていたからこの悪口は胸にこたえた。早川の前の家は路地裏の、二間しかないせまさだった。夏の蒸し暑い晩は間の襖《ふすま》を開けとかんとやりきれんし、開けると家内の妹にこっちを見られるから困るが、もうかまわずにぼくらは妹にのぞかせている、と早川が冗談めかして言ったのが信一の耳に強く残っていた。

早川はまた、女もまるきりの素裸ではかえって色気が感じられんな、赤い布《きれ》がちょっとでも白い身体にかかっておらんとなァ、などとチョビ髭《ひげ》をうごめかして話し、社員たちを笑わせた。そういうときの彼は実際に好き者に見えた。

とにかく今になって分ったのだが、早川は遊廓通いにだけ社金を使いこんだのではなく、店舗を開くだけの資金は上手に貯《た》めていた。

それにしても早川の厚顔には社員たちは呆《あき》れた。が、彼の全盛なときほとんどの者が追従《ついしょう》を言っていたので、その畏怖心《いふしん》も残っていて、皆はその店の前に早川が傲然《ごうぜん》と立っていると眼を伏せて避けた。早川のほうが河西電気出張所を睥睨《へいげい》していた。

信一には、小兵《こひょう》な早川の持っている闘志と生活力がうらやましかった。しかし、その早川電気商会も三カ月くらいで潰《つぶ》れた。ほかの同業者に憎まれて得意先が取れず、商品の融通も受けられなかったからである。彼は河西電気出張所で営業に口を出していても、結局、会計係でしかなかった。

小浜主任は早川の社金費消事件ですっかり鬱《ふさ》ぎこんでしまっていた。彼の学生気質は失《う》せ、蒼《あお》い顔をして背中をまるめながら出勤するようになった。彼からは笑顔も無駄口も消えた。会計係には福岡支店から伊原という肥えた男が代りに来たが、こりゃアかなわん、早川君のやってたことは無茶苦茶や、帳簿がでたらめやから整理するのにおおごとや、伝票から洗い直していかんことには始末におえん、と始終小浜に聞えよがしにぼやいていた。主任の小浜は新任の会計係に責任を糾弾されているようで、指先で机の上を小刻みに敲《たた》きながら眼のやりどころに困っていた。

そのうちに小浜主任に元気が出てきた。大阪の本社に出張したり、福岡支店にたびたび出向くようになった。それは河西電気が相当多額の社債を発行することになったからである。各支店と出張所とにその募集の割当て額がきまり、小倉出張所の前にも引受け銀行の名を派手に入れた社債募集の看板が立った。それは不況に喘《あえ》ぐ河西電気がとった起死回生の手段だった。満州に河西電気の工場をつくる計画で、社債はその資金づくりだった。出張所の空気はこの割り当てられた社債の責任で殺気立っていた。

小浜主任は毎日外を回っては大口の引受け先を訪ねていた。それは昼も夜もだった。九州電気軌道会社の専務とかデパートの社長とか製鉄所の役員とかを彼は回っていた。が、売れ行き成績が思わしくないことは、彼の様子を見ても分った。小倉出張所への割当て額が過大だったかもしれない。が、本社はそれだけこの社債募集に社運を賭《か》けていた。

福岡の支店長も何度か小倉出張所に来て、皆を督励した。社員たちは各自に割り当てられた義務の消化責任に溜息《ためいき》をついていた。

「杉本。お前も知った先に社債を買うてもらうんやぞ」

と、小浜主任は信一にも言った。本気に当てにしていたかどうか分らないが、信一は彼なりに努力した。親類縁者に金のある者はいなかったから、いつも月末に集金に行く個人客が目当てだった。が、それらは扇風機や電熱器などを月賦《げっぷ》で買った勤め人だったので、社債一枚買うような者はいなかった。しかし、信一のそうした努力も社員にしてもらえるかもしれない期待につながっていた。

社債募集の締切りが迫るにつれて小浜主任の顔は悲壮になった。ほかの社員たちも努力はしていたが、どれだけ真剣になっていたかとなると疑わしい。小浜主任を除いては、ほとんどができることしかできないといった半ば傍観者だった。彼らは沈む船の運命を知っていた船内の鼠《ねずみ》だった。

そうしたある朝、小浜主任は出勤してくると信一を呼んで、今日の午後、別府の駐在事務所に行ってそこの武藤駐在員から社債券の束を受けとり、明日早く帰ってくるようにと言った。

信一は一晩でも泊りがけで出張するのは初めてであった。彼は昂奮《こうふん》してすぐに自転車で家に戻り、父親に今日から出張だよと誇らしげに言った。

「そうか。気をつけて行ってこいよ」

宗太郎は長火鉢の前に背中をまるめて考えこんでいた顔を上げた。少々意外なふうだったが、それきりまた顔を灰の上にうつむけた。母のイネが着更《きが》えの下着などを風《ふ》呂敷《ろしき》包みにしてくれた。家には旅行鞄《かばん》などなかった。

小倉から別府まで四時間の汽車の旅は信一にたのしかった。車窓に見える風景がみんな珍しかった。宇佐駅についたとき、時間があれば降りて宇佐神宮を見たいくらいだった。有名な場所は絵ハガキだとか本の写真でしか見たことがなかった。

別府では駐在事務所を兼ねている武藤夫婦の家に泊めてもらった。その妻は眉《まゆ》のうすい、ふっくらとした顔の色白の女だったが、信一に親切にしてくれ、夕食は手づくりの料理を出した。信一が日ごろ食べたこともないような馳《ち》走《そう》だった。彼は近くの共同温泉に入ったが、温泉につかるのも生れてはじめてであった。これがかねて聞いた別府かと思うと、明日の朝まっすぐに小倉の暗い出張所に戻るのが惜しくなった。この機会をのがしたら別府になどいつまた来られるか分らなかった。

次の朝、信一は武藤の家を出て駅に行ったが、駅前から遊覧バスが出るのを見て半日コースに乗った。武藤から渡された社債券の包みを抱いたままだった。乗客はよそから遊びに来ている人間ばかりで、みんなのんびりとした顔をしていた。

彼は給仕の自分が四時間ぐらい事務所にいなくてもたいしたことはあるまいと思った。河西電気出張所でそれほど役に立っているとは思っていなかった。

海地獄、坊主《ぼうず》地獄、鶴見《つるみ》地獄、血の池地獄などがある鉄輪《かんなわ》から観海寺を回った。バスガールの唄うような声に聞き惚《ほ》れ、遊覧客にまじって湯気の沸騰《ふっとう》する池のまわりをそぞろ歩きした。小学校の地理で習った豊後《ぶんご》富士も間近に見た。それはまったく一人の自由で愉《たの》しい見物であった。一日じゅうとはいわないが、せめて半日でも享楽《きょうらく》を得たかった。彼は少ない小遣の中から絵ハガキや、両親への安い土産物を買った。それが遊覧の気分を満足させた。

小倉出張所に信一が戻ったのは夕方の五時すぎであった。

「いまごろ帰ってくるとは何という奴《やつ》だ。この忙しいのに遊んできては困るじゃないか」

小浜は眼を吊《つ》り上げて信一に怒鳴った。これほど小浜に愪《おこ》られたことはなかった。

小浜は信一から債券の束を取ると、そのまま包みを抱えて急いで出て行った。当てにしている売込み先に駆けつけたようだった。が、あくる日、債券の包みはそのまま小浜の机の上に置かれていた。債券は売れなかったのである。信一は、自分が別府の地獄回りの見物などせずに、まっすぐに汽車に乗って午前中に小浜主任に債券を渡していたら、その債券は無事に売れたかもしれないと思った。時間が遅れたので、小浜と約束した相手の気持が変ったのかも分らないと考えると、当分は小浜の顔が正視できなかった。

それから三カ月後、主任小浜健太郎は社債の売れ行き不良の責任をとって首吊り自殺をした。

自宅で妻を使いに出したあとの決行で、各方面宛《あ》ての遺書が十通あった。彼の自殺は、学生気質が抜け切らないお坊ちゃんの世間知らずのせいにされて出張所で語られた。

信一は、自分が半日別府で遊んだことが小浜の自殺の原因にいくらか加わっているような気がした。だが、あの半日は、すべての束縛と憂鬱《ゆううつ》から解放されたのびのびとした温泉地の遊覧であった。人間らしい半日であった。その半日の遊びが、たとえ小浜主任の自殺する原因の百分の一に当っていたとしても、五年間自分を給仕のままにほうっておいた河西電気株式会社に対する小さな報復だと思った。

昭和七年ごろのことである。

泥《でい》炭《たん》地《ち》

河東電気小倉出張所は、倒産した大きな料理屋のあとに入っていた。すぐ裏が遊廓《ゆうかく》、前の通りに劇場と映画館とがあり、小料理店がならび、近くには検番があった。

昭和二年の三月、小学校高等科を出た福田平吉が職業紹介所から渡された一枚の紙で配属されたのはこの河東電気小倉出張所であった。

職業紹介所の窓口の係員は平吉の貧弱な身体《からだ》つきを見て、力仕事はできそうもないから住みこみの丁稚《でっち》奉公はどうか、と付き添ってきた父の丈太郎にきいた。丈太郎は首を振り、この子は一人息子ですけん住み込みはとても無理ですといった。平吉は丈太郎の三十六のときの子である。

そこで河東電気小倉出張所の給仕なら求人の申込みがあると係はいい、河東電気とはあんまり聞いたこともない名だが、どういう会社ですかと丈太郎がきく。わしもよう知らんがなんでも大阪に本社があると申込書にかいてあると係は云《い》ったきり紹介状にペンを走らせた。

河東電気株式会社小倉出張所という看板の下がっている呉服屋の倉庫のような建物を訪れると、暗い奥から痩《や》せた年寄りじみた人が出てきて平吉はすぐに採用された。月給は十一円と付いてきた丈太郎に云った。これが星加という主任であった。先方でも職紹に求人の申込みをするくらいだからよほど人手に困っていたとみえる。世は不況の絶頂で、失業者があふれているのに、ふしぎなことだった。いくら小学校卒でも会社の給仕では将来の見込みがないと思って寄りつかなかったのか。

平吉の母は田舎育ちで小学校にもろくに行ってなかったが、平吉には、手に職をつけんさいや、手に職をつけたら食いはずれはないけんのう、と常々云い聞かせていた。が、丈太郎は若いとき弁護士の玄関番などを一時していたくらいの「インテリ指向」型だったので、大工、左官、板前などの「手職」仕事を嫌っていた。平吉は父親の影響が強かった。

河東電気小倉出張所は、大きな料理屋をそのまま事務所ふうに改造しただけに南北が細長かった。南の通りが船頭町という繁華街から北が旭町という遊廓の南側までおよそ半丁以上にもわたっていた。

　この長い建物を半分にして通りのほうが事務室である。天井は低いし、窓は小さいし、外光が入らないので朝から一日じゅう電灯をつけ放しだった。事務机は四個ずつ二列にならび、間に間仕切りのように帳簿が立てられ、中央奥に主任の席がある。主任は金庫を横に置いている。左側の壁ぎわには書類棚があった。下は料理屋の名残りで畳敷である。

　畳敷の框《かまち》を下りると表の開閉式にした格子戸《こうしど》から裏へ行く漆喰《しっくい》の通路。つまり二分された後半分の建物へ行く。そこはもと調理場であった。その中間にいまは使ってない大きな井戸があり、広い洗い場のあとがある。調理場は倉庫になっていて、電線の束とかワラに包んだ碍子《がいし》の束とかが山積みになっていた。河東電気小倉出張所は、家庭用屋外の架線工事もやっていて、樋口という年とった工夫が一人でそれをやっていた。

　二階は物置になっていて扇風機、電熱器、小型モーターなどの商品が箱詰でぎっしり置いてあった。これは裏の階段から上り、山本とか堤という人の管理である。表座敷の事務室の広い階段は閉まっていた。

主任は星加英明といって四国出身の人だった。三十一、二くらいだが、まだ十六、七歳の平吉にも頭脳のいい、そして世智《せち》にたけた人に思えた。平吉のことを呼び捨てにせず、はじめから「福田さん」といってくれた。

次席格には外交係の工藤という人がいた。若松市から通っていたが、姿勢のいい彼は、すこし気どっていた。出入口に小さな受付机をもらって坐《すわ》っている平吉のことを「ボーイさん」と奥のほうから呼んだ。平吉はわからないので、配達された手紙類を来信簿に書きつづけていた。すると、もういちど「ボーイさん」という声がした。もちろん平吉はホテルなどに行ったことはなかった。すると工藤は「ボーイとはおれのことかと給仕いい」と川柳《せんりゅう》をもじった駄ジャレを云い、まわりの者を笑わせた。その意味も当時の平吉にはわからなかった。

まわりの人々には外交係の松尾、工事責任者の野村、資材係の山本、倉庫係の堤、庶務の牧らがいた。

このうち平吉を直接監督するのは牧三郎で、二十一歳であった。山本資材係に平吉が聞いてわかったのだが、牧は給仕から社員に登用されたため、そのあとアナが開き、職業紹介所に求人を申込み、平吉の採用となったというのである。牧も小学校高等科卒である。

しかし、牧が河東電気出張所に採用されたのは、特別な事情があると山本は佐賀弁で平吉に内緒で教えた。

この北九州を走る電車は九州電気軌道株式会社、略して九軌の経営ちゅうのはおまえも知っちょろうが、その支配人が松野松造さんじゃ。このお方は途方もない骨董《こっとう》好きで、牧の親父《おやじ》は骨董屋で、その松野さんのところに出入りをしちょる。骨董屋ちゅうても牧の父親の店は小さかばってん、とにかく出入りしとる関係で、倅《せがれ》をどこかに入れてくださいと頼みこんだ、そこで松野さんが世話したのがウチじゃ。飛ぶ鳥落す松野松造さんのお声がかかり、これからは九軌の仕事は河東電気が一手にと星加さんはすぐに牧の倅ば引きうけたとじゃ。

庶務係牧三郎は平吉を教育し監督する立場であったが、それは相当きびしかった。ときに酷烈であった。掃除のやり方が悪いとか、冬だと各人席に置く炭火の熾《おこ》しかたが手間どるとか、茶の入れようが拙いとか、使いに行ってくるのに時間がかかりすぎるとか、気がきかないとか、始終睨《にら》みつけては叱言《こごと》を云った。

もっともこれは牧の云うのが当然で、平吉は一人息子とはいっても、先に生れた子三人が幼児のときにみな死んでしまい、そのため母が平吉を猫可愛《ねこかわい》がりに大事にし、十六歳になるまで雑巾《ぞうきん》がけ一つさせなかった。相当大きくなるまで、咽喉《のど》に刺さらぬよう魚の身から骨を除いてやっていたくらいであった。給仕になって掃除もできず、火熾しも下手で、気がきかないのはあたりまえであった。殊《こと》に畳の上に机が置いてあるので、机の長い列の下にもぐって、バケツを移動させながら拭《ふ》いてまわる苦労はなみたいていではなかった。社員たちが出勤する一時間前に平吉は事務所に働いていなければならなかった。冬の朝は辛《つら》かった。

社員たちは平吉を時間中でもよく私用に使った。それはほとんど自宅へ連絡にやらせることだったが、平吉はそれがすこしもいやでなかった。むしろよろこんでそれを務めた。暗い、陰気な、そして牧にいじめられる建物からすこしでも外に抜け出したほうがどんなにいいかしれなかった。しかも私用を頼むほうはそんなことは知らないからいくらか下手《したで》に出るのである。

工藤の家は若松市にあった。九軌の電車で戸畑市の終点から渡し船で若松に行き、十五分ほど歩くと小学校があり、その前の小さな文房具店が工藤の家であった。気どった声でボーイさんなどと呼ぶ工藤が小学生相手に鉛筆や消ゴムやクレヨンなどを売っているかと思うとおかしくもあり、急に親しみが湧《わ》いた。奥さんは色白な顔で、上品な愛嬌《あいきよう》があった。

松尾の自宅は八幡《やはた》市で銭湯屋を経営していた。事務室では、わっしの女房が、わっしの女房がとよく女房自慢をしていたので、どんな奥さんかと平吉は興味を持ったが、その奥さんは番台に坐っていて平吉を見下ろし、用件を軽く聞き流しただけで、あまりものを云わなかった。体格のいいひとだった。だが、平吉もろくにその顔を見なかった。男湯の入口に立っていると、女湯の脱衣場がどうしてもまる見えで、眩《まぶ》しかった。いつ行ってもそうだった。

若松と八幡の使いは半日がかりだから外出の気晴しにはハカがいった。が、それは三カ月に一度の割合であった。

市内の自宅だと自転車でよくやらされた。たった七人しかいない職員だが、下級者の自宅ほど陋巷《ろうこう》の中にあって、貧乏暮しの台所がありありとのぞけた。資材係の山本、倉庫係の堤などがそうで、これは正社員でなく現地採用の臨時雇という資格であった。

工事監督係の野村も現地採用だが、彼はどこかの県立工業高校を出ているため準社員という資格であった。二十五、六歳くらいの独身で、ちぢれ毛の頭をし、眼が引込んで、ちょっと異人めいた容貌《ようぼう》をしていた。ときどき作業服をきて来て、胸のポケットに黄色い折りたたみの測量尺を挿しこんだりしていた。

河東電気の本社は大阪市中之島にあり、工場は東成《ひがしなり》区か西成区だかの福島と放出《はなてん》とにあった。平吉が保管させられているパンフレットの茶色の写真版を見ると二つとも壮大な工場であった。主要な製品は扇風機、電熱器、小型モーターなどである。とくに扇風機は好評であった。その壮麗で近代的な建物の本社や威圧する一つの大工場の写真からくらべると、料理屋あとの小倉出張所はいかにも見すぼらしい存在にみえた。だが、そのぶん人々はのんびりとしていた。時間中に給仕を平気で自宅へ私用に使い走りさせるくらいである。勤勉な星加主任は内心苦々しく思ったろうが、黙認していた。

野村は感傷的な青年で、いのち短し恋せよ乙女、をよく口ずさんでいた。彼の家は市外の富野村にあった。市の東に当り、畑と森の多い高地だった。その家は林の中にあるワラ葺《ぶ》きの一軒家で姉さんが一人でいた。手紙を読むと、弟に早く帰るように云ってくださいといつも逆にことづかった。化粧をしていないが、眼の大きい人だった。野村と同じに西洋人のような顔をしていた。独身か結婚しているのかよくわからなかった。

この富野村に自転車で往復するのは平吉の最も愉《たの》しい使いの一つだった。田舎の景色と空気を存分に味わった。往《ゆ》く道と帰り道とは違えた。ときには畔道《あぜみち》を通って迷った。時間がかかりすぎるとまた牧にこっぴどく叱《しか》られた。

三時になると、出張所前の「みはぎ野」というおしるこ屋から、おはぎの出前をとりよせる。持ってくるのは十八ばかりの石州浜田生れの雇い女だった。おはぎを食べる社員たちに、平吉は茶をいれて配る。福田、お前にもご馳走《ちそう》してやると云う者は一人としていなかった。

ある昼なか、牧がその雇い女を井戸の横の碍子の包みを解いたワラの山の上に倒して馬乗りになった。それ以上にどうする気もないことは他の社員三、四人の前だし、着物の裾《すそ》もめくらず、しぐさだけだったことでもわかる。けれども彼女は衆人環視の中で屈辱を受けた。赤くなって遁《に》げ帰り、代りに店主が真赤になって怒鳴り込んできた。

それだけでもないだろうが、牧は熊本支店へ転勤となった。彼の間接的なバックだった九軌の支配人松野松造が骨董蒐集《しゅうしゅう》に凝り過ぎ、なにやら公私混同があったらしく九軌から身を退《ひ》かざるを得なくなって、強力な支持者を失ったせいもあるという。

牧はずぼらな上に事務の才能もなかった。平吉を意地悪く叱るだけで、平吉がどんなに忙しくても手伝おうともせず、くわえ煙草《たばこ》でぶらぶらしていた。事務の才能がないというよりは常識的な文字すら知らなかった。父親が骨董の伝手《つて》で息子の世話を九軌の支配人に頼みこんだわけがここにある。だが、平吉にはヒキもなければ押し上げてくれる人もないので、心細い思いだった。

そのころ、野村は平吉を出張所に近い路地の奥にあるある家へ手紙を届けによくやらせた。その路地は南の船頭町と北の旭町遊廓《ゆうかく》とをつなぐ通路であった。

昼間の遊廓は森閑としている。路地も静まり返っている。手紙を届けた先は角から二軒目、間口が狭く、磨き上げた格子戸で、小寺寓《ぐう》と標札が出ている惣《そう》二階だった。手摺《てす》りの内に植木鉢がならんでいた。検番がその近くだった。

手紙は届けるだけで、先方の返事は要らなかった。受けとるのはいつもこざっぱりした身装《なり》の婆《ばあ》さんだった。その旨《むね》を報告すると野村はうれしそうにうなずいていた。

野村の噂《うわさ》はすぐに出張所の連中に知れた。

そのひそひそ話を聞いていると、小寺というのは、秀弥という自前の芸者で、彼女が野村に惚《ほ》れこんで入れ揚げているのだという。雇い婆さん一人を置いてお座敷に出るが、秀弥はなかなかの売れ妓《こ》だと松尾がいっていた。

それを聞いて平吉に思いあたることがある。富野村の雑木林の中、ワラ葺の一軒家で平吉の持参した野村の手紙を読んだしっかり者らしい姉が、弟に早く帰ってくるように云ってくださいときっぱりした口調での伝言だった。

野村はほどなく河東電気を退《や》めた。平吉がその後路地の家の前に行ってみると、小寺の標札はそのままだった。野村は朝鮮に渡ったと出張所内では噂していたが、本当のところは誰も知らなかった。平吉は富野村のワラ屋根の家にもう一度使いに行ってみたいと思った。

河東電気小倉出張所に大刷新が行なわれた。主任が交替し、星加英明が大阪本店詰として去り、後任に大阪本店から若い中浜憲二郎が所長に昇格して赴任してきた。星加は平吉を採用してくれた人で思い出が深い。色黒く、頰高く、眼光り、めったに笑わなかった。福田さんと最後まで、さん付けで平吉を呼んでくれたのはこの人だけであった。私用に使うこともなかった。仕事のよくできる人だが、どこかよそよそしかった。ひとりで何でもできるので、部下からは孤立していた。皆を連れて飲みに行くということは一度もなかった。皆は星加を煙たがっていた。彼は大阪本店詰になってからほどなく社を退め、四国の田舎に引込んだということだった。平吉には星加英明の名がいつまでも忘れられなかった。

中浜憲二郎は色白く、イガ栗《ぐり》頭で、頤《あご》が長く、丈が高かった。短い髭《ひげ》を蓄えたのは、若さを隠すためだった。高等工業学校を卒業して二年後に営業畑に回り、小倉出張所長になったが、河東社長のお声がかりとはあとでわかった。

中浜はまだ書生ぽいところが抜けなかった。平吉の頤のあたりを指で突いて、ほう、だいぶん可愛いヒゲが生えとる、と笑った。

平吉はここへ入って満二年を過ぎていた。十八歳の五月ともなれば髭も生える。母親は、ヒゲはなるべく剃《そ》らんようにしんさいや、剃ると濃ゆうなるけんのう、と云《い》った。

それよりも困ったのはお仕着せの詰襟服をいっこうに造ってくれないことである。給仕で入ったとき星加主任が夏冬の木綿服を新調してくれただけで、あとは知らぬ顔である。十六歳から十八歳の発育ざかりでは、身体《からだ》に合わなくなるばかりであった。上着の下から白いシャツがはみ出てしまい、ズボンは股引《ももひき》のようになり、しかも下が寸足らずになる。恥かしくて町が歩けない。それでも新調してくれなかった。

父親は、旧城跡の石垣の下で通行人相手にラムネやミカン水、茹《ゆ》で卵《たまご》、キツネズシ（揚げズシ）、饅頭《まんじゆう》などの屋台店を出していたが、平吉にむかって、会社はいつおまえを社員にしてくれるのかのう、と云い云いした。社員になったら縮れた給仕服を脱がせ、無理して背広を買ってくれそうな口ぶりであった。

しかし、十一円の平吉の給料を当てにしている父親にそんな余裕があるはずもなかった。平吉は月給袋をそのまま父に渡し、小遣いはその都度もらったが、月に一円五十銭くらいだった。父は家賃もろくに払えなかった。

屋台店の品で自家製はキツネズシだけで、これは母親が造った。八十歳の祖母が生きているときは、母がすしを混ぜるとき、タスキをかけて出てきて、おタニさん、牛蒡《ごぼう》でも削ろうかいのう、と遠慮そうに手伝いを申し出た。あとの売りものが卸し屋から取るようでは丈太郎の利益はなかった。

平吉は、とうてい社員に登用される見込みのないことを云おうとしたが、それではあまりに父丈太郎に落胆を与えそうなので黙っていた。河東電気を退め、よそに移ろうにも世は不景気で、思わしい就職先はなかった。たまに眼につく新聞の求人欄でも、大学卒以上とか中等学校卒以上であった。小学校卒ではどこも相手にされなかった。

○

河東電気小倉出張所の陣容が刷新されたのは、河東が扇風機や電熱器などの家庭電気器具よりも大型モーター、発動機、電気ポンプ、変圧器など重電機部門の生産方向へ切りかえたからで、それには北九州の八幡製鉄、浅野セメント、豊国セメント、筑《ちく》豊《ほう》の諸炭礦《たんこう》が売込み先となった。高等工業卒の中浜を営業の出張所長に配したのはそのためだったようであった。この地区の先輩販路には芝浦、明電舎、日立、富士電機などがあり、河東はこれらに斬《き》りこんでゆかねばならなかった。芝浦はアメリカのゼネラルエレクトリック、富士はドイツのシーメンスとそれぞれ技術提携していた。工藤は別府出張所主任という名目で飛ばされた。星加主任は会計を兼ねていたが、その専任として品川というのが福岡支店から着任した。松尾が八幡製鉄、セメント会社関係をまわるのは従来どおりだが、中浜所長がこれをカヴァした。山本、堤の倉庫番の臨時雇はそのまま。

筑豊炭礦まわりには中浜が大阪からつれてきた原田という技術畑の後輩を当てた。庶務には福岡支店から米本という予備陸軍工兵伍長《ごちょう》が来た。母一人子一人の米本は老母をつれて小倉に引越した。坊主《ぼうず》頭の彼は、背広を着ずに、肥《ふと》った身体に黒の詰襟服で通した。彼は新興宗教にも凝っていた。

品川は背は低いが、のっぺりとした男で、髪をきれいに七三に別け、もみ上げを長く伸ばし、金ぶち眼鏡をかけていた。電話での客への応対は弁舌さわやかで、対手《あいて》を逸《そ》らさぬお世辞が流れるように出た。傍で聞く者で舌を巻かぬ者はなかった。

品川自身もそれを意識していて、どんなもんです、と得意の色がありありと出ていた。じっさい彼は会計係よりは、外交係に適《む》いているようだった。

口下手な中浜所長は、年下のせいもあって、品川の能弁に圧倒されていた。電話では頭の低い品川だが、所内ではひどく高姿勢だった。前からいる山本や堤などには威張り散らし、あるとき山本が仕事の上で抗弁すると、立板に水でやり返し、血相変えて怒鳴りつけた。山本も一言居士《いちげんこじ》だが負け犬になって沈黙した。これはあきらかに、そこに居ならぶ松尾など先輩格連中への品川の示威であった。にやけたやさ男どころか豹《ひょう》のような猛々《たけだけ》しさを見せた。中浜所長は中央の隣の席で書類にかがみこんでいた。小男の品川は、その体格的な劣等感を強面《こわおもて》で補っているようであった。

　品川は茶が好きで、午前中は四回、午後は六回ぐらい平吉に茶を入れさせた。自分が飲む煎茶《せんちゃ》も自前で買ってくる凝りようで、急須《きゅうす》も別、湯呑《ゆの》みも有田の香蘭社《こうらんしゃ》の製品で花鳥の染付だった。平吉はこれを洗うのに細心の注意を払わねばならなかった。裏の大井戸近くに水道と湯沸し場や洗い場があったが、品川の湯呑みだけは三日に一度は碍子《がいし》を包んだワラを束ね石の粉を付けて入念に磨いた。中は指先に石粉をまぶして突込んだ。近眼の品川は金ぶち眼鏡を外して、湯呑みの染付が剝《は》げてはいないか、隅々から糸じりまで引くり返して、検査し、かつ鑑賞するのである。少しでも気に入らないとなると、おい福田、と呼びつけ、こめかみをぴりぴりさせる。洗うのにあまり力を入れすぎて湯呑みにヒビを入れたりしては一大事と平吉は気が疲れる。

　工事人の樋口老人が肩にかついで出る架線用の碍子はやはり有田の香蘭社製である。同じ香蘭社でも品川の湯呑みとはこうも違うものかとその不公平に腹立たしく思った。

しかし、品川の機嫌を損じては十一円の月給は永久に上らないと思うと懸命に努力した。

半年経《た》った。中浜は原田を連れて筑豊炭礦に出張することが多い。大手の諸炭礦まわりをするだけで一週間はかかる。口立、芝浦、富士、明電舎などの地盤に喰いこもうというのだから苦戦のようであった。河東電気はこうした中で重電機部門の製造を開始していた。

品川の出勤が変則的になってきた。午後から社に現われるのである。それが連日つづく。

所長に云われて平古は紺屋町《こんやまち》の品川の家に行った。タンス屋と雑貨屋との間の狭いうす暗い路地の奥で、その突き当りに低い平屋の家があった。三十前後の、ちょっと色気を感じさせる奥さんが玄関に膝《ひざ》をついた。主人は加減が悪くてまだ床についていますけど、と体裁《ていさい》悪そうに云っているときに、当の品川がぞろりとした光りものの着物をきて懐手《ふところで》で現われた。おう福田か。おれは午後二時ごろに出るからな。中浜にそう云っておけ、といい捨てるなり奥へ戻ってしまった。福田がぽかんとしていると、奥さんが、申しわけありません、ご苦労さまでした、と平古に頭を下げた。ふと見ると奥さんのうしろに十九か二十《はたち》ばかりの奥さんによく似た妹らしい娘が立って平古におじぎをした。

品川は午後二時に出社した。彼は苦虫をかみつぶしたような顔の中浜の下座の机に坐《すわ》ると、平吉にまずは茶を一杯命じた。皆が固唾《かたず》を呑んでいる中で、花鳥の有田焼湯呑みを抱えておもむろに茗飲《めいいん》し終ると、机に軽くとんと置いて、さてと所長へ顔をむけた。

「中浜さん、相談ですがね、ぼくはこのごろ神経衰弱気味なのですよ、そのため帳簿の数字が眼のさきに散らばってよくわからないのです、伝票の計算もできにくいのです、そして、頭の中にいろいろな雑音が入りましてね、けれどもですね、それが夜になると神経がおさまるのです、頭が冴《さ》えるのですよ、どうでしょうか、中浜さん、ぼくの神経衰弱が完全に癒るまで、夜間勤務ということにしていただけませんかねえ、夜のほうが注意力が集中できて、能率がふしぎなほど上るんですよ」

品川は金ぶち眼鏡を光らせ、伸ばした濃いもみあげを横に見せ、揉《も》み手《で》をするように指先を組んでいたが、声には迫力があり、有無を云わせないものがあった。

中浜所長は、さすがに即答はしなかった。ううむ、と咽喉《のど》に痰《たん》が詰まったような声を出し、しばしの間眼を閉じた。

彼は品川より十一歳年下であった。技術畑で、経理のことも会計のこともわからなかった。それにこういう場合、相談すべき次席が居なかった。品川が次席気どりでいた。

神経衰弱と云われると中浜には品川の申出が拒絶できないようだった。ゆっくり療養してから出社しなさい、その間、福岡支店からだれか臨時に会計係を呼ぶことにするから、という常識的な措置が云い渡せなかった。もしそれを云おうものなら、品川が激怒して、猛《たけ》り狂うかしれない。中浜は日ごろの品川の振舞を見て、彼を内心おそれていた。それと、重電機部門の売込みのため留守がちの自分のためには、品川の機嫌を悪くしてはならなかった。それは若い所長としての中浜の保身術でもあった。

○

品川が昼は家に居て夜だけ出社することになった。このたった一人の夜間作業では彼個人の利益はなにもない。あらゆるものが寝静まっている世界だ。その中で、ひとりでこつこつと伝票を繰り、算盤《そろばん》をはじき、帳簿を記《つ》けている。品川の云うとおり、精神力を集中して、ひたすら孤独の作業をつづけているのである。ご苦労さま、とみなは同情した。

会計が昼間出勤しないと出納《すいとう》にさしつかえる。品川は中浜所長に云って、小出しの出納は庶務の米本にやらせることにした。ただし、まとまった出納は品川自身が一週間に一度昼間に出てきて行なう。そのための帳簿類や小切手帳、銀行の登録印鑑などを金庫に入れて、鍵《かぎ》は品川が保管した。

平吉は、品川の机が毎日空いたので、ほっとした。福田、茶、おい、お茶、という声もかからず、有田焼の湯呑みを磨かなくても済んだ。あの、もみあげの長い、金ぶち眼鏡の顔を見るだけでも圧迫感を受けたが、それからも解放された。社員たちも同じとみえ、品川の姿が消えて以来、春風が吹くようになごやかとなり、笑い声が立つようになった。

米本は勤勉な男で、長浜というところに移り住んで、内職に養鶏を営んでいた。福岡支店のときも箱崎でそうしていたが、長浜では二十羽ほど飼い、母親にこれを見させ、自分は社から帰るとタマゴを飲食店などに売って歩いた。

品川の「夜間作業」の秘密は、米本のその内職によって暴露した。

米本のタマゴの顧客先に船頭町の飲食店がある。それが河東電気出張所の近所である。米本がそこへタマゴを持って行くのは夜の八時か九時ごろになる。船頭町は昼間とは変って見違えるように賑《にぎ》やかだ。

品川さんが一人で仕事をしている、と思った米本はわが出張所の前に行った。表はもちろん暗い。米本はご苦労さまです、と云うつもりで、これでも茹でて食べてくださいと出すつもりでタマゴを三個持ってきたのだ。入山の戸を叩《たた》いたが、返事がない。その晩は帰った。

翌晩、米本は同じことをした。こんどは十時ごろに行った。やはり返事がなかった。

次の晩、午後十一時半に行った。持参のペンチで錠前を外した。陸軍工兵伍長はその技術を知っていた。懐中電灯を持って中に入ると事務室には誰もいなかった。米本は裏に進んだ。裏は高いコンクリート塀である。そこの塀ぎわで下駄《げた》の跡が無数に付いていた。新しい跡も古い跡もあったが、どれも同じ下駄の歯である。樋口老人が工事用に使っていた短い梯子《はしご》が塀ぎわに立ててあった。

塀のむこうは旭町の遊廓《ゆうかく》である。小男の品川は梯子を使い、ぞろりとした光りものの着流しで毎晩通っていたのだった。

品川の使い込みがどれくらいの額だったかは平吉にわからない。知っているのは、それから十日後、福岡支店長がやってきて、品川を呼び出し、本人の眼の前で、辞令を両手に持ってひろげ退社の文章を読み上げたこと、それが終ると支店長が品川を面《めん》罵《ば》したことだった。社員らの前でである。支店長は四十歳くらいで、肥っていて貫禄《かんろく》があった。品川はさすがに首をたれていたが、それほど神妙なふうにもみえなかった。その不貞《ふて》くされた態度が支店長の面罵を誘ったようである。

中浜は横で小さくなっていた。会計の不始末は彼の責任だったが、支店長に来てもらったのは、気の弱い中浜では品川を一言も叱《しか》ることができなかったからである。

河東電気出張所はそれからすぐに大阪町の電車通りにある無尽会社の建物に引越した。倒産したこの無尽会社の支店は、銀行のような体裁で、外観は下半分が赤煉瓦《あかれんが》、上半分が黄色いタイル、右側に円塔が突き出ていて、ドームの屋根に緑青《ろくしょう》がふいているといった日本銀行まがいのものだった。正面に三段の石段があり、ドアを入ると広い石の床でカウンターを隔てて事務室となっている。天井は吹き抜けで、隅に狭い二階がある。ドームも吹き抜けだが、ここは銀行式に現金出納の窓口が残っていた。

河東電気は内部を改造するでもなくそのまま使用した。たぶん改造したくても金がかかりすぎるからだろう。しかし、一日中電灯を点《つ》けている暗い料理屋あと、遊廓と背中合せの細長い家からすると、天地の相違であった。ここも相当古くはなっているが威風堂々としていた。それにしても河東電気出張所はどうして倒産した家ばかりを借りるのであろう。

品川の後任には福岡から恵良という頭の毛のうすい、肥満した男がきた。彼は帳簿をいろいろと引くり返しては算盤をはじき、品川くんが無茶ばしとるけん手のつけようのなかですな、としきりにこぼした。それは前任者を貶《けな》し、同時に自分の苦労を中浜に聞かせるようで、イヤ味に聞えた。中浜は渋い顔をし、まあよろしく、と短く云《い》った。

平吉の午前中の仕事は掃除と、お茶くみと、配達された郵便物を受信簿に記けることである。狭い湯沸し場はあっても、水道口がないので、裏の家主の台所へ通った。家主は六十ばかりの人で、たぶん支店長であったろうが、退職金に貯金を足してこの建物を買いとったのだろうと平吉は想像した。奥さんと年ごろの娘とがいた。もとは小使部屋だったらしくその家はせまく暗かった。

午後は自転車で、春だと扇風機を注文先に配達に行く。十二インチ（羽根の直径）だと軽いが、十六インチは重かった。自転車の荷台にくくりつけて、落ちぬように片手をガードにかけ、片手でハンドルを操り、一里半とか二里の砂利道を踏むのは難儀であった。河東電気の扇風機はガードが「芝浦」のそれのように渦巻形でなく、同心円なところが好評で、よく売れた。

晩秋になると電熱器が出る。これはボール函《ばこ》に入っているので自転車の荷台にくくりつけられて楽だった。

大阪町の無尽会社あとに移ってから中浜所長は、平吉に服を新調してくれた。さすがに、ちんちくりんの木綿服では見兼ねたのであろう。というよりは会社のために見苦しく思ったのだろう。三軒隣に栗山という洋服店があった。実兄はどこかの国の大使をしているということで評判だった。その洋服店へ行って寸法を測り、紺サージを誂《あつら》えてくれた。

だが、平吉はすこしもうれしくなかった。それは背広服でなく、やっぱり給仕服であった。彼はもう満十八歳になっていた。いまごろ給仕服を新調してくれるようでは、当分社員にする気持のない意志のあらわれであった。

自分は気がきかないかもしれない。掃除もろくにできないかもしれない。しかし、云われたことは一生懸命やったつもりだ。さぼったことは一度もない。小学校しか出てない引け目から、親にせびって本を買ってもらい、また自分でも小遣い銭から本を買いひとりでこつこつと勉強した。社員たちの雑談を聞いていると、それほど高い教養があるとは思えない。

そういう社員になっても、見本がそこにごろごろしているから、どうということはないが、父親の期待に早く添いたい。月給十一円はいまだに上らない。その十一円を父は当てにしている。社員になったら昇給する。父はその日が早くくるのを待っているのだ。

　平吉には兄も弟もいなかった。父はもう五十三歳だった。母は五十歳。父は城跡の石垣の下で屋台を出している。母は祭りの日に境内で同じものをならべた屋台を出す。借金を負っている。

　両親が老いたら、その面倒は平吉ひとりがみなければならぬ。月給十一円でどうして食わせられるか。

　といってほかに転職先はなかった。手に職をつけんさいやと母親は云うが、徒弟奉公するには年を喰いすぎた。十六の二月に河東電気出張所などに入らずに、大工か板前の弟子になるべきであった。平吉は居ても立ってもいられない気持だった。

　河東電気の扇風機でも電熱器でもたびたび故障が起きた。これを特約の修理工場へ持って行くのが平吉の役目だった。修理工場は日明《ひあがり》といって戸畑市に近い海岸近くにあった。電車で三十分だった。

　車内では様子の変わった婦人を左右から家族らしい人が付き添っているのを見かけた。同じ日明停留所で降りると、バスに乗って、峠のほうへ去って行く。その方角に精神病院があった。

　平吉は、あんまり考え詰めると自分もあんなふうになるかもしれないと思ったりした。しかしすでに四方が灰色の壁の中に入っている思いであった。

修理工場は海浜が運んだ砂丘の上に建っていた。腐れかけた木造で、屋根はトタン、いたるところに穴があき、柱も板壁も真黒になっていた。旋盤が三台ばかりならび、モーターが鈍く唸《うな》っていた。職工は六、七人いた。社主は坂本といい、作業服が合わないくらい腹がつき出ていた。修理の注文は荷札に書いてあって、扇風機だと「首がまわらぬ」、電熱器だと「コイルが切れた」というのがほとんどだった。坂本はそれを見て「首がまわらぬ」「コインが切れた」とはおれとこと同じじゃな、と腹をゆすって笑った。

軽い故障はすぐに直るというので、平吉は待ったが、三十分というのが一時間ぐらいかかることがあった。退屈なので、そのへんを歩いていると、画として面白そうな風景になるのに気がついた。砂丘と、前に流れる砂混じりのドブ川が変わっているのである。坂本にたのんで鉛筆と方眼紙の切れはしとをもらい、方眼紙の裏にスケッチした。それからは修理工場へ行くのが愉《たの》しみになった。

平吉の仕事のもう一つは、小口の集金だった。そのほとんどは帳簿にいつまでも残となっているもので、つまり売掛金の焦《こ》げつきであった。扇風機や電熱器ばかりで、四年ごし、五年ごしである。ほんらいは山本や堤が集金に行っていたらしいが取れないとわかって、平吉にその役をまわしたのだった。

どれも九軌の社員で、佐渡というのは香春口《かわらぐち》にあるちっぽけな変電所の主任だった。平吉は任務と思うから毎月末には必ず行った。佐渡はもう停年前の年配で、扇風機二台、電熱器三台を買っていた。払う、いずれ払う、と変電所から出て来て、両手をズボンのポケットに入れた佐渡は平ぺたい顔をにやにやさせながら煙たそうな眼をした。いずれ払うといっても、そんな雲をつかむような話では困ります、と平吉が云うと、雲をつかむような話か、あっははは、と佐渡は空を見上げて大笑いした。金はとうとうもらえなかった。

小川は九軌の発電所技術部長だった。家は砂津にあって、赤屋根の文化住宅に住んでいたので平吉は羨《うらや》ましく思った。だが、平吉をいつも御用聞きのように裏口にまわらせた。出てきた小川はまだ四十歳そこそこで、いかにも秀才のような顔をしていた。背が高く、平吉を見下ろして、そのうち払うよと、半分怒鳴るように云った。小川は扇風機をいっぺんに十二台も買っていた。一軒の家が十二台も必要はない。たぶん上司へご機嫌とりに進呈したか、気に入りの部下に分けて与えたかしたのだろうと平吉は想像した。

そのうち払うよ、と権柄《けんぺい》ずくに云うのも、九軌と河東電気の出入り商人の関係からで、同じ九軌でも佐渡のようにうだつのあがらぬ変電所主任とは違い、将来は九軌の技術の中枢部《ちゅうすうぶ》を占める人物、と思うと平吉も佐渡にむかって云うように雲をつかむような話とは口に出せなかった。集金にくるのが間違っているような小川の怒気だった。それなら出張所もいっそ帳簿から小川の売掛金を抹消すればいいものを、未練がましく残しているところがいけない。小川はとうとう呉れなかった。帳簿の残は永久に消えぬだろう。

それにしても小川の文化住宅とその家から出てきた彼の風丰《ふうぼう》を見て、平吉は改めてわが身とくらべ、生まれながらの境遇の違い、学歴の違いを情なく思った。

ほかの小口集金も売掛金の焦付きばかりで、やはり九軌の社員であった。だが、彼らは下級社員で扇風機一台、電熱器一個か二個というのが多かった。九軌に出入りしている河東電気の外係が顔馴染《かおなじみ》の者に頼まれて回したのが、いつまでも帳簿に残っているのである。毎月請求書を発送しているが音沙汰《おとさた》もなかった。彼らの家はたいてい日の当らない長屋の社員住宅で、たてつけの悪い格子戸《こうしど》を開けると二間の座敷と横の台所とがまる見えで、奥さんが赤ん坊を背負って炊事をしたり幼児を叱ったりしていた。借金の主は座敷の突き当りの板塀ぎわの庭で土いじりしていたが、平吉の立っている玄関先へ体裁悪そうにやってきて、済まんがもうすこし待ってくださいと頭をぺこぺことさげた。もう三年も払ってなかった。台所の奥さんは見むきもせず洗いものの音だけが高くした。これはどこをまわっても大なり小なり同じであった。

平吉の父親は、昼は石垣の下に屋台を出しているので、借金取りは夜になって家にやってきた。家はトタン屋根に板壁で、低地に建っていた。前に掘割があり、王子製紙工場の廃液が白く濁って流れ、悪臭が漂っていた。が、馴れてしまうとその臭《にお》いもそれほど気にならなかった。借金取りの居催促はうるさかったが、父親は昼間の疲れで、文句を聞いているうちに居睡《いねむ》ることが多かった。彼の善良さに債鬼はまた金を貸してくれた。

そんなこともあって、平吉は小口の焦げつき集金にはもう行かなくなった。

河東電気出張所が俄《にわ》かに活気を帯びた。社債の大募集を開始したのだった。

毎日毎日、二階のせまい部屋で中浜所長を中心に全員が集まって会議が行われた。本社から福岡支店に社債の割り当て額がどれだけきたかは不明である。支店から小倉出張所へどれだけ振り当てられたかは平吉にもちろんわからない。しかし、中浜の血相変えた表情を見ると、たいへんな数量であったようである。

中浜所長も原田も筑豊炭礦のモーターや発電機や変圧器の電機ポンプなどの売りこみには回らなくなった。その代りそれらの諸会社に社債の購入方の懇請になった。松尾は八幡製鉄に浅野セメントに豊国セメントに、また中浜は出張所の伝統的な最大顧客である九軌にむかって集中的に足を運んだ。別府の工藤にも大量の債券が発送されたが、もともと企業もない土地だし、やる気のない工藤は一枚も売らずにそっくり返してきた。

○

そうした或《あ》る日、電車通りをはさんだ出張所のまん前の家が大工が入って改装工事をしていたと思っていると、開店したのが「品川電気商会」であった。同姓同名かと会計の恵良や松尾、米本、山本、堤らが眼を凝らすと、電気器具をならべたショーウインドウを背景にこっちを見て立っているのは、間違いなく使い込みで社をクビになった小男の品川であった。ポマードをつけた髪を天日の下に光らせ、もみ上げの長い特徴ある顔を反らすようにして金ぶち眼鏡を輝かし、大島紬《おおしまつむぎ》に似たぞろりとした着物で、片手を袂《たもと》の中に、片手は挙げて指先に煙草《たばこ》を挟み、悠然としているのである。

これには見ているほうが呆《あき》れたというよりは、かえって顔をそむけた。

が、なおもそっと見ると、品川の立っているうしろでは、彼の奥さんと妹とが割烹《かっぽう》着《ぎ》をつけて、配達された電気器具の梱包《こんぽう》をかいがいしく解いているのだった。その量も相当に多く、なかなかの景気であった。品川はときどき女たちをふり返り、懐手《ふところで》のまま指図していた。

なんという厚顔無恥。社の前を隠れて通るのが普通なのに、社のまん前に電気器具店を出すとはどういう神経だろうか。異常心理の持主というよりほかはない。

恵良は博多弁で、品川君には呆れましたばい、あげな男は見たことがなかです。千人に一人、いや一万人に一人あるかなかです、あれがほんまの悪党ですばい、と中浜にむかって前任者を罵《ののし》った。中浜は口をぎゅっと結び、一言も云《い》わず、終始品川を無視する態度に出た。

こうなると妙なもので、電車通りをはさむ真向いの品川にこっちのほうが気圧《けお》された。曾《かつ》て船頭町時代に彼が威張り散らし、強《こわ》もてした記憶が拭《ぬぐ》えないでいるのだった。で、皆は品川が店の前に出ていないかどうかを窓ごしに確かめて鉢合せしないようにドアを開けて外に出た。

それにしても、品川はあの店を開くだけの資金をいつのまに貯《た》めたのだろうかというのが論議の対象になった。

米本が云った。あれは品川が使いこみの金を貯めていたにちがいない。女郎屋にも入れあげたろうが、全部ではない。そう見せかけてこっそり内密に貯金していたのだ。

一同は米本のこの推量に感心し、賛成した。

では、品川からその使いこみの金を社が回収したらどうだろうか。品川のやりかたがあまりに図々《ずうずう》しく、憎たらしいからである。しかし、福岡支店長が品川を懲戒免職したとき費消金は外聞を憚《はばか》って問わないこととすると申し渡した。棒引きにしてやっているのだ。いまさら出せとは云えない。また、出すような男でもない。

鉄面皮、肚《はら》に据えかねる男だが、手の出しようがない。電話の応対でも会計係というよりは営業係に適《む》くくらいに如才なく、歯の浮くようなお世辞が立て板に水式に出た。あの調子だと品川電気店は繁昌《はんじょう》し、発展するかもしれない。

品川から費消金を回収できないのはそれだけの理由ではなく、仮りに出来る見込みがあってもその余裕がないことであった。出張所は全員が総力を上げて社債の売り込みに当らねばならなかった。ところが、中浜所長の血走った眼を見ると、どうやら三分の一も消化できないようであった。締切日は迫っている。

平吉が使いで自転車で走っていると、品川と正面から遇《あ》った。せまい道なので避《よ》けようもなく、自転車を降りておじぎをした。品川は仕立おろしの背広をきていた。

おい福田、河東電気株式会社の運命も風前の灯だぞ、と彼はいきなり云った。はあそうですかと云ったが、いい気持はしなかった。社のまん前に店を出すことさえ非難される行為なのに、いきなり元の勤め先の会社の悪口を云うのが不愉快だった。平吉は品川がもうそれほど恐《こわ》くなかった。

だが、品川は平吉の表情などもちろん歯牙《しが》にもかけなかった。あのな福田、いま河東電気は社債の大募集をやっとるだろ、あれはモーターや発電機や変圧器などの重電機生産が失敗して大アカ字を出したアナ埋めのためだ、扇風機や電熱器をつくっている河東電気が途中からモーターを作っても、日立や芝浦や富士や明電舎に袋叩《ふくろだた》きにされるのは当り前だ。技術が違うよ、技術が、中浜は技術畑だが、学校を出たばかりのボンボンでなにもわかっとらん、というて営業のことはなおさらわからん、筑豊炭礦に電気ポンプやモーターを売りこみに行ったが、モーターはショートが多く、ポンプは故障つづきで、てんで信用されとらん、それが全国的だ、そこで河東電気は重電部門を撤退した、そのアカ字を社債でアナ埋めして乗り切ろうという目算だが、タヌキの皮算用、そうは問屋がおろさん、落ち目の河東にどうして銀行が相手にしようか、大口の社債を引きうりる銀行がない、企業がない、九軌かて引きうけん、中浜が必死になっとるが、やっぱりダメ、するど、この次にくるのはなんだと思う、福田、と品川はチョビ髭《ひげ》の下にせせら笑いを浮べてつづけた。

この次に河東社長が打つ手は人員整理だ、クビ切りだ、社債で急場をしのごうとしたが、それが半分も売れん、そうなると大量のクビ切りをやるしかない。そうせんことには社債の利子も払えん。相当いい利回りで客を釣っとるからな、このままだと河東電気も倒産するしかない。いや、倒産するのは眼に見えとる。そうなったら、福田、俺がおまえを拾ってやるからおれの店にこんか、いまの月給の十一円よりはイロをつけてやるぜ、と云うなり、品川は背広の肩を怒らせ、自分では大股《おおまた》のつもりだろうが、内股で気ぜわしそうにちょこちょことむこうに歩いて行った。

どんなことがあってもあいつの店へなんかに、と平吉はその後姿に唾《つば》を吐いたが、勢いのないものだった。品川の言葉は真理を衝《つ》いていた。社員たちは隠したり誤魔化したりしているが、品川はずけずけと内容を引き剝《む》いていた。社債のことだけでも品川の言葉を裏付けていた。社債の売行が惨憺《さんたん》たる成績に終ったらしいことは中浜所長の蒼《あお》く引き吊《つ》った顔と、自律神経を失ったようによろよろした歩き方でもわかった。社員たちはみな打ちひしがれたようになった。

三カ月ほど経《た》った。夜、皆が帰ったあと二階の狭い部屋で会議が二晩つづけて行なわれた。中浜所長とほか数人であった。松尾と米本と山本と堤とが整理されることになった。米本のほかは皆現地採用である。米本は養鶏業を拡張し、また新興宗教に専念するため進んで退社を申し出たのだった。働き者の彼は中浜に引き止められたが、じつは社の将来に見切りをつけたのだった。

平吉は、最後は自分の番だと思った。ここに入って足かけ四年になろうとしている。そういつまでも、給仕では置けない。しかし、社は苦しい。また小学校高等科新卒の少年を雇ったほうが、安く雇えるし、だいいち使いやすい。中浜所長はそう考えているにちがいないと思った。

松尾、山本、堤が退職を申し渡されたとき、平吉は覚悟ができていた。

夕方、平吉は二階の部屋に呼び上げられた。そこは畳の座敷だった。中浜所長は平吉が入ってくるのを見ると、座布団《ざぶとん》の上に坐《すわ》り直した。

平吉はその前に膝《ひざ》を揃《そろ》えて、宣告を待った。

中浜は長身を前こごみ気味にして、いくぶんどもりがちにして云った。きみも、うすうす察しているだろうが、会社の経営が危機に瀕《ひん》してきたのでね、本社からの絶対命令で小倉支店も大幅に人員整理をしなければいけないことになりました。それで松尾君、米本君、山本君、堤君には昨日付で身を退《ひ》いてもらいました。ついては、まことに気の毒だけれど、君にもこの際、退《や》めてもらいたいのです。ぼくとしては、長いあいだよく働いてくれた君にこんなことを云うのは、はんとに辛《つら》いのだが、と中浜所長は終始です調で丁寧に云った。それが馘首《かくしゅ》の儀式を深刻めかせた。

平吉はうなだれて聞いていた。帰って父親にこれをどういったものかと思っていた。今日の予想はあったが、まだ父には打ちあけてはいなかった。

退職金はいくらもらえるだろうか。重電部門で大欠損を出し、社債で大赤字の上塗りをしたのだから三カ月分くらいだろうか。それとも二カ月ぶんがせいぜいだろうか。それが尽きたらあとはどうなるだろうか。眼の前が真暗だった。次第に年とってゆく両親を養ってゆく方法があるだろうか。

中浜のしみじみとした声が頭の上に降りた。

福田君。きみはまだ若い。これからはいくらでも転機がある。松尾君や米本君、山本君、堤君などよりは、その点きみのほうが恵まれています。ぼくもね、本心を云うと、この際、河東電気を退めたいのだ。これが人生の一つの転機だと思うんだ。けど、ぼくの立場としてはそうはゆかないんだ。小さな出張所だが、社長から頼まれた責任者として来ている以上はね。みすみす転機のチャンスを失ったよ。ぼくは君が羨《うらや》ましい。

馘首の儀式が済んだのは、です調が終って、中浜の述懐になったことでわかった。

中浜は煙草に火を付けた。

きみは絵が好きなようだな、修理工場の坂本さんから聞いたよ、方眼紙の裏に描いたスケッチも見せてもらった。そこでね、きみのこれからの身の振りかただが、東洋陶器工場の茶碗《ちゃわん》や皿の絵付をする見習画工はどうかね。見習だから初めのうちは給料が安いけどね。きみさえ承知なら、東洋陶器はウチの取引先だから、じつは事情を話して了解を取ってあるがね。

平吉は泪《なみだ》を流した。

中浜憲二郎が自殺したと聞いたのは、平吉が東洋陶器に入って二年後だった。河東電気が倒産してから中浜は郷里の松江市で電気商を開いたが成功せず、負債を残し、詫《わ》びの遺書三十数通を書いて縊死《いし》した。日進月歩の技術の分野には戻れず、電気営業は未熟であった。

巨匠が「私」を語るとき——解説

宮部みゆき

こんなジョークがあります。

「人間は、二つのタイプに分けることができる。人間を二種類に分けようとするタイプと、分けようとしないタイプだ」

だからどうなのよアハハという〈説〉ではありますが、大真面目《おおまじめ》に口にされると、妙に説得力があったりするのがまた可笑《おか》しい。そこで私も、ちょっとこの説を真似《まね》てみようと思います。さあ、眉《まゆ》に唾《つば》をつけるご用意を。

では。

「作家は、二つのタイプに分けることができる。自分自身が好きな作家と、そんなに好きではない作家だ」

誤解のないよう申し添えますが、これは前者が自己愛の強い作家で、後者が自己愛の薄い作家だという意味ではありません。前者が陽気な自信家で、後者がコンプレックスの強いネクラ者だという意味でもありません。また後者の場合、〈自分が嫌い〉なのではなく、〈そんなに好きではない〉というところがミソであります。〈そんなに関心がない〉と言ってもいいかもしれません。

「文は人なり」といいますが、作家と作品の関係も同じです。一人でひとつの作品〈世界〉を創《つく》りあげるわけですから、できあがったものには、どうしようもなく〈作者〉が顕《あらわ》れてしまいます。ただ作家の場合、この顕れ方に二つのタイプがあるのです。

ならば、どうやって見分けるか？

前者の作家はしばしば、自作のなかに、読者が普通に作品を楽しんでいて気づくくらい素直に、「ああ、このキャラクターは作者の分身だな」とわかるような人物を登場させます。必ずしも良いキャラとは限りませんし、登場シーンが多いとも限りませんが、重要なキャラであることが多いようです。

後者の作家の場合は、それがありません。作品全体のなかに、作者の存在が薄く拡散してしまっていると言えばいいでしょうか。特定のキャラクターに自身を仮託することを、意識的にしろ無意識にしろ、可能な限り避けてしまうのが後者の作家です。自分の影を消してしまうんですね。

なぜ、この二つのタイプが生じるのか？

その作家の実生活のなかで培《つちか》われている自己像の違いによるんでしょう。ですから、作家が年齢やキャリアを積んでゆくことによって自然に変わることもありますし、実生活の変化によって自己像が変われば、これまた当然のようにタイプも変わります。二つのあいだを行ったり来たりすることも、大いにあり得ます。

ということは、ですね。

結局、作家をこの二つのタイプに分けることに、意味なんかないわけです。お時間をとらせて失礼いたしました（ぺこり）。

さて、読者の皆様の眉毛が湿っているうちに急いで続けます。宮部はどうしてこんなつまんないことを書いたのか。

ホントかよと思っても、さっきは皆さん、一瞬こう考えませんでしたか？

「松本清張は後者のタイプの作家だ」と。

清張さんは、膨大な作品群によって確固たる松本清張ワールドを築き上げましたが、そのなかにご自分の分身を置くことはありませんでした。作者の思い入れたっぷりのヒーロー的な人物が、いくつかの作品を横断して闊歩《かっぽ》することもありません。『点と線』の刑事コンビが『時間の習俗』で再登場しているのは、とても珍しい例外です。

実在の人物を扱った歴史小説となると話は別ですが、基本的には、作者である自分自身を含め、特定の人物にこだわらない。いや、こだわらないということにこだわる。

何故《なぜ》でしょう。

社会は、そんなふうにできてはいないからだ。

社会は、一人の人間に、そんなに優しくはないからだ。

一人の人間の存在は、社会にとっては、小さく儚《はかな》いものに過ぎないからだ。

私にはそう思えます。そしてその断念、諦念《ていねん》こそが、清張作品の圧倒的な現実感《リアル》を底支えしているのだとも思います。

一方でこの断念、諦念こそが、圧殺される弱者を見過ごしにできない、封印される真実を追いかけずにはいられない、〈追及者〉〈告発者〉としての松本清張の原動力にもなったのだと思います。社会が個人を省みてはくれないからこそ、個人は個人を見捨ててはならないのだ。他者の痛みを放置してはならないのだ。社会という巨大なものに、最後の最後のところで抵抗し得るのは、個の執念だけなのだ――と。それが他者をも生かす執念であれば、その体現者は地道な捜査を続ける刑事たちや善良な市井《しせい》の人びとになり、それが他者を踏みつけにする執念であるならば、清張作品の〈黒の側面〉を暗くきらびやかに彩《いろど》る悪党・悪女たちの群像になるのだろうと思います。

ところで。

先ほども書きましたように、〈自分自身も含めて〉特定の人物にこだわらない清張さんは、では、自身を素材にした小説を書くことはなかったのか？

ありました。本巻に集めた作品は、それらのなかの代表的なものばかりです。清張さんご自身の出自や、若いころの勤労体験などを素《もと》にした、私小説的な趣を持つ作品たちです。

但《ただ》し、あくまでも〈趣〉だけですよ。だって犯罪も起こりますし、どんでん返しや謎《なぞ》解きもあります。実際のところ、普通小説というかいっそ純文学の雰囲気を漂わせているこれらの作品を読んでいて、ぎょっとする展開や結末にぶつかったときの方が、ミステリーとわかっている作品を読んでいるときよりも衝撃が大きいかもしれません。

その意味でも、自分自身をも素材として特別扱いしない清張さんの方針は徹底しているのですが、これらの作品に通底する、

〈出自からの脱出という渇望《かつぼう》〉

〈自分という個の前から存在していた血脈への愛憎と執着〉

〈逃れられない宿命の悲しみと、つかみ得ない幸福への憧憬《どうけい》〉

等々のテーマは、清張ワールドを構成する重要な要素です。ですからこれらの作品は、『砂の器』や『眼の壁』などの複雑な構成を持つ推理小説の代表作群と比較して、

やっぱり、より〈人間・松本清張〉の素顔に近い部分に根ざしていると申し上げていいかと思います。

「月」「恩誼《おんぎ》の紐《ひも》」「入江の記憶」

まずは、ぎょっとする結末の三本立て。

ラストで「えええええええ！」と絶句してしまう三作品です。特に「月」は痛くて辛《つら》い。何でこんな残酷なことを、こんなにサラリと書けるのでしょう。でも、ほかの結末は考えられないんですよね。終盤、ある人物が登場した瞬間に、このラストがあることは予期できるのです。「恩誼の紐」と「入江の記憶」は、〈親の人生をたどり直す私の人生〉という、このほかの作品にも繰り返して登場するテーマが犯罪小説的に使われていて、初読ではぎょっとするのですが、再読すると、やっぱりこのラストしかないだろうなあと納得してしまうのです。

「夜が怕《こわ》い」

私は幸い入院経験が一度しかなく、それも一泊だけだったのですが、古い病院の個室でひと晩、眠れないままにあれこれ思い出した覚えがあります。本作はもちろん独

立した一篇ですが、後ろに続く作品たちの入口として、

――さあ、思い出してみようよ。

という前奏曲になるでしょう。

ところで、入院中の主人公が院内の殺人事件に遭遇して、人生走馬《そうま》燈《とう》どころじゃない思いをするのが、短編の「草」。海堂尊《たける》さんのセレクション『暗闇《くらやみ》に嗤《わら》うドクター』に収録されていますので、合わせてどうぞ。最初の設定は似ていても、こんなにも違う作品になるのかと、びっくりしますよ。

「田舎医師」「父系の指」「流れの中に」「暗線」

予備知識なしに読んだら、普通にミステリーとして読める作品です。というか、立派なミステリーの短編です。これらの作品が私小説的であると評価される所以《ゆえん》は、〈人生をし損じた私の父〉への哀惜と愛情と、かすかなスパイスとしての嫌悪《けんお》とが絶妙にブレンドされているからで、その父親像が、清張さんの父親像と重なる部分があるからだそうで……。

定説に異議を唱えるつもりはありませんが、私は、それよりむしろこれらの作品は、男性作家が〈息子が仰ぎ見て乗り越えるべき父親〉ではなく、〈息子が振り返ったと

き、小さく悲しく見える父親〉を正面から書いた秀作なのだと思います。また、これらの作品のなかの父親が、ほとんどイコール〈故郷〉であることにも惹《ひ》かれます。〈母が待っている故郷〉ではなく、〈父が失った故郷〉。そして〈私〉もまた、父を失って故郷を失うのだと。

「ひとり旅」「絵はがきの少女」

どちらも、ひと言で評するなら、人生の皮肉と無惨《むざん》を描いた短編です。わあ、そんな暗いもの読みたくないなんて思っちゃいけない。この二作は、読み手の人生観を揺さぶる傑作なのですから。

現代社会は、孤独を嫌いますね。一人でいることはひたすらカッコ悪く、恥ずべきことのように喧伝《けんでん》されています。ホントにそうでしょうか。「他人はみんな自分より満ち足りている」と思いがちな現代の私たちにとって、「ひとり旅」は苦い頓服《とんぷく》です。皮肉の味も濃い。でも効きますよ。一方、「絵はがきの少女」では、この少女の人生行路そのものよりも、それに対する主人公の上司の反応の方がより残酷かもしれません。この上司は社会の象徴です。対する主人公はただの個人です。社会が省みないものに想《おも》いを向ける個人という対比が、ここでも鮮やかに浮かびあがってきます。

「河西電気出張所」「泥炭地《でいたんち》」

この二作は、ぜひとも読み比べてお楽しみください。

というのも、二作の設定、登場人物、お話の展開さえも、よく似ているのです。ただ、着地点は違います。どこから違うのか、どうして違うのか、この二作がぴったり寄り添って一冊の本に収録される機会はたぶん今回限りでしょうから、読み解いてみてください。

この作品の私小説的な部分は、お話の舞台となる電気出張所にあります。清張さんご自身、九州の小倉で、こういう会社で給仕として働いておられた時期があるのですね。細部がいきいきと具体的なのも、けっして明るい話ではないのに、何となくノスタルジックでのんびりした雰囲気が漂っているのも、作者の「懐《なつ》かしいなあ」という心情の所以かもしれません。ちなみに私は、強いてどちらかに決めるなら「河西電気出張所」が好きです。主人公が味わった半日の遊覧が（たった半日ですし後で困ったことを招くのですが）、すべての軛《くびき》から解き放たれたように、自由で楽しい。この心はずむ描写は、「ひとり旅」の主人公の商用旅行の喜びに、一脈通じるところがあります。

当巻のコンセプトは〈戦い続けた男の素顔〉。当初、編集部の案では〈怒り続けた男の素顔〉だったのですが、私が「清張さんはそんなに怒ってないと思うのですが？」と異議を唱えまして、このように変わりました。

事件から古代史まで数多《あまた》の謎と戦い、真実を隠蔽《いんぺい》しようとする権力と戦い、そして、作家デビューが遅かったが故《ゆえ》に、時間とも戦い続けた作家・松本清張。社会派推理小説の巨匠としてのイメージがあまりにも強いので、とりわけお若い読者の皆さんには、「コワモテ」「硬派」と思われがちですが、この巻の作品たちは、ひと味もふた味も違います。でも、これもまた広大な清張ワールドのほんの一角に過ぎません。まずはこの『傑作選』全六巻を入口に、さまざまな清張作品に触れていただきたいと思います。

私の大好きな長編ミステリーに、『蒼《あお》い描点』という作品があります。探偵役は出版社勤務の若い男女ですが、この二人、珍しいことに記者ではなく、文芸雑誌の編集者なんです。作家のもとへ通って原稿取りをしたり、校正刷りに朱を入れたりしながら事件の真相に迫る道程は、そのまま二人の距離が縮まってゆく過程でもあり、入り組んだ謎を解くミステリーであると同時に、微笑《ほほえ》ましい恋愛小説でもあります。

実はこういう作品にこそ、家庭では愛妻家であり、仕事の場では若い編集者たちを可愛《かわい》がったという清張さんの素顔がさりげなく顕れているのではないかと、私は思うのですよ。意外と、作者の影が消されていないと思うのですよ。長編なのでセレクションに収録できませんが、本書と合わせて読んでいただくと、いっそう興趣が深まると思います。

（みやべ・みゆき　作家）

解題

香山二三郎

松本清張はひとり息子だった。姉がふたりいたが嬰児《えいじ》のときに亡《な》くなり、育ったのは清張ひとり。そしてひとりっ子であることが、その後の人生の軛《くびき》となった。「もし、私に兄弟があったら私はもっと自由にできたであろう。家が貧乏でなかったら、自分の好きな道を歩けたろう。（中略）しかし、少年時代には親の溺愛《できあい》から、十六歳頃からは家計の補助に、二十歳近くからは家庭と両親の世話で身動きできなかった。――私に面白い青春があるわけではなかった。濁った暗い半生であった」（『半生の記』新潮文庫）

貧困と家族という重石《おもし》、さらには十五歳のときから社会に出て働き始めたことによる学歴コンプレックス、就職先での差別待遇……。作家デビューするまでの清張は身辺の様々なプレッシャーと闘い続けなければならなかった。清張の創作動機のひとつはそういう生きかたを運命づけた社会への恨みつらみ――ルサンチマンにあるといわれる所以《ゆえん》である。

出自やその後の軌跡について、清張は前出の『半生の記』等のエッセイでかなりの事実を明かしているが、そのいっぽう、自分の半生を私小説にして描くことは嫌った。清張いわく、「私は、自分のことは滅多に小説に書いてはいない。いわゆる私小説というのは私の体質には合わないのである。そういう素材は仮構の世界につくりかえる。そのほうが、自分の言いたいことや感情が強調されるように思える。それが小説の本道だという気がする」（あとがき／『半生の記』）。

それでも五十代半ばを過ぎ、「自分がこれまで歩いてきたあとをふり返ってみたい気もないではない」として、清張は執筆を奨《すす》められるまま『半生の記』を連載するが、いざ書き終えてみると「書くのではなかったと後悔した。自分の半生がいかに面白くなかったかが分った」（同前）。

してみると清張作品には己れの半生を反映させたものなど皆無のようにも思われるが、本書の編者、宮部《みやべ》氏も指摘されている通り、実際は「自身を素材にした」「私小説的な趣を持つ作品」を何作も発表している。清張自身は「私小説らしいものを二、三編くらいは書いている」（あとがき／『半生の記』）と記しているが、自らの姿を投影させた作品は決して少なくないのである。

収録作品の解題に移ると、まず「月」(初出「別冊文藝春秋」一九六七年六月号)はうだつの上がらぬ歴史学者の悲劇を描いた一篇。歴史学者・伊豆亭《いずとおる》の師匠は碩学《せきがく》をもって知られる「官学の大御所」であったが、真面目《まじめ》なだけで才能に乏しく、人づき合いも下手な伊豆がその恩恵に浴することはなかった。ある女子大の「最も目立たない教授」として、彼は細々と地方史の研究に当たっていたが、やがてひとりの女子学生に清書や資料の引き写しを手伝ってもらうことになる……。

表題は、その女子学生が書く「月」という文字がいつも斜めになっているのを伊豆が気にすることに因《よ》る。その斜めの字を見ていると、「不安定な自分の位置がその字に表れているような気がする」というのだが、ご承知の通り、月は古来から人間の精神に深い影響を与えているといわれ、英語でもルナシー(lunacy)やルナティック(lunatic)という言葉は精神異常や狂気を意味する。その点、表題からして不気味なものを感じさせずにはおくまい。清張小説にはまた、アカデミズムの閉鎖的な体質を批判する作品が少なくない。本シリーズでは、浅田次郎/編『悪党たちの懺悔録《ざんげろく》』に収録された「カルネアデスの舟板」や海堂尊《たける》/編『暗闇《くらやみ》に嗤《わら》うドクター』収録の「皿倉学説」がその系列に当たる。才能にも学閥にも恵まれぬままこつこつと研究を続ける老学者・伊豆の悲哀からもそうしたメッセージは汲《く》み取れようが、本篇を印象深くしているのはやはり強烈な〝とどめの一撃〟ではあるまいか。伊豆のキャラクターには、暗い半生を強いられた著者自身のそれが二重写しにされていようが、表題に相応《ふさわ》しい残酷な結末は、まさに私小説的な素材を仮構の世界に作り変える清張流ならではのものというべきだろう。

「恩誼《おんぎ》の紐《ひも》」（初出「オール讀物」一九七二年三月号）と**「入江の記憶」**（初出「小説新潮」一九六七年十月号）も「月」と同様、編者・宮部氏の言葉を借りれば、「ぎょっとする結末」の話。

「恩誼の紐」は少年時代を中国地方の海辺の町で過ごした男の回想譚《たん》から始まる。彼はババやん（＝祖母）に可愛《かわい》がられて育ったが、彼の父親と祖母には血のつながりはなかった。中盤、主人公が恐るべき行動を取るところから犯罪小説へと転じていくが、主人公と祖母の関係はやはり自伝的要素の色濃い名篇「骨壺《こつつぼ》の風景」等を髣髴《ほうふつ》させるし、父親がやくざな暴君で母親とも不仲だったという辺りも私小説的な色合いが濃厚。犯罪小説演出としては、現代的な犯罪者像を先取りするかのような設定とともに古典的な完全犯罪ミステリーの装《よそお》いが凝らされていることにご注目。さらには訊問《じんもん》調書を駆使した生々しいサイコパス小説としても読み応《ごた》えがある。

いっぽう「入江の記憶」は連作集『死の枝』（新潮文庫）の第九話に当たる。「私」は不倫関係にある義妹とともに、彼の生家があった瀬戸内の海辺を訪ねる。「私」は今は廃墟《はいきょ》になっているその地で、かつて両親とともに母の妹とも暮していたことがあったが、その叔母については奇妙な断片的記憶が残っていた。そもそも何のために出かけたのか、「私」と義妹の感傷旅行には端《はな》から不穏な雰囲気がつきまとっているが、著者は最後にトンデモない仕掛けを繰り出して見せる。清張ミステリーとしては名作「張込み」（佐藤優／編『黒い手帖《てちょう》からのサイン』収録）に先立って発表された記憶ものミステリー「火の記憶」（一九五二年発表／『或《あ》る「小倉日記」伝』新潮文庫他）の系譜に通じる傑作である。

「夜が怕《こわ》い」（初出「文藝春秋」一九九一年二月号）は連作集『草の径』（『松本清張全集』第66巻、文藝春秋）の中の一篇。七十五歳の「私」は胃潰瘍《いかいよう》ということで入院しているが、実はガンらしい。治療の日々を送っていると、夜になって、十年前に見舞った大学教授が「夜が怕い」と洩《も》らしていたことをふと思い出したりする。だが、そんなとき亡父のことを追想していると、不安も遠のき気持ちも落ち着くのだった。

かくて「草」（海堂尊／編『暗闇に嗤うドクター』収録）のような病院ミステリーを髣《ほう》髴《ふつ》させる前半から、後半は父親の追想譚へと転じる。島根の山村に生まれた父は乳飲み子のときに里子に出されそのまま養子になったが、そもそも何故《なぜ》里子に出されることになったのか。むろんその謎《なぞ》は、そのまま著者の父親の過去につながる謎でもある。ちなみに胃潰瘍といえば、著者は一九六七年に胃潰瘍で仕事を減らしたものの、翌六八年に十二指腸穿孔《せんこう》と腹膜炎を併発、四十日間の入院生活を送ることになった。本篇が発表される二年ほど前にも前立腺《ぜんりつせん》の手術で入院しており、夜の怕さも、亡父を追想することで心が落ち着くことも体験済みだったのではあるまいか。

「田舎医師」（初出「婦人公論」一九六一年六月号）は連作集『影の車』（中公文庫）の第七話。杉山良吉は九州出張の帰途、日程に余裕が出来たので父親の故郷を訪れてみることにする。島根県の山村で生まれた父は幼時に他家に養子に出されるが、その家も没落して出奔、以後死ぬまで故郷の地を踏むことはなかった。村には本家の跡取りといわれる医師がいたが、訪ねてみると往診に出ているという。隣村まで険しい山道を馬で行ったというのだが……。

本篇も私小説的な要素の強い作品である。後半は〝雪の山荘もの〟めいたミステリー仕立てになるが、そもそも馬で往診に出かけるということからしてフィクションなのではと疑る向きもあるかもしれない。それについては、著者自身の創作ノートに次のように記されている。「昭和二十四年冬、鳥取県日野郡矢戸村（当時の地名）の田中正慶方を初めて訪れる。正慶は亡父の本家の跡取りで、医師。大阪で個人病院を経営していたが、戦争中に疎開《そかい》のため郷里に戻り、自宅で開業。訪ねて行った時は十キロばかり離れた村に往診に出ていて会えず。妻女より話を聞く。往診には馬に乗って行く。冬は積雪深し。道狭く、途中には崖《がけ》もある。危険なので止《や》めたいが、無医村なので廃業も出来ぬと言う」(『作家の手帖』)。戦後間もないこの当時、山村の貧しさ、不便さは今からすると想像を絶するものがあったに違いない。

私小説的な要素の強い作品が続く。「**父系の指**」(初出「新潮」一九五五年九月号)は、「これまでの作品の中で自伝的なものの、もっとも濃い小説である。私は自分のことをナマには語りたくなかった。いわゆる私小説というものには私は不適当であり、また小説は自分をナマのかたちで出すべきでないという考えを持っていた。この小説でも全体の半分ぐらいは事実だが、半分は虚構になっている」(あとがき／『松本清張全集』第35巻、文藝春秋)とのことで、著者の私小説系作品としては自他ともに認める代表作といえるだろう。

伯耆《ほうき》の山村に生まれた「私」の父親は幼時に里子に出された後、養家先を出奔。やがて広島で出会った女性と所帯を持ち、「私」が生まれるが、貧乏暮らしは続き、住まいも広島からS市(下関市か)、九州へと移っていく。その軌跡はまさに著者の一家のそれをなぞったものに違いないが、物語後半には要注意。大人になって九州の商事会社の社員となった「私」は出張ついでに父の故郷に赴き、縁者である医者を訪れる。それはそのまま「田舎医師」と重なってくるし、東京で出世した叔父に会いにいく話もいかにもリアルっぽいが、あくまで「半分は虚構」なのである。

「流れの中に」（原題「流れ」／初出「小説中央公論　秋季号」一九六一年十月号）は五十二歳になった会社員が慰労休暇を利用して「小さいときに送った土地を訪れてみる」話。主人公は瀬戸内海に面したSという町を皮切りに幾つかの町を訪ね歩き、両親や親族の思い出を掘り起こしていく。そこに著者自身の家族の話が重なり合っているのはいうまでもない。出奔した叔母の話などは「入江の記憶」を思い起こさせるし、本篇もまた記憶テーマの小篇というべきか。

「暗線」（初出「サンデー毎日」一九六三年一月六日号）はある新聞社の文化部次長である「私」が古代染の権威である大学教授に宛《あ》てた書簡体スタイルのサスペンスだ。「私」はそこで亡父の出生から説き起こし、彼の故郷である島根県の山村（砂鉄の産地）を自ら旅して彼が幼時に養子に出された謎を解き明かしていく。父親が養子に出された謎は、「夜が怕い」を始め、「田舎医師」や「父系の指」でも扱われているテーマだが、本篇はそこに著者十八番の古代史趣向を絡《から》ませたところがミソ。真相に鋭いアカデミズム批判が込められているのも、清張ならではである。

「**ひとり旅**」（初出「別冊文藝春秋」一九五四年七月号）は幼い頃から地埋が好きで旅に憧《あこが》れていた男が主人公。戦後、亡妻の実家に身を寄せた彼は竹細工の品物の営業仕事に就き、中国から近畿の各地を旅して回るようになる。やがてその仕事に飽きた彼は名古屋にある相互銀行に勤め、夫と別居中の洋裁店の女店主とつき合い始めるのだが……。

清張が小さい頃から地理好きで旅に憧れていたことや、終戦後、家族を養うために箒《ほうき》の商売を始め、西日本各地を旅して歩いたことは、本シリーズの原武史《たけし》／編『時刻表を殺意が走る』の解題でも触れた。本篇の主人公田部正一はその点、著者の分身といえるだろうが、彼が銀行勤めをするようになって以後は、同じく『時刻表を殺意が走る』に収録された「拐帯行」等の心中ものへと転じていく。

「**絵はがきの少女**」（初出「サンデー毎日　特別号」一九五九年一月）も旅にまつわる話だが、「ひとり旅」の田部正一と同様、小さい頃から地理が好きだった主人公の小谷亮介《りょうすけ》が憑《ひ》かれたのは絵はがきの収集。もっとも大人になると熱は冷めてしまうが、「裏富士」を背景にひとりの少女が写された一枚の絵はがきに惹《ひ》かれ続ける。やがて新聞記者になった彼は取材で甲府を訪れたついでにくだんの絵はがきの現場を訪ねてみる。彼はさらに、少女のことも調べ始めるが……。

　本書には痛い結末、苦いエンディングを迎える話が多く収められているが、インパクトという点では本篇は一、二を争う。主人公が憧れた絵はがきの少女がたどる流転《るてん》の人生悲劇はドラマチックのひと言だが、そんな読者の思いを打ち砕く最後の数行が凄《すご》い。

　最後の二篇、「**河西電気出張所**」（初出「文藝春秋」一九七四年一月号）と「**泥炭地**《でいたんち》」（初出「文學界」一九八九年三月号）は編者・宮部氏の解説通り、「設定、登場人物、お話の展開さえも、よく似ている」。それもそのはず、二篇とも著者が高等小学校を出た後、十五歳から十八歳まで給仕として勤めた川北電気株式会社小倉出張所時代の出来事を反映させた作品なのである。

「河西電気出張所」の主人公信一にとって、その数年間は「一生で最もフレッシュな、そして生涯の基礎となるような時代」になるはずだったが、現実は厳しかった。給仕仕事は薄給だし、家は相変わらずの貧乏暮らし、出張所も口八丁の会計係に搔《か》き回され暗雲が垂れ込める。そうした展開は「泥炭地」も同様なのだが、ラストは対照的。「河西電気出張所」では信一は「五年間自分を給仕のままにほうっておいた」ことに対して「小さな報復」をすることになり、「泥炭地」の平吉のほうは最後に退職を突きつけられるにもかかわらず、上司からこれは「人生の一つの転機」だと諭され、泪《なみだ》を流すことになる。

この二篇の初出を見ると、その間に十五年の歳月が隔たっていることがわかる。そのぶん「泥炭地」のほうが角の取れた熟成度の高い作品に仕上がっているようにも思われるが、判断は読者諸氏にまかせるほかない。宮部氏の言葉通り、ぜひ細部までじっくり読み比べてお楽しみいただきたい。

（かやま・ふみろう　コラムニスト）

この作品は平成二十一年七月新潮社より刊行された。

なお本作品中には、今日の観点からみると差別的表現ととられかねない箇所が散見しますが、著者自身に差別的意図はなく、作品自体のもつ文学性ならびに芸術性、また著者がすでに故人であるという事情に鑑み、原文どおりとしました。

（新潮文庫編集部）

新潮文庫の新刊

永井荷風著
つゆのあとさき・カッフェー一夕話
天性のあざとさを持つ君江と悩殺されては翻弄される男たち……。にわかにもつれ始めた男女の関係は、思わぬ展開を見せていく。

村山治著
工藤會事件
北九州市を「修羅の街」にした指定暴力団・工藤會。警察・検察がタッグを組んだトップ逮捕までの全貌を描くノンフィクション。

C・フォーブス
村上和久訳
戦車兵の栄光
―マチルダ単騎行―
ドイツの電撃戦の最中、友軍から取り残されたバーンズと一輌の戦車。彼らは虎口から脱することが出来るのか。これぞ王道冒険小説。

C・S・ルイス
小澤身和子訳
ナルニア国物語2
カスピアン王子と魔法の角笛
角笛に導かれ、ふたたびナルニアの地を踏んだルーシーたち。失われたアスランの魔法を取り戻すため、新たな仲間との旅が始まる。

黒川博行著
熔果
五億円相当の金塊が強奪された。堀内・伊達の元刑事コンビはその行方を追う。脅す、騙す、殴る、蹴る。痛快クライム・サスペンス。

筒井ともみ著
もういちど、あなたと食べたい
名脚本家が出会った数多くの俳優や監督たち。彼らとの忘れられない食事を、余情あふれる名文で振り返る美味しくも儚いエッセイ集。

松本清張傑作選

戦《たたか》い続《つづ》けた男《おとこ》の素《す》顔《がお》

宮部みゆきオリジナルセレクション

新潮文庫　ま－1－69

平成二十五年四月一日 発行
令和七年一月二十五日 七刷

著者　松《まつ》本《もと》清《せい》張《ちょう》
発行者　佐藤隆信
発行所　株式会社 新潮社

郵便番号　一六二―八七一一
東京都新宿区矢来町七一
電話 編集部(〇三)三二六六―五四四〇
　　 読者係(〇三)三二六六―五一一一
https://www.shinchosha.co.jp

価格はカバーに表示してあります。

乱丁・落丁本は、ご面倒ですが小社読者係宛ご送付ください。送料小社負担にてお取替えいたします。

印刷・錦明印刷株式会社　製本・錦明印刷株式会社

ISBN978-4-10-110975-6 C0193